KB270446

몽유 모티프를 중심으로 한

환상성 연구

몽유 모티프를 중심으로 한

환상성 연구

환상성 연구

김미령

문학들

　　문학을 하는 사람에게 '환상성'은 참 매력적인 소재이다. 특히 고전문학을 전공하는 사람에게 '환상성'은 더더욱 흥미있는 기제이다. 어찌 보면 고전문학 자체가 환상 덩어리이기 때문이다.

　　비단 고전문학에서만 '환상'을 즐겨 찾지는 않았다. 오늘날에도 여전히, 그리고 끊임없이 문학 속에서 '환상'은 반복되고 변주되고 있다. 작가들의 이러한 지속적인 관심은 '환상'이 내포한 다의적 해석 영역의 가능성 때문일 것이다. 그러나 가장 현실적이지 않은 세계 속에서 아이러니하게도 가장 절실한 현실을 찾아낼 수 있다는, 환상이 갖는 이중적 속성도 큰 이유 중 하나임이 틀림없다.

　　필자는 이러한 열린 해석으로서의 가능성으로 고전서사문학 중 '꿈'이라는 소재에 착안하여 '몽유 모티프'를 통한 환상성을 다각도로 살펴보고자 하였다. 굳이 '꿈'을 선택한 이유는 '꿈'이 갖는 독특한 형식을 통한 무한 수용력 때문이다. 꿈은 환상성이라는 속성을 다른 무엇보다 포괄적이고, 직접적으로 수용해 낼 수 있는 매개 장치의 역할을 한다. 따라서 꿈 안에서는 인물·사건·배경 등 어떤 상황, 어떠한 여건도 수용이 가능하며 타당성을 인정받을 수 있는 무한공간으로 자리 잡을 수 있게 된다. 그렇다면 수용력이 탁월한 '꿈'이라는 매개 장치를 통해 형상화 된 '환상성' 속에서 옛 선인들이 말하고자 했던 것은 무엇이었을까?

　　본 책의 궁극적 탐색 의도가 바로 이것이다. 당대인들의 현실 사유방식을 읽어내는 동력으로서 환상성을 연구하고자 함이었다. 아울러 꿈의 세계에서 일어나는 환상성이 단지 터무니없는 황당무계한 '공상'에서 그치고 만다면, 고답적인 고전적 취향으로만 언급되고 말겠지만, 반대로 현실을 인식하고 재현해 내는 하나의 역설적 방법론으로 환상성이 인정된다면, 환상성은 극복되어야 할 소산이 아닌 수용가치가 인정되는 문학적 본질의 계승으로 보아야 할 것이다. 그리고 이는 결국 현대를 사는 오늘날의 독자에게도 고전문학이 변함없는 향기로 가치를 인정받는 기반이 될 수 있을 것이다.

　　끝으로 필자의 가슴 한켠에는 항상 아쉬움 하나가 자리 잡고 있었다. 가득 채운 듯 하나 결코 채워지지 않은 한 보따리의 사연, 바로 나의 졸고인 박사논문이었다. 누구나 그러하겠지만 참 열심히 했지만 두고두고 읽자니 새록새록 아쉬움이 남는 보따리가 바로 박사 논문이지 않을까 싶다.

　　오랜만에 아쉬움과 함께 묵은 먼지를 털어 보자는 욕심을 가지고 책 출간을 계획했다. 다시 보니 손댈 곳이 한두 군데가 아니어서 수정하고 보완하여 오늘 이렇게 책을 출간하게 되었다.

　　여전히 심정상으로는 기쁨보다는 좀 더 잘할 수 있지 않았을까하는 염려와 조바심이 가득하다. 그럼에도 필자가 책을 펴게 된 이유는 고전문학을 공부하면서 조금이라도 식견을 공고히 할 수 있는 자료로서 이 책이 도움이 되었으면 하는 바람 하나이다.

　　언제나 변함없는 마음으로 필자를 이 자리까지 끌어 주신 김수중 지도교수님께 이 지면을 빌어 다시 한 번 감사의 마음을 담아 본다. 그리고 이 책의 출간을 적극 주선해 주시며 애써주신 이상원 교수님께도 항상 감사하다는 말씀을 함께 드린다.

2010년 10월 서석골에서 김미령

차례

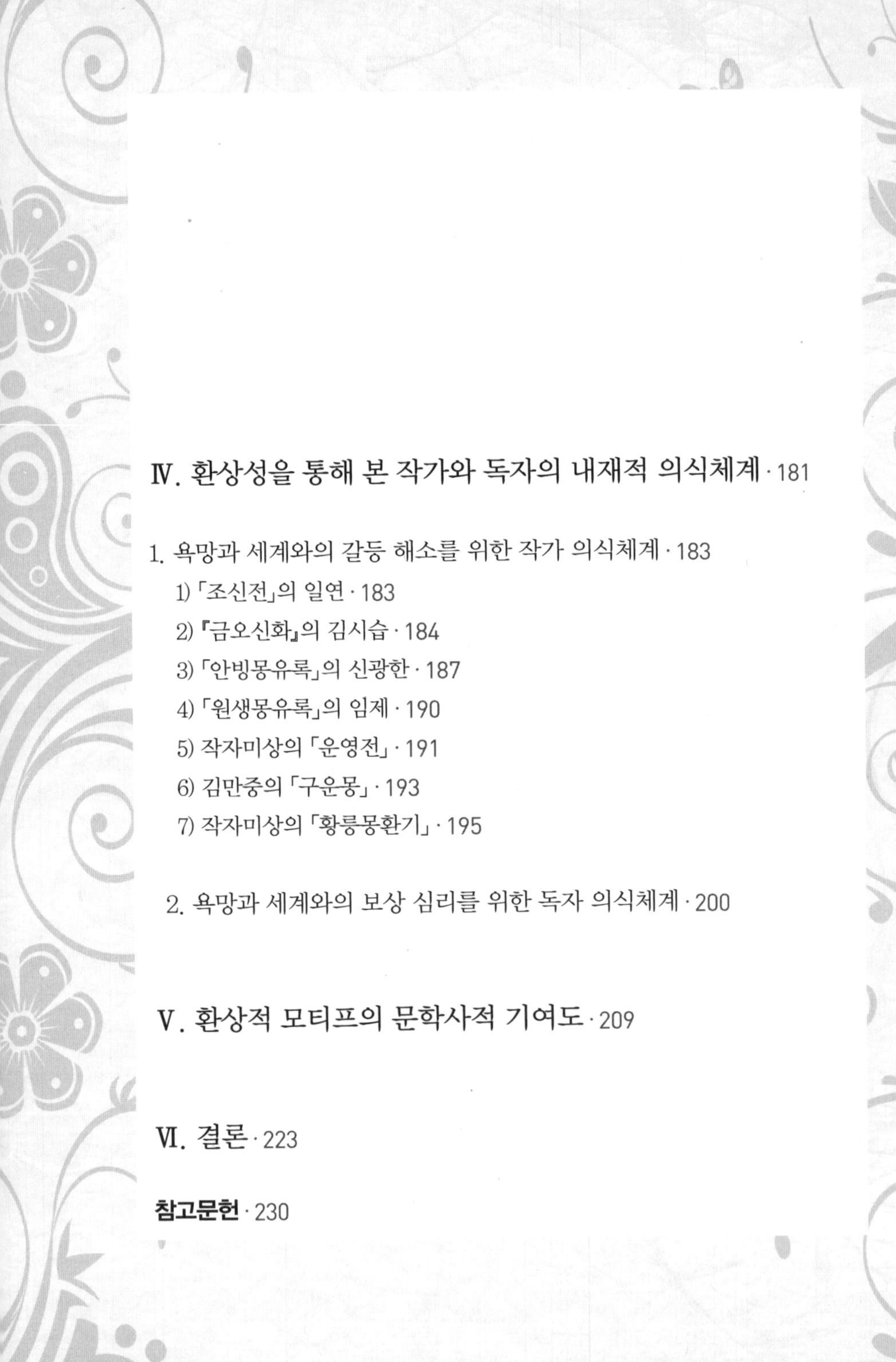

Ⅰ. 서론

1. 연구목적

본 연구는 고전 서사문학에서 꿈을 소재로 한 작품군 중 몽유소설을 범주로 작품에서 나타나는 '환상성'[1]과 '환상기법' 연구를 목적으로 하고 있다.

문학은 크게 두 가지의 충동에 의해 재현된다고 한다. 하나가 모방적(mimetic) 충동이고, 다른 하나가 환상(fantastic) 충동이다.[2] 모방적인 충동은 작가의 현실 체험을 현실에 있을법한 방식으로 형상화하고, 환상적인

---

[1] '환상' 은 작품을 구성하는 어떤 특징적인 '요소' 에 의해 규정되어 왔는데, 현실적 법칙과는 무관하게 창조된 가상세계라는 관점이 일반적이다.
　서구의 문학이론에 따르면 '환상' (fantasy/Fantasy), '환상성' (the fantastic), '환상물' (Fantasy)은 모두 다른 개념이며, 내포된 개념정의 또한 다의적이고 의미층위 또한 각각이다. 여기에 우리나라를 포함한 동양과 서양의 문화권 사이에 존재하는 문화적 이질감을 인정한다면, 서양의 문학 이론을 그대로 수용하기는 무리가 따른다. 그러므로 동양에서의 '환상이론' 은 이러한 시각 차이를 인정하고 새롭게 정립되어야 할 필요가 있다.
　이에 본고는 동, 서양의 환상에 대한 개념을 각기 살펴보고, 접점을 찾아 환상성 이론을 새롭게 모색해 보고자 하는데, 필자는 일반적으로 작품을 통해 작중인물 또는 독자가 느끼는 기이함을 통칭하여 '환상성' 이라 한다. 이에 대해서는 Ⅱ장에서 자세히 언급할 것이다.

충동은 있을법하지 않은 현실을 초현실적인 방식으로 형상화한 것이다. 특히 환상 충동의 경우 작품에서 사건 전개는 가려지고 부재하는 것으로 인식되는 것, 즉 비현실적이고 비가시적인 것을 특징으로 하게 된다.[3]

한국 고전서사문학사를 조망해 볼 때, '환상' 또는 '환상성'이라는 용어는 매우 빈번하게 요청되는 용어이다. 설화문학에서 자주 다뤄지는 도술·변신·이인·귀신·이계 등의 소재가 모두 환상적 소재들이며, 이들 환상적 소재를 통해 표출되는 세계는 자연 '환상성'을 수반하게 마련이다.

소설문학에서도 마찬가지다. 나말여초의 전기소설을 필두로, 중세의 『금오신화』를 지나, 16세기에서 19세기로 이어지는 몽유소설들, 18~19세기의 장편소설 및 영웅, 군담소설류 등 고소설사를 이어내는 공통적 연결고리에 바로 '환상성'이 존재한다. 현실성이 강하다는 판소리계 소설의 「심청전」에서의 심청의 '환생', 「별주부전」의 '용궁', 「흥부전」의 '박' 등에서 찾을 수 있는 공통분모 역시 '환상성'이다. 이는 고전문학사에서 '환상'이 오랜 기간을, 그리고 제반 양식사에서 기꺼이 용인하며 향유해 왔음을 보여주는 사례이다.

'환상성'은 비단 고전문학의 소재로만 그치지 않는다. 변주되는 형태만 다를 뿐, 현대문학에 와서도 작가들이 즐겨 차용하는 소재다. 이로 보면 '환상성'은 문학의 출발에서부터 근간을 형성하며 작동되어 온 상상력의 적극적인 활동이차, 세계를 새롭게 인식하는 또 하나의 능동적인 창작의 소산물인 것이다. 따라서 우리 고전문학사에서 '환상성'을 고찰한다는

---

2) 캐스린 흄, 『환상과 미메시스』, 한창엽 역, 1984, pp.13~27. 흄은 『환상과 미메시스』를 통해 '환상'은 미메시스와 함께 문학의 본질적 충동의 하나라고 규정하였다.
츠베탕 토도로프, 『환상문학서설』, 이기우 역, 1975, pp.24~40. 토도로프 역시 '환상성'을 가진 문학을 환상문학으로 장르화 했다.
3) 캐스린 흄, 위의 책, p.17.

의미는 과거와 현재를 아우르는 작업의 일환이며, 문학사의 전체적인 조망임과 동시에 올바른 문학 이해의 시발점이라고 할 수 있다.

그렇다면 '환상'에 대한 제반 의미규정이 선행돼야 할 필요성을 느낀다. 환상이란 무엇인가? 환상적 소재의 문학을 우리는 모두 환상문학이라 규정할 수 있는가? '환상'이 문학사에서 그토록 지속적인 생명력을 갖는 이유는 무엇인가?

그러나 이에 대한 정의 역시 결코 쉽지 않다. 이유를 든다면 우선 '환상'이라는 용어 자체가 갖는 의미의 포괄성 때문이다. 이는 작품을 대하는 독자로 하여금 다양한 시각을 낳게 하며, 궁극적으로는 다의적 해석을 가능하게 한다.

사용 제재의 다양성도 이유 중 하나이다. 환상 문학을 끌어내는 효과적인 수단으로 환상적인 제재나 소재들을 끌어오는 것이 방법이 될 수 있을 것인데, 그 수가 셀 수 없이 많을 뿐 아니라, 제재들 간의 접목을 통해서도 기이함이나 신비함이 표출되므로 범위 자체를 규정하기가 쉽지 않다는 점이다. 또 그로 인해 표출되는 문학 효과로서의 환상성 역시 텍스트마다 다양하게 변주되며, 변이양상을 갖는데다, 텍스트마다 다른 의미층위를 구현하기도 한다.

그러나 '환상'에 대한 작가들의 지속적인 관심은 어찌 보면 가장 현실적이지 않은 세계인 환상 속에서 아이러니하게도 가장 절실한 현실을 찾아낼 수 있기 때문일 것이다. 이러한 이중성은 환상이라는 것도 결국은 '현실'이라는 인식의 근거 하에 생성되는 조건부 개념체라는 말이다. 왜냐하면 환상, 즉 우리가 외관적 실재라고 부르는 초현실(surreality), 현실에 반(反)하는 반현실(anti-realty), 가상현실(virtual reality) 모두가 현실을 대상으로 인식하는 기반 위에서 존재가치를 인정받고 있기 때문이다. 그런 측면에서 문학으로 형상화되는 '환상성'에 대한 탐구는 현실인식이라는 본질에 대한 올바른 이해의 심층접근이며, 자연스러운 현상이다. 따라서 '환상성'은 현실과의 단절에서 찾아질 요소가 아니다. 우리가 발 딛고 사는 실제적 현실의 맥락에서 이해해야 할 세계가 된다. 아울러 이러한 해석적 맥락을 통한 작품 고찰은 현실과 초현실을 하나의 끈으로 묶어내는 작가의 상상적 사고를 읽어 내는 행위이며, 이러한 열린 사고를 통해 우리는 당대인들의 현실인식과 사유체계를 분석해 낼 수 있게 된다.[4]

따라서 고전문학의 서사 세계에서 다뤄지는 '환상', 즉 비현실계에 대한 해석은 단순히 현실과 다른 공간에서의 이질화된 세상이 아닌 현실의 일부이며, 현실에 대한 사유인식을 투영하는 시대적 산물임을 간과해서는 안 될 것이다. 이런 점에서 '환상'은 유희적 산물로서의 단순하고 흥미위주의 비현실적 사건의 전개방식이 아닌, 그만의 독특한 가치체계를 가진 문학적 가치로 인정받게 된다.

이에 본 책은 고소설 가운데 독특한 형식을 통해 환상성을 재현하는 한국 몽유소설을 텍스트 삼아 문학적 가치를 탐구해 보고자 한다. 필자가 굳

---

4) 이에 대한 이유로는 뒷장의 작품 분석에서 자세히 언급하겠지만, 먼저 고소설에서 다뤄지는 비현실계에서 일어나는 사건의 전개가 현실계와 거의 차이가 없다는 점을 들 수 있다. 이것은 비현실계 자체가 다른 모습으로 존재하는 것이 아니라 현실계의 한 투영임을 보여주는 예이다. 예컨대 『금오신화』의 「남염부주지」에서의 異界인 '염부주'는 "전혀 초목이라고는 모래와 자갈도 없었다. 발에 밟히는 것은 모두 구리나 쇠뿐이었다."(基地本無草木沙礫 所履非銅則鐵也)는 배경묘사를 통해 인간의 세상과는 이질적인 모습을 하고 있지만, 이 곳 역시 염왕을 중심으로 한 통치구조나 道를 중심으로 한 윤리의식 등에서 현실계를 그대로 반영하고 있어 현실계와 거의 구분이 가지 않는 세계임을 보여준다. 이를 통해 고소설에서 다뤄지는 비현실계의 전반적인 모습이 현실계와 구분은 가능하지만 완전히 분리되는 세상은 아님을 알 수 있다. 이는 소설이 자아와 세계와의 갈등을 다루는 문학의 장르임에 비춰, 작가가 현실세계에서 갖는 갈등 또는 욕망의 해소창구로 비현실계를 설정하는 경우가 많기 때문이다. 즉 현실에서 극복되지 않는 갈등이나 욕망을 해소하기 위해서 작가는 비현실을 끌어 오는 것인데, 이때 재현된 비현실은 자연스럽게 현실을 기반으로 하게 되고, 따라서 비현실은 '또 다른 현실'로 작용한다.

이 텍스트의 대상으로 몽유소설로 선택한 이유는 몽유소설에서 볼 수 있는 독특하면서도 공통적인 형식인 '꿈'이라는 매개 장치가 갖는 수용력 때문이다. 꿈은 환상성이라는 속성을 다른 무엇보다 포괄적이고, 직접적으로 수용해 낼 수 있는 매개 장치이다. 꿈 안에서는 인물·사건·배경의 어떤 상황, 어떠한 여건도 수용이 가능하며 타당성을 인정받을 수 있는 무한공간으로 작용할 수도 있기 때문이다.

환상성이라는 것도 결국은 현실 표현의 방법이라고 언급한 바 있다. 그렇다면 수용력이 탁월한 '꿈'이라는 매개 장치를 통해 형상화 된 '환상성' 속에서 당대인들이 말하고자 했던 것은 무엇이었는지에 대한 고찰은 당대인들의 현실 사유방식을 읽어내는 또 하나의 동력이 될 수 있을 것이다. 또한 이것이 환상성을 연구하는 주된 이유이다.

비현실적 상상이 가능한 이 꿈의 세계에서 일어나는 환상성이 단지 터무니없는 황당무계한 '공상'에서 그치고 만다면, 문학에서의 환상성은 고답적인 고전적 취향으로만 언급되고 말겠지만, 반대로 현실을 인식하고 재현해 내는 하나의 역설적 방법론으로 환상성이 인정된다면, 환상성은 극복되어야 할 소산이 아닌 수용가치가 인정되는 문학적 본질의 계승으로 보아야 하기 때문이다. 그리고 이는 결국 현대를 사는 오늘날의 독자에게도 고전문학이 변함없는 향기로 가치를 인정받는 기반이 될 것이기 때문이다.

2. 선행연구

1) 환상문학과 인식 일반

고전문학사에서 '꿈'은 영웅담의 신화, 「조신전」과 같은 설화, 이규보의 「몽기」와 같은 '기(記)' 양식, 몽유록, 몽자류 등을 포함한 서사양식, 고시조, 가전, 한시 등 다양한 양식에 걸쳐 수용되어 왔다. 현대문학에서도 '꿈'은 여전히 각 장르를 넘나들며 작가들이 즐겨 사용하는 문학적 소재이다. 최근에는 사회적 이슈라 할 만큼 자주 거론되는 '환상문학'과 '꿈' 소재 문학이 긴밀하게 맞물리면서 연구자들의 관심이 높다.

환상문학이 주목받는 이유에 대해서는 이견이 분분하다. 그 중 '고정되고 닫힌 리얼리즘의 양식에 대한 반발'이라는 견해를 보이는 김성곤, 임옥희 등의 주장과 함께, '현실세계의 부조리함에 대한 비판'이라는 김동욱 등의 견해에 따른 '풍자문학'이라는 측면이 가치를 인정받고 있다.[5]

그러나 두 견해 모두 시대 현실에 부응한 리얼리즘 관점에서 출발하고 있다는 점은 인정해야 할 것이다. 특히 문학에서의 '환상성' 연구는 현대문학보다 고전문학에서 일찍 접근해 왔다. 그러나 기존 연구 성과물을 되짚어 볼 때, 서구의 문학 이론을 접목하여 보다 적극적으로 환상문학을 고구해 왔던 분야는 현대문학이었던 듯하다.[6]

기실 불과 몇 해 전만 해도 고전문학계에서는 환상을 전소설적(前小說的) 요소, 심지어 비소설적 요소라 치부하고 미학적 가치를 인정하지 않았던 것도 사실이다. 많은 연구자들이 고전소설의 천편일률적인 형식에 대

---

5) 심진경, 「환상문학소론」, 『한국문학과 환상성』, 예림기획, 2001, p11.
6) 정환국, 「고전소설의 환상성, 그 연구사적 전망」, 『민족문학사연구』 37, 민족문학사회, 2008, p.76.

해서 이를 양식적 특성으로만 이해한 채 고전소설의 서사문법으로만 작품을 구명하려는 답습을 해 왔기 때문이다.

이는 문학의 가치를 효용론의 측면에 국한하려 했던 당대 유학자들의 문학관에 치중했던 탓으로 생각된다. 주제적 측면만을 부각해 고찰하려 했지 '환상성'에 대한 가치인식이 소용되지 않았기 때문일 것이다. 또 이러한 인식의 기저에는 유교주의적 가치관이 깊게 자리 잡았던 유학자들의 인식과 연계된 때문으로 해석할 수 있다. 오직 성(聖)과 진실만을 이야기하려고 했던 유자들에게 '환상성'은 언급 대상이기보다 오히려 피하고 경계해야 할 대상이었던 것이다. 왜냐하면 '환상성'의 본질이 상상력을 기반으로 한 허구성을 전제로 하고 있기 때문이다.

조선시대까지 이어지는 경전 중심적 사고는 당시 문(文) 전체를 지배하는 대전제로서, 현실성을 존중하고 학문의 가치를 '재도주의'라는 효용성에 둔 유교적 세계관 중심이었기 때문에 현실성을 초월한 '환상성'에 대한 강한 비판은 당연한 귀결이었던 것이다. 따라서 고전소설에 나타나는 환상성은 '괴력난신'이고 '부자소불언(夫子所不言)'이라 하여 철저하게 부인되어야 할 사항이었다.

환상에 대해 경계했던 모습은 여러 곳에서 찾을 수 있다. 15세기 『태종실록』에는 『산해경』 등을 수입하면서 함께 들어온 『신비집』을 임금이 보고 그 내용이 '괴탄하고 불경하다'는 이유로 불사르게 했다는 기록이 전하고, 『세종실록』에는 "月宮에서 놀았다든가 용녀니 양통유(楊通幽)를 보았다든가 하는 일 같은 데 이르면, 지극히 허황하고 망령되어 글로 쓸 만한 것이 아닌 것처럼 보인다."는 언급이 환상에 대한 경계와 거부감을 보여준다.

또 기이한 이야기를 모아 편집한 『태평통재』[7]나 『유양잡조』[8]가 간행된 것을 두고 학자들이 이에 대해 반대하는 상소문을 올릴 정도임을 보면 '환상'은 당대의 유학자들에게 상당히 배척되었음[9]을 보여준다.

조선시대의 유학자 이덕무(1741~1793)는 그의 저서 『영처잡고』를 통해, "소설에는 세 가지 미혹이 있으니 허황한 것을 얽고 귀신과 꿈을 이야기하면서 짓는 것이 첫 번째 미혹이고, 황당무계한 것을 편들고 천박하고 비루한 것을 고취하면서 평하는 것이 두 번째 미혹이고, 경전을 팽개치고 시간을 낭비하면서 읽는 것이 세 번째 미혹이다"[10]고 했고, 『사소절』을 통해서도 "연의소설은 간사하고 음란한 것을 가르치므로 보아서는 안 된다"[11]고 신랄한 비판을 가하였다.

한국문학사에서 본격적인 최초의 한문소설로 인정되는 『금오신화』의 작가 김시습 역시 작품 창작 후 이를 알리지 않고 몰래 석실에 감추어 두었다고 하는데, 창작 의도나 주제의식 등 여러 가지 요인에서 그 이유를 찾을 수 있겠지만, 『금오신화』가 갖는 기이함의 전기적 속성이 유교적 중세 질서를 지향하는 당대의 문학관에 비추어 분명히 비판받을 것이라는 예상을 했기 때문이라는 점도 크게 작용했을 것이다.

『금오신화』가 지어진 얼마 뒤 채수(1449~1515)가 쓴 「설공찬전」 역시 귀신이 산 사람의 몸에 들어가 말을 하는 등 작품 내용이 허무맹랑하고 비

---

7) 成任, 『태평통재』. 중국 宋代의 『태평광기』를 본 떠 고금의 여러 異聞奇說을 편집하여 간행한 책.
8) 段成式, 『유양잡조』. 중국 당나라 때의 수필집으로 이상한 사건, 황당무계한 이야기를 비롯하여 도서·의식·풍습·동식물·의학·종교·인사 등 온갖 사항에 관한 것을 탁월한 문장으로 흥미있게 기술하였다.
9) 유탁일의 『한국고소설관련자료집』 I , 태학사 2001과 『한국고소설비평사료집성』, 아세아문화사, 1994에서 언급한 내용을 간추려 재인용.
10) 이덕무, 嬰處雜稿 1, 『청정관전서』 권5. "小說有三惑, 架虛鑿空, 談鬼設夢, 作之者, 一惑也. 羽翼浮誕, 鼓吹淺陋, 評之者, 二惑也. 虛費膏晷, 魯莽經典, 讀之者, 三惑也."
11) 이덕무, 『사소절』, "演義小說 作奸誨淫 不可接目"

현실적이다 하여 금서로 지목되고 작가는 관직박탈을 당하고 죽음에까지 이르게 한 사연도 소설 부정론과 무관치 않다.[12] 「설공찬전」의 내용을 간추려 보면, 순창에 살던 설충란의 아들 공찬과 그 공찬의 누이가 죽었는데, 설충란의 동생인 설충수의 아들 공침에게 공찬과 그 누이의 혼령이 들어오고, 공찬은 공침의 입을 빌어 저승이야기를 하게 된다.[13] 이 같은 사건 전개의 요소들이 윤회화복지설·사설·요언이라는 비난을 받게 되어 금서로 지목되게 된 것이다.

이러한 논의는 당시의 소설에 대한 일반적인 흐름으로서 소설 배격론의 성향과 맞닿아 있다. 이는 '문학'을 봉건적 질서 유지를 위한 '유학적 사고'의 전유물로 보았던 당대의 문학관에서 기인한 것으로 풀이된다. 물론 '기이'나 '기괴'가 반드시 환상과 연계되는 의미는 아니지만 허구성 자체를 비판적으로 인식했던 당대의 문학관에서 '환상'의 가치는 당연히 억압당하고 인정받기 어려웠음이다. 그럼에도 조선시대 소설 문학에서 '환상성'을 표현한 작품 수가 압도적으로 많은 것은 아이러니하다.

이러한 소설이 갖는 허구적이고 환상적인 면에 대한 배격론은 조선후기 들어 변화를 시도한다. 당대 사대부 문인들을 중심으로 소설의 본질을 정당하게 이해하고 그 의의를 인정하려는 긍정적 인식론자들이 늘게 된 것이다. 그러면서 점차 소설이라는 장르는 보편화 과정을 밟기 시작하게 된다.

「전등신화」로부터 영향을 빌아 「금오신화」를 지었다는 김시습은, 「전

---

12) 조현설, 「조선 전기 귀신이야기에 나타난 신이인식의 의미」, 「고전문학연구」 23집, 한국고전문학학회, 2003, pp.163-167 참조. 「설공찬전」을 지었던 채수가 관직을 박탈당한 표면적 이유에는 본문에서 언급했듯 작품이 갖고 있는 비현실성 때문이다. 그러나 훈구와 사림의 정치대결이 쟁점화 됐던 당시로서 채수의 관직박탈 이면에는 정치 갈등의 희생양이라는 점도 무시할 수 없다.
13) 「설공찬전」, 이복규 역주, 시인사, 1997.

등신화』에 대해 "문(文)이 있고, 시가 있고, 유희와 골계에 차례가 있네. …… 말이 세교(世敎)에 관계되면 괴이하여도 무방하고 일이 사람을 감동시킨다면 허탄하여도 괜찮다네."[14]라며 문과 시와 기사가 존재하며, 말에 세교가 있다면, 그 소재의 기이함과 허탄함은 문제가 되지 않는다고 하였다. 이는 소설의 허구성에 대한 옹호적 입장으로 해석된다.

만와옹의 작품으로 추정되는 『일낙정기』 서문에서는 "비록 공허한 이야기로 꾸며졌지만, 복선화음의 이치가 바탕에 깔려 있다."[15]라고 하며 소설이 지닌 허구성과 교훈성이 일정 부분 긍정되었음을 확인할 수 있다.

김만중도 통속소설이 성행하는 이유에 대해 "진수의 사전(史傳)이나 온공(溫公)의 통감에는 없는 '감동'이 있기 때문"[16]이라며 소설이 주는 '감동'의 효과를 인정하기도 했다.

한편 홍희복은 청나라 이여진이 지은 『경화연』을 번역한 「제일기언」 서문에서, "소설은 처음에는 사기에 빠진 말과 초야에 전하는 일을 거두어 모아내어 야사(野史)라고 하였다. 그 뒤에 문장력은 있으나 일없는 선비가 필묵을 희롱하고 문자를 허비하여 헛말을 늘여내고 거짓 일을 사실처럼 하여, 읽는 독자로 하여금 사실처럼 믿게 하고 매료시켜 소설이 성행하게 되었다."[17]라고 하여 거짓을 사실처럼 꾸며 독자로 하여금 사실처럼 믿고 흥미를 가지게 하는 것이 소설이라는 인식을 보여 주기도 하다.

18세기 후반, 19세기에 들어 소설에 대한 인식으로는 부정적 시각보다는 긍정적 시각이 우위인 것으로 보인다. 우선 작품의 양적 증가도 증가려

---

14) 김시습, 「전등신화 후기」, 『매월당집』, (『한국문집 총간 13, 민족문화추진회, 1998. p.163.), "有文有騷有記事 遊戲滑稽有倫序, …… 語關世敎怪不妨, 事涉感人誕可喜."
15) 만화옹, 『일락정기』, "雖出於架空構虛之說 便亦有福善禍淫底理."
16) 김만중, 『서포만필』, "令以陳壽史傳溫公通鑑, 聚中講說, 人未必有出涕者, 此通俗小說之小以作也."

니와 독자 또한 사대부층만이 아닌 대중화의 바람이 불기 시작한 때문이다. 이는 시대의 흐름에 따라 소설에 대한 시각이 변모하기도 하고, 문학론에서 더 이상 유교주의를 고집해야 할 이유가 없어지면서 사상적, 계층적인 편견에서 어느 정도 자유로울 수 있었기 때문일 것이다.

이러한 소설사의 흐름 속에서 짚고 가야 할 점은 소설에 대한 강경 비판일변도가 중심이던 시대에서도, 인식의 변화와 함께 소설의 대중화가 이루어지는 지점에서도 '환상성'을 소재로 하는 소설은 시대의 흐름과 상관없이, 여전히 그리고 끊임없이 생명력을 갖고 창작되며 대중성을 획득하였다는 점이다.

2) 선행연구

이 장에서의 선행 연구는 두 가지 분야로 나뉘어 살펴볼 필요가 있다. 먼저 꿈 소재 서사 문학에 대한 개괄적인 연구의 흐름과 함께 본 책의 주된 목적인 '환상성'에 대한 연구의 흐름이 그것이다.

먼저 꿈 소재 서사문학에 대한 초기 연구는 김태준[18]으로부터 시작되었다. 주로 서지적 측면에서 고찰하는 것이 주를 이루었다고 할 수 있다. 김태준은 처음으로 '몽자류'라는 용어를 사용하면서 몽자류로 「구운몽」과 「옥루몽」을 포함시키고, 「강도몽유록」과 「운영전」을 개인 전기로 분류

---

17) 홍희복, 「제일기언서」, "쇼셜이란 명쇡이 잇셔 쳐음은 ㅅ긔에 쩐잔 말과 쵸야의 젼ㅎ는 일을 거두어 모화너니 혹 닐으되 야시 라 ㅎ더니 그후 문쟝ㅎ고 닐업는 션비 필묵을 희롱ㅎ고 문ㅅ롤 허비ㅎ야 헛말을 늘여너고 거즛닐을 실다히 ㅎ야 보는 사룸 으로 ㅎ야곰 쳔연히 미드며 진졍으로 맛드려 보기롤   요구ㅎ니 일노 죠ᄎ 쇼셜이 셩ᄒᆼ ᄒᆞ야 근일에 우심ᄒᆞ니"
"신긔코 ᄌ미잇기를 위쥬ᄒᆞ야 거의 누쳔권에 지ᄂᆞᆫ지라"
"ᄒᆞᆫ번 보고 두번 넑어 그 강개상쾌ᄒᆞᆫ 곳의 다ᄃ 라ᄂᆞᆫ 셔로 일커러 탄상ᄒᆞ고 그 담소회 해ᄒᆞᆫ 곳에 다ᄃ 라ᄂᆞᆫ ᄯᅩᄒᆞᆫ 일쟝환쇼ᄒᆞ면 이 죡히 쓰인다 홀 거시니…"
18) 김태준, 『조선소설사』, 학예사, 1933.

한 바 있다. 박성의[19]는 몽자소설의 효시로 「구운몽」을 언급함과 동시에 「구운몽」 이전의 「원생몽유록」·「강도몽유록」·「수성궁몽유록」 등이 「구운몽」 등 몽자 소설과는 성격이 다름을 들어 내용상의 분류를 시도하였다. 이어 장덕순[20]은 꿈의 작품적 기능과 함께 꿈과 문학의 다양한 관련성을 집중 고찰하여 꿈 서사문학의 장르 설정을 시도하고 몽유록계 작품을 체계적으로 분석하기 시작했다. 이를 기화로 꿈의 작품적 기능에 초점을 맞춘 꿈 소재 작품들에 대한 연구가 여러 연구가들에 의해 지속적으로 이루어졌다.[21] 이에 따라 몽자류 소설과 몽유록 작품의 경계가 분명해 졌고 성격이 다른 꿈 소재 서사문학들의 개별적인 연구 또한 심화될 수 있었다. 뿐만 아니라 초기 국문학 연구자들이 '꿈 형상의 수용'이라는 공통적인 면에만 관심을 기울여 모든 작품을 동일시했던 관점에서 벗어나 작품에 대한 유형적 분류와 작품에 대한 심층적 고찰이 시도되었다는 점은 눈여겨 볼만한 성과이다.

　　몽유록 작품의 경우는 현전 작품 수가 상당해 이에 대한 연구의 진척이 꾸준히 이뤄져 왔고, 그에 따른 성과물도 상당하다. 특히 양식적 특수성을

---

19) 박성의, 『한국고대소설사』, 일신사, 1958.
20) 장덕순, 「몽유록 소고」, 『동방학지』 4, 연세대 국학연구원, 1959. (『국문학통론』, 신구문화사, 1982.)
21) 차용주, 「몽유록과 몽자류소설의 동이에 대한 고찰」, 『논문집』 3, 서원대, 1974.
　　　　, 『몽유록계 구조의 분석적 연구』, 창학사, 1981.
　　　　, 『옥루몽 연구』, 형설출판사, 1982.
　　서대석, 「몽유록의 장르적 성격과 문학사적 의의」, 『한국학논집』 3, 계명대, 1975.
　　정학성, 「몽유록의 역사의식과 유형적 특질」, 『관악어문연구』 2, 서울대, 1977.
　　성현경, 「이조몽자류소설의 연구」, 『한국소설의 구조와 실상』, 영남대학교 출판부, 1981.
　　유종국, 『몽유록소설 연구』, 아세아문화사, 1987.
　　위 저서와 논문은 일군의 작품들을 총괄한 연구 성과물을 우선으로 열거한 것이고, 이 밖에 개별 작품들에 대한 연구성과도 많이 존재하지만 다 열거할 수 없어 꿈 소재 서사문학의 특성파악에 기여했다고 생각되는 연구물만을 소개한다.

중심으로 다각도에서 고찰한 결과, 양식적 성격 규명과 함께 몽유록으로서의 자격과 한계가 명확해졌으며, 문학사적 가치와 의의까지도 특별하게 논의된 상태다. 그러나 연구 성과물을 전반적으로 살펴보았을 때, 아직도 해결해야 할 부분이 많이 남아 있음 또한 사실이다.

몇 가지를 언급해 본다면, 먼저 기존 연구자들의 관심이 주로 조선조에 출현한 작품들에만 초점이 모아졌다는 점, 그리고 작품이 내포하고 있는 문제를 주로 '유형상의 범주'라는 틀에서만 해석하려 했고, 그로 인해 꿈의 수용목적과 소용의 맥락을 무시한 획일화된 방법의 연구가 진행되기도 했다는 점 등을 들 수 있다. 또 꿈 소재 서사문학 작품들의 성격 규정에 따른 유형 설정이 여전히 불분명하여 작품에 대한 성격과 의미파악은 물론 유형별 접근 역시 학자들마다 다르게 적용하는 혼선을 빚고 있어 해결해야 할 과제로 남아 있다.

다음은 '환상성'에 대한 연구이다. 우리나라에서 환상성에 대한 연구는 1970년대 서구의 환상이론 문학 이론들이 들어오면서 시작되었고,[22) 1980년대 후반부터는 본격적인 논의에 들어갔다고 할 수 있다. 물론 고전소설이 갖는 소재로서의 신이함과 기이함으로 고전문학에서의 환상에 대한 인식은 진즉부터 있어 왔다. 그러나 이는 단순한 인식의 단계 수준이지 환상에 대한 분석적 내용의 심화나 장르론적 접근이 이루어진 것은 아니라고 볼 수 있다.[23)

고소설론의 연구자들에서 '환상' 연구에 대한 본격화는 송효섭의 논문 「이조소설의 환상성에 대한 장르론적 접근」[24) 발표로부터 보인다. 이후 그

---

22) 대표적인 이론으로 앞서 언급한 토도로프와 흄, 랩킨 등을 들 수 있다.
23) 정환국, 앞의 논문, p.78. - 정환국 또한 논문을 통해 고전소설에서 언급된 기이함을 이미 인식화 되어 있었지만 장르론적 접근을 통한 본격적인 분석은 이루어지지 않았다고 하였다.

는 『삼국유사』 소재 작품을 중심으로 환상성을 기호학적 관심에서 해석하기도 하였다.[25] 뒤를 이어 김성룡은 「한국고전소설의 환상성에 관한 연구」에서 '황당무계하다는 것은 고전소설이 지닌 환상적인 미학 또는 낭만성의 특징을 보인다'는 견해를 중심으로 다수의 연구 성과물을 발표했다.[26]

이후 이학주가 「동아시아 전기소설의 예술적 특성연구」[27]를 통해 한·중·일·월남의 전기 작품 중 내용이 유사한 『전등신화』·『금오신화』·『가비자』·『전기만록』을 비교 연구하여 동질성과 이질성의 양상 및 원인을 밝히고, 그에 따라 예술적 특성을 고구하는 한편, 전기 작품을 통해 당대인의 세계인식과 문학사적 의의를 고찰하였다. 이 논문은 특히 네 작품의 서사 전개 가능성, 즉 갈등과 서사장치 및 허구적 인식이 궁극적으로 '환(幻)'의 실재와 관념으로 귀결된다고 보고, 비현실계가 실재한다고 하는 강한 신념으로 인해 그들의 세계관이 확대되고 삶의 가치를 넓힐 수 있다고 하였다.

김경미는 「조선후기 소설론 연구」[28]에서 조선후기의 소설 관련 자료를 중심으로 소설의식의 변화 배경 및 표출방식, 소설의 발생과 창작동기론,

---

24) 송효섭, 「이조소설의 환상성에 대한 장르론적 접근」, 『한국언어문학』 23, 한국언어문학회, 1984.
25) 송효섭, 「삼국유사의 환상적 이야기에 대한 장르론적 접근」, 서강대 박사학위논문, 1988.
26) 김성룡, 「한국고건소설의 환상성에 대한 연구」, 서울대 석사학위논문, 한국언어문학회, 1985.
   ______, 「환상적 텍스트의 미적근거 연구」, 『문학교육학』 2, 한국문학교육학회, 1998.
   ______, 「비형이야기에 나타난 귀신이야기의 구성원리」, 『선청어문』 24, 서울대 국어교육과, 1996.
   ______, 「환상적 텍스트의 미적근거 연구」, 『문학교육학』 2, 한국문학교육학회, 1998.
   ______, 「고전소설의 환상미학」, 『양포 이상택교수 환력기념논총』, 양포이상택교수환력기념논총간행위원회, 집문당, 1998, pp.149~175.
   ______, 「고전 서사문학을 중심으로 본 환상의 미학적 특성 연구」, 『국어교육』 102, 한국국어교육연구회, 2000.
27) 이학주, 「동아시아 전기소설의 예술적특성 연구」, 서울대학교 박사학위논문, 1990.
28) 김경미, 「조선후기 소설론 연구」, 이화여자대학교 박사학위논문, 1993.

본질론, 기법론 등 소설론의 여러 양상을 고찰, 소설론의 제반양상을 보다 체계적인 논리 안에서 이해할 수 있는 근거를 마련했다. 아울러 조선후기 소설론의 발생론에서 무계지언(無稽之言), 비설(秘說) 등과 연속선상에 있는 소설이 도가와 불가의 전통에서 비롯된 것으로 인식하고, 고소설의 주제가 유가를 표방하지만 도·불 사상에서 비롯된 낭만적 경향을 가지는 것과 밀접한 관련을 가지며, 소설의 허구적 측면을 인식하기도 했다. 따라서 소설의 본질이 허구와 현실반영에 있음을 들고, 허구에 대한 인식은 '괴력난신'. '환몽', '가허착공', '진안' 등에 관한 논란을 통해 구체화되었다고 하였다.

박희병은 「한국고전소설의 발생 및 발전단계를 둘러싼 몇몇 문제에 대하여」[29]에서 전기소설과 국문소설의 환상성이 현실에 대한 안이성으로 말미암아 환상을 남발함으로써 전기소설의 것에 미치지 못한다고 지적하기도 했고, 강경화는 「고소설의 도술소재와 그 의미」[30]라는 논문을 통해 신체변이 모티프의 환상성에 대해 논의하면서 환상적 소재나 장치를 탐구하기도 했다.

한편 '환상'이라는 용어가 나오기 이전에 환상의 의미는 주로 '낭만'의 개념으로 사용되기도 했다. 이에 대한 대표적인 성과물로 박일용의 『조선시대 애정소설』(집문당, 1993)에서는 '낭만적'이라는 용어의 용례를 집약적으로 보여주는데, 색인을 참조하면 낭만적 경향, 낭만적인 구성방식, 낭만적인 꿈, 낭만적 이상세계, 낭만적인 이상세계 등 다양한 용어의 사용 속에서 핵심은 대체로 '비현실적인 것'을 지칭하는 환상적인 이야기에 대

---

29) 박희병, 「한국고전소설의 발생 및 발전단계를 둘러싼 몇몇문제에 대하여」, 『관악어문연구』 17, 1992.
30) 강경화, 「고소설의 도술소재와 그 의미」, 건국대학교 박사학위논문, 1996.

한 제반 고찰이 이루어진 것이라 볼 수 있겠다.

김춘택은 『우리나라 고전소설사』(한길사, 1993)를 통해 고전소설사에서 낭만주의적 경향이 뚜렷하게 나타나는 경향에 대해 비록 환상적 수법이지만 '행복에 대한 염원'이라는 주제의식 하에 모색된 방법론으로의 '환상' 소재의 사용을 들었다.

이후 박희병이 『한국전기소설의 미학』(돌베게, 1997)에서 낭만적이라는 용어의 남용을 경계하면서 작가의 심리적 불안성, 소극성, 고독함 등의 정신분석학적 개념에 접근하여 전기적 인간의 낭만성에 대한 고찰을 시도하기도 하였다. 또 송효섭은 자신의 박사학위 논문을 심층적으로 보완한 『삼국유사 설화와 기호학』(일조각, 1993)을 통해 삼국유사 설화를 환상적 이야기로서 이해하고 이를 기호학적으로 치밀하게 분석하는 등 점진된 방식으로의 '환상'에 대한 고찰을 시도하기도 했다.

최근에는 윤경희의 「〈만복사저포기〉의 환상성」[31], 심민호의 「〈박씨전〉에 나타난 환상성과 그 의의」[32], 임수현의 「〈남염부주지〉의 환상성」[33], 조재현의 「고전소설연구 - 〈두홍전〉에 나타나는 환상성을 중심으로」[34] 진경환의 「남염부주지의 반어」[35] 등을 비롯한 개별 작품에 대한 고찰도 속속 전개되고 있어 고전 서사문학사에서 '환상'이 갖는 다양한 형식과 내용, 문학적 효과 등 연구범주도 다각화되고 있다. 또 '환상성'을 주제로 고전문학과 현대문학이 각기 따로가 아닌 한 자리에 모아 환상성에 대한

---

31) 윤경희, 「〈만복사저포기〉의 환상성」, 『한국고전연구』 권4, 한국고전연구학회, 1998.
32) 심민호, 「〈박씨전〉에 나타난 환상성과 그 의의」, 『우리말글』 30, 우리말글학회, 2004.
33) 임수현, 「〈남염부주지〉의 환상성 연구」, 『서강어문』 15, 서강어문학회, 1999.
34) 조재현, 「고전소설연구 -〈두홍전〉에 나타나는 환상성을 중심으로」, 『어문학논총』 제23집, 어문학연구소, 2004.
35) 진경환, 「남염부주지의 반어」, 『고전문학연구』 13집, 한국고전문학회, 1998.

보다 폭넓은 의미의 이해를 도모했던 출간물이 나와[36] 관심을 모으기도 하는 등 다수의 성과물이 쌓이고 이루어 졌다.

그러나 이들 연구물의 다수가 아직까지는 '전기류(傳奇類)' 나 '설화(說話)' 의 작품 일부에 치우쳐 있는 경우가 많고, '환상' 에 대한 정확한 정의나 용어의 범주 또한 명확치 않아 미진한 상태라 하겠다. 따라서 서사문학에서 수용한 '환상' 의 정확한 개념규정과 함께 작품 속에서 형상화되는 문학적 특질, 소재의 다양성, 과정과 양식 그리고 이를 통한 소설사적 의의 등은 반드시 구명되어야 할 과제로 남아있다.

3. 연구대상 및 방법

1) 연구대상

본 연구대상의 텍스트로 '한국 몽유소설' 을 범주로 둔다고 이미 밝힌 바 있다. 여기서 몽유소설이라 함은 환몽구조를 보이는 소설 전체를 통칭하는 용어로 '몽유' 라는 소재에 중점을 둔 것이다.[37]

'몽유' 라는 용어는 문헌상에도 발견된다. 중국 송대의 『태평광기』에 '몽유' 라는 어사가, 청대의 『당인설회』에는 '몽유록' 이라는 어사가 각각

---

36) 서강여성문학회, 『한국국문학과 환상성』, 예림기획, 2001.
37) 신재홍, 『한국몽유소설연구』, 계명문화사, 1994, pp.3~36. 이미 언급했듯 꿈 소재 서사문학은 독특한 양식적 특성을 내포하고 있어, 이에 대한 작품 분석 및 유형화가 다각도로 진행된 바 있다. 그러나 시대가 흐르면서 변하는 다양한 변이양상을 아직까지 명확하게 규범화하지 못한 것도 사실이다. 그러나 작품 전체에 일괄적으로 적용될 수 있는 것이 '몽유' 라는 모티프이기에, 환몽구조를 보이며 몽유 모티프를 차용한 작품을 통칭한 신재홍의 '몽유소설' 이라는 유형설정에 필자도 동의하는 바이다.

분류항목으로 쓰인 용례를 찾을 수 있다. 이 범주에 들어간 작품들은 모두 '꿈속에서 일어난 이야기'를 포괄적으로 다루고 있어 중국에서 '몽유', '몽유록'이라는 용어는 개념상 집합적인 류(類)의 의미인 듯하다. 우리나라에서 개별 작품의 제명으로 주로 사용되는 '몽유록'이라는 용어는 중국의 『태평광기』·『당인설회』에서 영향 받은 것으로 풀이된다.

한편, 신재홍은 '몽유소설'을 몽유 모티프를 작품의 구조로 수용한 하나의 패턴화 된 서술유형으로 파악하여 그 하위개념에 '몽유전기소설' '몽유록' '몽유장편소설' 등을 두고 이들을 하나로 묶어 '몽유소설'로 통칭했다.[38] 필자 역시 신재홍의 의견에 적극 동의하는 바이다. 그리고 본 책에서 연구대상으로 삼는 텍스트들은 기본적으로 다음의 조건을 갖추고 있는 작품들로 선정키로 한다.

첫째, '몽유 소설'이 성립되기 위한 '몽유 모티프'를 차용하고 있어야 한다.

둘째, 몽유 모티프를 차용하는 동시에 '현실-입몽-각몽'의 경계를 분명히 인식할 수 있는 몽유 양식이어야 한다.

셋째, 몽유 모티프와 몽유 양식 속에서 재현된 작품군으로 작중 인물 또는 독자가 '환상성'을 느낄 수 있는 작품이어야 한다.

넷째, 작가가 주제의식을 담아내기 위해 의도적으로 '몽유 모티프'를 차용하였으며, 꿈속에서 이루어지는 서사 내용이 궁극적으로는 작품의 중심 핵을 이루고 있는 작품으로서, 시대를 대표하는 작품을 우선으로 한다. 또 같은 부류의 유형일 경우 시대적으로 중요한 작품을 우선으로 한다.

위 네 가지는 필자가 연구하고자 하는 '몽유소설'에서의 '환상성' 연

---

38) 신재홍, 앞의 책.

구가 구체적으로 확인될 수 있는 기본 조건이라는 판단 때문이다,

그렇다면 먼저 '몽유 양식' 의 소설을 시대별로 제시해 볼 필요가 있다.

표1) 몽유 양식 소설의 시대별 구분표 (밑줄은 유사몽유양식)[39]

13세기	15세기	16세기	17세기	18~19세기
조신전	만복사저포기	대관재몽유록	운영전	내성지
최치원	이생규장전	몽사자연지	달천몽유록1	금산몽유록
	취유부벽정기	안빙몽유록	달천몽유록2	사수몽유록
	남염부주지	서재야회록	몽김장군기	하생몽유록
	용궁부연록	원생몽유록	용문몽유록	몽유성회록
		금생이문록	피생몽유록	제마무전
			강도몽유록	만옹몽유록
			구운몽	부벽몽유록
			금화사몽유록	황릉몽환기
				옥선몽
				옥련몽
				옥루몽
				구운기

이 중 밑줄 그은 작품들은 '유사 몽유 양식' 으로 분류하였다. 이유는 이들 작품들이 몽유 모티프를 차용하고 있으며, '현실–입몽–각몽' 구조를 취하고 있기는 하지만 그 경계가 명확지 않다는 점에서 완전한 '몽유소

---

39) 참조 1) 표1)에 언급한 작품외로 제명(題名)에 '夢' 자를 사용, 몽유양식으로 보는 작품으로
「옥린몽」과 「난학몽」을 들 수 있는데, 「옥린몽」은 작중인물인 宰相 柳淡이 아들이 없어 고
심히던 중 玄妙眞人의 사당에 들러 아들 낳기를 기원한 바, 꿈에서 玉麟을 안은 꿈을 꾸고
비범한 아들을 낳았다는 태봉 이야기로 몽유양식은 아니고, 「난하봉」 역시 韓廖氏 일가를
중심으로 가문의 몰락과 창달의 문제를 그린 작품으로 몽유형식을 취하지 않아 마찬가지로
제외한다.
참조 2) 「달천몽유록1」, 「달천몽유록2」는 題名이 같아 1, 2로 구분한다. 작가는 각각 윤계선
과 황준윤이다
참조 3) 편의상 이후부터 작품 제목을 언급할 때 '몽유록' 을 제외한 앞 제명만으로 작품명
을 갈음한다.
참조 4) 작자, 연대미상 작품의 경우, 창작 추정시기는 작품에 대한 구체적인 설명에서 덧붙
이기로 한다.

설'로 보지 않았음이다. 따라서 본 책의 연구 대상으로도 삼지 않았음을 미리 밝힌다.

주요 논의 대상이 되는 텍스트를 뽑아 제시하면 다음과 같다.

1. 13세기 : 「조신전」
2. 15세기 : 『금오신화』 5편
3. 16~17세기 : 「안빙몽유록」, 「원생몽유록」, 「운영전」, 「구운몽」
4. 18~19세기 : 「황릉몽환기」

유사 몽유양식도 아니고, 주요 논의 대상의 작품에 들지 않은 논의 외 작품들이 다수 있는데, 이는 시대별로 작품을 구체적으로 논하는 자리에서 이유를 밝히는 것으로 하겠다.

우선 시대별 고찰표에 따라 각 작품의 '현실—입몽—각몽'의 꿈 형상 인식, 작품의 특징, 그리고 논란이 될 수 있는 부분을 먼저 개괄적으로 정리해 보면 다음과 같다.

(1) 13세기~15세기

『삼국유사』가 나온 13세기에서부터 『금오신화』가 산출된 15세기까지를 한 시기로 구분한 것이다. 이들 작품 중 삼국유사 소재 「조신전」은 우선적으로 논란의 대상이 될 수 있는 작품이다. 13세기 설화로 더 알려진 「조신전」을 과연 소설로 볼 수 있느냐에 대한 이견이 제시될 수 있기 때문이다. 이에 대해서는 Ⅳ장의 「조신전」의 작품 고찰에서 구체적으로 언급하겠지만, 「조신전」은 단순한 설화와는 구분되는 소설적 면모를 갖추고 있고, 소설 발전의 초기 과정을 보여주는 자료로 충분히 가능함을 들어 필

자는 소설의 장르에 귀속하여 논의의 대상으로 삼는다.[40]

신라말기 작품으로 추정되는 『수이전』은 향인 김척명의 개작설, 박인량 보완설 등 작자시비 논란이 있는 작품으로 그간에 풍부하게 축적된 설화문학적 자산과 문사의 창작 경험을 기반으로 설화가 점차 소설 시대로의 전환이 이루어져 갔음을 보여주는 중요한 자료가 된다.

『태평통재』 권 68에 전하는 「최치원」의 경우 권문해의 『대동운부군옥』 권 15에 「선녀홍대」란 제명으로 전하기도 하는데, 같은 내용이기는 하나 「선녀홍대」가 「최치원」보다 약 5분의 1정도로 축약되어 전한다. 줄거리를 간단하게 요약한다면 신라 말 문장가인 최치원이 당나라에 있을 때의 일화에 관한 이야기로, 작중인물인 최치원이 초현관에 놀러갔다가 요절하여 죽은 장씨의 두 딸을 만나 시를 주고받고 사랑을 나누다 헤어진 하루 밤의 일을 서술한 이야기이다. 『수이전』 일문 가운데 소설의 개념 및 발생 문제와 관련하여 가장 많이 주목받고 있는 중요한 작품 중 하나이다.

작품의 분량이 길지는 않으나 요절한 여인들과 현실에 살고 있는 인간의 사랑을 그린 이 작품은 특히 연애 감정을 묘사하는 문장과 시 등의 아름다움으로 문학적 가치가 인정된다. 그러나 몽유소설이라는 범주의 기준

---

40) 고소설의 기점을 어디부터로 보아야 할 것인가에 대한 학자들의 견해는 분분한데, 대체로 『금오신화』를 최초의 소설이라고 하는 주장과 나말여초를 소설의 형성기로 보고 「조신전」, 『수이전』의 「최치원」 등 전기 작품을 소설의 시작으로 보는 견해가 맞선다. 전자는 최남선의 「금오신화 해제」(『계명』), 김태준의 『조선소설사』, 조동일의 『한국소설의 이론』이 대표적이고, 후자는 정학성의 「전기소설의 문제」(『한국문학연구입문』), 박희병의 「전기소설의 문제」(『한국한문학연구』 17), 김광순의 『한국고소설사』 등을 들 수 있다. 특히 김광순은 『한국고소설사』에서 「조신전」이 인물과 환경을 통해 주인공의 내면의식을 드러내고, 사회현상을 적절히 반영하며, 갈등양상을 핍진하게 드러낸 것으로 설화라기보다 소설로 보아야 마땅하다는 견해를 보였다. 이에 필자도 동의하는 바이다.
  조윤제, 『한국문학사』, 탐구당, 1971, pp.67~68. 조윤제도 "「최치원」은 이미 완전한 하나의 전기 소설인데, 후대의 금오신화에 비하여 별로 손색이 없고, 이것은 저 前代의 調信夢生에 전통을 받아 발달한 문학"이라며 「최치원」을 소설로 보았다.

을 놓고 「최치원」을 들여다 볼 때, 입몽과 각몽의 경계가 분명치 않아 이를 몽유양식의 범주에 넣을 수 있느냐의 반론도 있을 수 있다. 그러나 정확히 시간적으로 구분이 되지는 않지만, 줄거리 중 최치원이 쌍녀분을 보고 시를 짓고 돌아온 그날 밤 홍대를 가진 미인의 출현으로부터를 입몽 단계로, 그리고 닭이 울자 무덤을 다시 찾아주기를 부탁하면서 사라지는 순간까지를 각몽 전 단계로 해석할 수 있음을 들어 필자는 「최치원」을 유사 몽유양식에 넣었다.

한편, 나말 여초의 작품 중 몽유양식으로서 「조신전」, 「최치원」 두 편이 대표성을 띠고 있기는 하나, 유사 몽유양식인 「최치원」에 비해 「조신전」이 소설적인 완성도나 몽유양식의 명확성 측면에서 우위에 있다는 판단 하에 연구대상으로서 「조신전」을 선택하기로 한다.

이들 초기 작품을 거쳐서 15세기에 출현한 『금오신화』의 「이생규장전」·「취유부벽정기」도 마찬가지로 유사몽유 양식으로 취급할 수 있다. 『금오신화』는 우리나라 소설사에 획기적인 발전을 가져온 작품으로 나말여초의 전기문학과 패관문학, 탁전 및 가전에 이르기까지의 연문학(軟文學)의 발전이 이룬 결과물이라 할 만큼 형식과 내용면에서 기존의 문학에 비해 많은 발전을 가져온 작품이기도 하다.

『금오신화』의 5편은 현신한 여혼과의 사랑을 다룬 내용의 「만복사저포기」·「이생규장전」·「취유부벽정기」 세 편과, 이계방문을 다룬 내용의 「용궁부연록」·「남염부주지」 두 편의 작품으로 나누어 내용상의 분류가 가능하다. 필자는 이중 여혼과의 사랑을 그린 세 작품을 유사 몽유양식으로 보고 나머지 두 개는 몽유양식으로 본다.[41] 「용궁부연록」, 「남염부주지」 등은 비교적 본문 내용에서 입몽과 각몽의 경계가 명확히 찾아질 수 있다는 점 때문이고, 「만복사저포기」 등 세 편은 입몽, 각몽의 경계가 명확지는 않지만 비교적 인식이 가능하다는 점을 들어 유사몽유양식으로 본 것이다.[42] 이 세 편 중 특히 「취유부벽정기」는 꿈 형상 수용의 면모가 다른 두 작품보다 선명하다고 볼 수 있다. 월하 삼경에 공음 소리와 함께 모습을 드러내는 기씨녀의 출현이 꿈으로 들어가는 입몽의 경계묘사이고, 또 기씨녀가 하늘로 떠나간 뒤 홀로 남게 된 홍생이 문득 깨어나는 듯한 상황묘사나 초현실적 체험에 대한 비몽사몽적인 인식, 깨어난 시간대가 산사의 종이 울리고 수촌의 닭이 울지만 아직 별빛이 빛나는 새벽녘이라는 점 등은 모두 기씨녀와의 만남이 이루어진 꿈에서 깨어난 것 같은 인상을 한결 짙게 하는 각몽의 대목들이다.

「취유부벽정기」에서 '현실-입몽-각몽' 구도의 꿈 형상을 인식할 수 있다면 「만복사저포기」와 「이생규장전」에 내재된 꿈 형상도 그에 비추어 파악할 수 있다. 「만복사저포기」 역시 적막한 달밤에 공중에서 이상한 소리와 함께 최면의 상태인 입몽 상황으로 들어가는 것으로 이해할 수 있고, 여자혼령의 대상일 날 마련된 설장 안에서 양생과 함께 밤을 지낸 뒤, 여혼이 서서히 사라지는 장면에서 양생이 최면상황으로부터 벗어나는 각몽 상황으로 인식할 수 있다.

「이생규장전」에서는 난이 평정된 후, 황량한 고향으로 돌아온 이생이

---

41) 조동일, 앞의 책. 조동일은 前者群을 冥婚說話에서 발전한 冥婚小說로, 後者群을 夢遊說話에서 발전한 夢遊小說로 구분하였다.
　이재수, 「금오신화연구」, 『한국소설연구』, 형설출판사, 1973. 이재수도 實行事件群과 夢中事件群으로 구분하기도 했다.
42) 황패강, 『한국서사문학연구』, 단국대출판부, 1972. 황패강은 일찍이 『금오신화』 소재의 5편이 일률적으로 몽유록 형상을 빌었다는 사실을 확인시킨 바 있다. 「남염부주지」와 「용궁부연록」 뿐 아니라 「만복사저포기」·「이생규장전」의 후반부, 「취유부벽정기」 모두 꿈 형상을 구조적 모태로 수용했다고 언급했다.
　조동일, 앞의 책, p.269. 조동일 또한 「취유부벽정기」는 冥婚小說과 夢遊小說 두 가지 성격을 아울러 지녔다고 했다.

적막한 달밤에 소루에 앉아서 최씨녀 생각에 빠져 있을 때, 갑자기 최씨녀가 다가오는 공음소리를 듣는 순간이 입몽 상황에 접어드는 경계라고 볼 수 있다. 또 어느 날 최씨녀가 작별을 고하고 점점 그 자취가 사라지는 장면의 묘사에서 비몽사몽간적인 최면상황이 끝나는 각몽 장면으로 인식할 수 있다.

이상처럼 여혼과의 초현실적 체험을 다룬 위 세 작품은 비록 꿈 형상을 직접적으로 수용하지는 않았지만, 죽은 여인과의 접촉 시간대가 한결같이 고요한 야밤이라는 점, 여인들과의 상봉시간이 마치 최면에 이끌리는 것처럼 비몽사몽간적 인식을 준다는 점 등의 입몽 순간과 각몽 상황으로 들어가는 경계선적 계기가 설정되어 있다는 점 등을 들어 『금오신화』의 5편 모두를 몽유양식으로 인정하여 고찰대상에 포함한다.

우리 문학사에서 13~15세기는 소설이 잉태되는 초기의 시간대이다. 이 시기 작품 창작 성향은 전기적 속성이 강한 것이 특징이다. 이 전기적 속성은 임란, 병란 이후인 17세기 이후에 가서야 서서히 사라지는 모습을 보이지만 그럼에도 여전히 작품 요소요소에 잠복되어 활용되면서 작품의 주제의식을 효과적으로 끌어 올리는 작용을 하게 된다. 앞서 살펴보았듯 본 책의 텍스트 대상으로 삼은 13~15세기 몽유소설 역시 모두가 전기적 속성을 기본적으로 유지하고 있음도 이 시대의 창작 특징을 고스란히 보여주는 사례이다.

이 시기의 주도적인 흐름인 전기소설 양식 내에서 한 유형으로 분류될 수 있는 몽유 소설의 모습을 분석해 보는 것은 시대를 소명하는 보다 심층적인 작업이 될 수 있을 것이다. 이에 본 책은 13~15세기의 작품 중 몽자류의 계보를 형성하는 초기작 「조신전」과 이 시기를 대표하는 작품 『금오신화」를 중심으로 작품의 환상성을 고찰해 보기로 한다.

(2) 16세기~17세기 말엽

꿈을 소재로 하는 문학은 15세기까지의 초기단계를 거쳐 16세기에 새롭게 변모하는 모습을 보이는데, 대표적인 양식이 바로 '몽유록' 이다. 물론 전기소설의 범주를 확대하면 신광한의 『기재기이』류를 포함, 몽유록까지를 포함시킬 수 있어[43] 전기소설과 같은 계통으로 해석할 수 있다. 그러나 엄밀히 고찰해 보면 전기소설과 몽유록은 시대를 인식하는 방법이 다르고, 따라서 작품에도 내용상의 차이점을 갖고 있어 구별이 가능한 장르라 하겠다.

이에 대해 유종국은 몽유록이 전기소설로부터 나왔으나, 전기소설보다 이채롭고 개성있는 글 양식으로 변종갈래라고 한 바 있다.[44] 근거 중 하나로 몽유록은 이전의 몽유양식과는 다른 서사적 지향을 보여준다는 점에서 주목된다. 이 시기는 몽유록이 전대의 몽유전기소설을 밀어내고 몽유양식 내의 주도적인 위치를 차지하여 당대 현실에 적극적으로 대응하였던 시기이다.

한편, 16세기의 작품으로 심의의 「대관재몽유록」, 「몽사자연지」 신광한의 「안빙몽유록」 등의 몽유록은 전기소설의 속성을 갖는다는 점에서 전대의 소설과 공통적이지만, 그 경험의 '내용' 이나 '효과' 가 다르다는 점에서 약간의 차이를 가지고 있다. 그렇다고 '시대' 에 대한 리얼한 현실감을 투사하는 전형적인 '몽유록' 과는 성격이 또 다르다. 이들 작품은 시대와

---

43) 박희병, 「한국한문소설사의 전개와 전기소설」, 『한국전기소설의 미학』, 돌베게, 1997, pp.88~95.
44) 이에 대한 자세한 논의는 유종국, 『몽유록소설연구』, 아세아문화사, 1987, pp.159~160 참조.

의 불화를 정면으로 다루기보다 자신의 심회를 우회적으로 털어놓거나 전대의 전기적 속성을 계승하는 것에 오히려 가깝다.

신광한의 『기재기이』에 수록된 「최생우진기」, 「하생기우전」, 「안빙몽유록」, 「서재야회록」 네 편의 작품 중 「안빙몽유록」, 「서재야회록」은 두 작품 모두 전기적 속성을 계승한 것으로 가전과 몽유의 양식을 두루 차용하고 있다.

반면 「최생우진기」, 「하생기우전」은 몽유양식을 취하지 않고 기이한 만남, 기이한 세계를 경험한 이야기를 담고 있어 고찰의 대상에는 들지 않음을 밝힌다.

「안빙몽유록」은 주인공이 꿈에 꽃의 나라를 유람하고 돌아온다는 내용이고 「서재야회록」은 주인공이 늦은 밤 서재에서 문방사우를 만나 이야기를 주고받는 내용의 이야기이다. 「서재야회록」은 내용상 단순한 꿈 속 이야기에 불과하다고 할 수 있다. 그러나 「안빙」은 「서재야회록」과는 이질적 성격을 갖는다. 단순한 꿈 속이야기라기보다 화원국이라는 이상 세계를 설정해 놓고 자신의 심경을 우회적으로 털어 놓는 작품이다. 즉 시대 속에서 상충하는 자신의 갈등에 대한 이야기를 조심스럽게 털어 놓은 작품이 바로 신광한의 「안빙몽유록」이다.

심의의 「대관재몽유록」 또한 「안빙」의 성격과 다르지 않다. 작가의 꿈 이야기로, 꿈속에서 '문장왕국'을 경험하고 돌아온다는 이야기를 담고 있다. 여기서 '문장왕국'은 신라말 최치원이 천자가 되어 다스리는 곳으로, '능력'과 '귀천'은 묻지 않고 오직 '문장'의 실력에 의해서만 벼슬을 주는 문장 중심의 왕국이다.

이는 작가가 현실 세계의 '권력왕국'에 염증을 느끼면서 평소 마음에 담았던 이상향, 즉 '문장왕국'을 형상화하면서, 그 속에서 한국 문인뿐 아니라 중국 문인들까지도 시인으로서 등제(等第)를 매기는 등 그가 생각하는 문학에 대한 지향의식이 고스란히 담긴 작품이라고 하겠다.

이런 점에서 「안빙」과 「대관재」는 시대 속에서 시대와 충돌하는 자신의 속내를 은근히 드러내는 작품이라고 할 수 있다. 따라서 이 두 편의 작품은 기본적으로 몽유전기소설과 아울러 몽유록적 성격을 다분히 가지고 있는 작품들로 몽유전기소설에서 몽유록으로의 양식적 이행을 보여준다 하겠다. 심의의 또 다른 작품으로 「몽사자연지」를 들 수 있는데, 그의 문집 『대관재난고』 권4 잡저편에 수록되어 있는 작품이다. 일반적으로 앞서 언급한 「대관재몽유록」의 속편으로 보기도 한다. 저작연대는 「대관재」를 쓴 1530년(중종 25) 이후일 것으로 추정된다.

「몽사자연지」는 「대관재」보다 훨씬 짧은 글이다. 줄거리를 간략하게 살펴보면 다음과 같다.

작자가 어느 날 낮잠을 자는데, 꿈에 사자연(謝自然)이라는 선랑(仙娘)이 청의 동자의 인도를 받아 자기 방으로 찾아오게 된다. 선랑은 당대 인물들의 현우(賢愚)에 대하여 의견을 묻자 선랑에게 환심을 사기 위하여 이하(李賀)를 기리고 한유(韓愈)를 비난한다. 여기서 작가가 한유를 배척한 것은 그가 노불(老佛)을 배척했기 때문으로 풀이되고 있다.[45] 이에 선랑의 마음을 사고 작가는 상으로 술을 받게 된다. 선랑을 연모하는 작가에게 선랑은 '둘의 연분은 시해(尸解)를 한 뒤에 약속을 정하여 성사할 수 있다'고 하자 실망을 하게 되고, "후일에 숙원을 이룰 수 있지 않겠느냐?"는 위로의 말을 남기고 선랑은 작자와 이별을 청한다. 작자는 선랑을 칭송하는

---

45) 이원주, 「大觀齋의 夢記·夢謝自然志考」, 『한국학논집』 5, 계명대학교 한국학연구원, pp.16.

글을 읊자 음악이 울리고 작자는 점점 멀어져 감을 느끼면서 문득 잠에서 깨는 것으로 이야기가 끝난다.

이상의 내용에서 확인할 수 있듯 같은 작자의 작품이지만 「몽사자연지」는 「대관재」에 비해 작자의 현실인식이 강하게 작용되기보다 선랑과의 연인적 모습의 정감적 분위기가 강한 편이다.

필자는 작자의 현실에 대한 인식이 강한 「안빙」과 「대관재」 중 가전체적 성격과 함께 몽유 양식을 취하고 있는 소설적 성격이 강한 「안빙」을 고찰 대상으로 삼기로 한다.

이러한 과정을 거쳐서 몽유록의 양식적 성격이 확립되는 「원생몽유록」에 이르게 된다. 이들 몽유록은 시대를 대변하는 오늘날의 리얼리즘 문학군에 해당할 수 있을 만큼 시대 의식에 투철하며, 시대를 비판하는 시대 지향적 작품들이다. 이러한 작품이 나오게 된 배경에는 당대의 아픔이 담겨져 있는바, 당대의 역사적 현실이 사대부 그들이 신봉하는 유교적 이념에 정면으로 배치되거나 불합리한 상황 속에서 방황하며 갈등하는 자신들의 경험 세계에 대한 이념적 대응 양식으로서 몽유록을 등장시켜 한 시대를 풍미한 것이다.

「원생」으로 16세기 물꼬를 트기 시작한 몽유록은 제시한 표1)과 같이 16~17세기의 「금생」·「달천」1·「달천」2·「용문」·「피생」·「강도」·「용문」·「몽금장군기」 등을 포함할 수 있다.

그렇다면 16세기는 '전기'라는 서사형식이 이미 존재해 있었음에도 왜 '몽유록'이라는 새로운 서사형식이 필요했을까? 이는 '전기'와 '몽유록'이 꿈이라는 서사적 틀은 비슷하나 지향하는 바와 인식체계가 달랐기 때문인데, 정학성은 이 물음에 대해 '몽유록은 양반 사대부들이 역사 과정에 대한 그들의 갈등과 신념을 표현하기 위해 역사적 실재에 무관심한– 텍스트에서는 이것이 환상성을 일으키는 요소로 등장한다-서사류형을 그들 나름의 고유한 사고방식과 표현방식에 의해 변형시킨 독특한 류의 작품' 이라고 하였다.[46] 즉 몽유록을 16~17세기의 정치적 환경속에서 소외된 사대부들이 우언(寓言)이라는 문예사적 전통을 활용하여 자신들의 갈등과 좌절을 허구화한 서사양식이라는 시각이다. 하지만 이런 시각은 몽유록을 소외된 사대부들의 표현양식으로만 볼 수 없다는 점,[47] 사대부라는 규정 이 너무 포괄적이라는 점에서 비판을 받은 바 있고,[48] 우언의 전통만을 강 조하고 전기라는 더 직접적인 관련항을 소홀히 여긴 한계가 있었다.

그 후 정학성은 전기소설과 몽유록과의 양식상의 위상에 대해 부연하 는데, "『금오신화』 중 「남염부주지」·「용궁부연록」 역시 몽유담의 형식을 잇고는 있지만, 주인공이 암흑 속의 현실로 되돌아와 고뇌 속에 남게 되는 전기소설의 결말처리 방식은 실재했던 역사적 사건과 실재했던 인물을 환 상세계에 끌어들이며 당대의 현실적 모순을 지적하는 몽유록류와는 차이 가 난다"[49]고 하며 15세기 전기와의 관련 속에서 몽유록의 위상을 언급하 여 소설사적 논의의 가능성을 보여주었다. 즉 정도를 벗어나는 시대의 흐 름을 어떤 식으로든 비판하려는 작가 의도의 출구로 '몽유록'이 창출된 셈이라는 말이다.

그 후 신재홍이 '몽유양식'의 역사적 전개라는 관점에서 총괄적인 논 의를 펼친 바 있는데,[50] 「몽기」나 「안빙」을 『금오신화』와 같은 몽유전기소 설로 다루고 있으며, 이른바 '좌정-토론-시언'이라는 형시적 측면을 강

---

46) 정학성, 앞의 논문, p.297.
47) 신해진, 『조선중기 몽유록 연구』, 박이정, 1998, p.141.
48) 김정녀, 「몽유록의 현실대응양상과 그 의미」, 고려대학교 석사학위논문, 1997.
49) 정학성, 「조선전기의 비판적 문학」, 『민족문학사 강좌』 (상), 창작과 비평사, 1995, p.154.
50) 신재홍, 앞의 책.

조하여 「원생」을 몽유록의 완성 형태로 보아 두 형식 간의 경계를 명확히 하였다. 「원생」의 뒤를 이어 최현의 「금생이문록」이 발표되는데, 그가 56세이던 1618년에 지은 『일선지』의 부록 편에 있던 작품을 홍재휴[51] 교수가 처음 소개하였다. 이후 강동엽[52]에 의하여 「금오몽유록」이름으로도 소개되었다. 작품 끝에 이준의 발문이 함께 수록돼 있다. 「금생이문록」 작품 끝에 작가의 창작 배경과 의도를 확인할 수 있는 기록이 함께 전한다. 내용에 따르면 「금생이문록」의 처음 제목은 「금생전」이고 1591년에 초고를 써서 박순백에게 보여주고 나서 임진왜란 중에 초고를 잃어버렸다가 뒤에 순백이 기록한 것을 구해서 다시 정리하여 『일선지』를 편찬하면서 부록으로 엮어낸 작품임을 알 수 있다.[53]

줄거리를 간추려 보면 산천을 두루 유람하기를 좋아하는 금생이 어느 날 서책을 베개 삼아 누었다가 꿈의 세계로 들어가서 길재·김종직·하위지·이맹전 등을 만나 술을 마시고 시를 짓고 화답하는 이야기이다. '현실―입몽―각몽' 의 구성을 취하여 몽유양식이기는 하나 「금생이문록」에서 금생이 만난 사람들은 선산 출신의 사람들로 이 지방의 인물을 부각시키는데 초점이 맞추어져 있고, 영남 사림파의 전통을 옹호하려는 의도가 짙게 배어 있다는 평을 듣는다.[54] 따라서 소설적 구성과 주제는 다른 몽유록계에 비해 약화되어 있다고 할 수 있다.

---

51) 洪在休, 「琴生異聞錄―夢遊錄系 小說의 新資料―」, 『국어교육연구』Ⅱ, 국어교육연구회, 1971, pp.145 161.
52) 姜東燁, 「〈龍門夢遊綠〉에 대하여」, 『韓國文學研究』 14, 동국대학교 한국문학연구소, 1992, pp.137 150.
53) "余於幸卯秋 草出琴生傳 示朴君純伯 純伯 贊之曰 此吾先祖龍嚴之遺意也 壬辰之亂失其稿 甲年夏 余訪純伯于古谷 純伯屬余曰 鄕賢典刑日邈 君宜撰 一善志 以壽其傳 仍以蠹簡數紙 示之 乃余前日所草琴生傳也
54) 조동일, 『한국문학통사』 권2, 1983, p.452.

신해진[55]은 여기서 한 발 나아가 「금생이문록」이 기축옥사 이후에 학통형성이 보다 공고화되는 과정에서 지어진 것으로, 거경궁리(居敬窮理)의 수양에 의한 천리체득(天理體得)을 이으면서도 동시에 그것을 바탕으로 실천하고자 한 최현의 의식이 담겨진 것이라고 하여 작품에 반영된 작가 의식을 보다 구체화하기도 하였다.

17세기의 몽유록계로 「달천」1, 「달천」2, 「강도」, 「피생」 등이 계보를 잇게 된다. 이들 작품은 임진왜란과 정묘호란, 병자호란을 겪은 뒤 전란의 책임과 후유증을 묻는 동시에 안일한 당대의 현실인식을 비판하기 위해 의도적으로 몽유 모티프를 활용한 작품들이다.

먼저 「달천」1, 2는 두 작품 공히 몽유 양식을 취하고 있으며, 신립의 '탄금대 패전'을 주제로 하고 있다는 점에서 공통성을 지니고 있음을 확인할 수 있다. 윤계선의 「달천」은 1600년 창작된 작품으로, 몽유자인 파담자가 임진왜란 때의 패전지에 가서 죽은 병사들의 원망을 들었다는 내용이다. 작품 속 제문과 결말을 통해 알 수 있듯 전몰 장병들의 원혼을 달래며 패전을 반성하는 내용으로 꾸려져 있다.

황중윤의 「달천」은 윤계선의 「달천」보다 10여 년 후의 작품으로 1611년 지어진 것으로 알려져 있다. 몽유자가 용궁에 초대되어 신립을 만나게 되고, 그와 함께 임란의 패망원인에 대한 이야기를 나누는 것으로 전개된다. 신립은 여기서 임진왜란 패전에 대한 원인을 자신의 지략보다는 제도적 미비로 인해 정예군을 미리 꾸리지 못했던 사회제도, 병농제, 무병의 제도 등에 기인한다고 밝히고 있다.

「피생」은 「강도」와 함께 국립중앙도서관에 소장되어 있는 한문 필사본

---

55) 申海鎭, 『朝鮮中期 夢遊錄의 硏究』, 박이정, 1998, pp.162 192.

이 유일본으로 전해지고 있으며 두 작품 공히 작가를 알 수 없다. 그러나 여타의 몽유록과 마찬가지로 임진왜란을 소재로 당대의 현실을 문제 삼고 있다. 「피생」은 몽유자인 피생이 임진왜란 때 죽어 신원을 알 수 없는 시체들의 처리를 두고 일어난 비리를 문제 삼은 작품이고, 「강도」는 병자호란 때 강화도 함락이라는 역사적 사건을 토대로 관료들의 행위를 규탄하고 반성하는 내용으로 이루어져 있다. 특히 「강도」의 몽중세계에는 강화도가 함락될 때 목숨을 잃은 부인 14명의 입을 통해 강화도를 지키지 못한 남편의 비겁한 행동에 대한 질책과, 나라가 위기에 처하자 충신은 찾아볼 수 없고 부녀자만이 절의를 지켰다는 신랄한 비판의 목소리가 담겨져 있다. 다른 작품들에 비해 여성들이 집단으로 등장한다는 점도 특이하지만 주인공이자 몽유자로 등장하는 청허선사가 작품 속에서의 역할로 참여자가 아닌 단순 방관자로 등장한다는 점도 주목되는 점이다.

「강도」는 청허선사가 꿈속에서 여인들을 만나고 그녀들의 이야기를 들은 후 그것을 단순 전달하는 전달자의 모습을 취하고 있다. 이는 다른 몽유자들이 꿈속에서 참여자로 등장하여 현실에 대한 느낌을 직접적이고 능동적으로 풀어내는 방식과는 대조적인 모습이다.

정묘호란을 다룬 작품으로는 「용문」을 들 수 있다. 조선 중기 문인 신언탁(1581~?)의 작품으로 병자호란 즈음에 지은 한문본이 「금오몽유록」과 합본되어 일본의 대판부립도서관에 소장되어 있는 작품이다. 구체적인 내용은 몽유자인 황계자가 누이를 만나러 가는 길에 용문암에서 묵다 입몽하게 되고, 꿈속에서 만난 황석(黃石)의 제공(諸公)이 정유재란 때 황석산성이 함락되어 억울하게 죽은 사연을 토로하는 등 정유재란 때의 원혼이 억울함을 토로하는 이야기, 승경(勝景)을 감상하며 자신의 신세를 한탄하는 이야기 등으로 구성되어 있다.

「몽김장군기」는 장경세의 1607년 작품으로 알려져 있다. 줄거리는 만력 정미(1607년) 가을에 한 노인이 산속 서재에 홀로 앉아 한유의 「장중승전후서」를 읽고서 꿈을 꾸게 되는데, 정유재란 당시 남원성이 함락될 때 전사한 김경로 장군이 꿈에 나타나 자신의 내력과 순절하기까지의 과정을 말하면서 나라와 임금을 위한 충절의 마음을 토로한다. 그리고 자신의 충렬이 제대로 보상받지 못한 것을 원망하는 내용으로 되어 있다.

한편, 창작시기에 대한 논란이 있는 「금화사몽유록」을 들 수 있다. 17세기의 작인지, 18세기의 작인지에 대한 논란이 여전히 일고 있기도 하다. 소재영은 이에 대해 북한 김일성대 소장본『화몽집』의 필사시기를 들어 「금화사」가 17세기의 작품이라고 밝힌 바 있다. 『화몽집』 안에 「금화령회」가 수록돼 있었음이 근거로 작용한 까닭이다.[56]

「금화사몽유록」은 「금산사몽유록」, 「금화령회」 등이라고도 불리며, 이본만도 50여 종이 있는 이 작품의 원작은 「금산사창업연록]으로 알려져 있다. 작가는 조선 중기의 문인 이주천(1662~1711)으로 발문을 통해 후대의 임금과 신하들을 경계하려고 지었다고 밝혔다. 그 형태와 구성면에서는 소설의 요건을 갖추었다고 할 수 있다는 작품이다.

김논수는 「금산사창업연록」이 조선 중기의 문인인 이주천이 상중의 시간을 내어 몽유록이란 형식에 우의하여 31세 시절 숙종18년(1692)에 지은 것이라고 추정한 바 있다. 중국 강소성 진강시에 있는 전통 명찰 금산사를 배경으로 명나라기 중흥되어 중화문물이 보존되고 조선이 다시 한 번 중화문화권에서 예의지방으로서 지낼 수 있는 시기가 도래하기를 꿈꾸던 그

---

56) 소인호, 「17세기 고전소설의 저작 유통과 『화몽집』의 소설사적 위상」, 『고소설연구』21, 한국고소설학회, 2006, pp.294~295.

의 정치적 대망을 담음 작품이며, 역사의 치란을 당시의 영웅호걸의 입을 빌려서 말하게 한 일종의 교훈적 소설이라는 평을 듣는다. 몽유록 양식이 므로 후대에 누군가가 아예 제목조차 「금산사몽유록」으로 개제하였다가 더 후대에 다시 배경조차 금산사에서 금화사로 바꾸어 「금화사몽유록」이 라고 개제하였는데, 금산사를 아무런 근거 없이 금화사로 바꿔서는 안 될 것인바, 「금산사몽유록」은 잘못된 작품명이라고 하였다.[57] 그러나 좀 더 긴요한 서사문학적 매듭으로 여겨지는 몽유전기와 몽유록의 양식적 차이 에 대해 깊이 있는 논의를 보여주지는 못한 아쉬움이 있다.

정학성, 신재홍 등의 문제 제기 이후 몽유록에 대한 적지 않은 연구들이 이어졌지만 주로 작가론이나 작품론적 분석에 주력하고 있는 모습이다.

이렇듯 지금까지의 논의는 주로 몽유록의 작가인 사대부들의 개인적 성향과 그들의 사회적 문제의식에 초점을 맞추고, 상호 연계 하에 작품을 보는 시각이 지배적이다.

한편 몽유록과는 다른 몽자류 소설인 「구운몽」과, 몽유록도 몽자류도 아닌 독특한 형식인 「운영전」 역시 이 당시에 창작되는데, 몽유록이 정치현실에 대한 이념지향적 작품으로 역사적 사실을 형상화한 것이라면, 「운영전」과 「구운몽」은 정치현실에 대한 의식보다 개인적 관심을 표출하는 서정성이 강해 구별되는 작품이다.

「구운몽」은 김태준의 『조선소설사』에서 다뤄진 후 논의가 본격화 되는데, 네권의 연구사가 있을 만큼 많은 연구성과를 거두기도 했다. 「운영전」역시 독특한 구조, 서정성이 강한 전개방식, 반동인물을 통한 첨예한 갈등

---

57) 金侖秀, 「金山寺夢遊錄의 創作寓意와 原作者論」, 제1회 동아세아 우언연구 국제회의 발표논문, 2005.2.

양상 등을 선보이며 본격적인 소설의 면목을 갖춘 작품으로 평가받는데, 본고는 이 시기 해당 작품 중 대표적이며 독특한 특징을 보이는 「안빙」과 「운영전」, 그리고 몽유구조의 중심이자 기본이라 할 수 있는 「구운몽」과 몽유록의 초기작인 「원생」을 중심 텍스트로 삼아 고찰해 보기로 한다.

(3) 18세기~19세기

이 시기는 또 한 차례의 변화가 두드러진 시기이다. 16~17세기 활발한 창작 활동을 벌이며 사대부 세력의 정치상황에 대한 인식의 변화와 임란·병자 양란의 경험을 통한 작자층의 현실인식 확대 등이 기폭제가 되어 역사적 장르로 정착되어 가던 몽유록이 17세기 중반을 넘으면서 점차 그 성격에 변화를 보이게 된 것이다.

간략하게 살펴보면 첫째, 이미 언급한 표1)에서 확인할 수 있듯 장편소설의 비중이 많아진다는 점이다. 이는 그간의 몽유록이 주로 할 말만 하는 '단편'의 경향에서 장편화 경향으로 바뀌는 모습으로, 이는 이후 소설사의 주도적인 위치로 부상하게 후대의 장편소설을 이어내는 작품들로 문학사적 의의를 확보하게 된다.[58]

대표적인 작품으로는 김수민(1734~1811)의 「내성지」를 들 수 있다. 몽유록 작품으로 그의 문집인 『명은집』 18권에 수록된 작품이다. 줄거리는 몽유자인 무명자가 지금의 영월인 내성에 이르러 산수를 두루 구경하면서 비분한 마음으로 시를 짓다가 관풍루에 이르러 입몽하게 된다. 몽중 세계에서 친족으로부터 왕위를 강탈당한 공통된 역사적 경험을 지니고 있는

---

58) 신재홍, 앞의 책, pp.10~51, pp.45~51, pp.142~191. 16~17세기 주도적 위치를 점하고 있던 몽유록이 조선후기로 가면서 몽유장편소설에 그 주도적인 위치를 넘겨주게 되었으며, 그 자신은 강한 서사성을 띠게 되었다고 밝혔다.

단종과 명나라 건문황제(建文皇帝)를 만나고, 이들은 서로 만나 자신들이 겪은 일을 말하면서 울분을 토로한다. 이어 이곳에 참석하려고 오는 자들 중 충신만을 들여보내게 하는데, 170여 명에 달하는 인물들이 들어온다. 충신열사들이 모인 다음, 또 시연이 베풀어진다. 시연이 무르익을 즈음에 단종의 일에 연루되어 희생되었던 남효온, 김종직, 김일손 등이 찾아온다. 이들에 이어 영월과 정선 군수, 연좌로 인해 죽은 사람들, 동학사 초혼기에 기록된 인물들이 연회에 참석한다.

자리가 정리되자, 이번에는 왕과 신하들이 당시의 사건을 회상하면서 자신의 회포를 진술하면서 자신들의 행적과 질문 등이 이어지는데, 이 부분은 인물 평가 부분으로 해석된다.

뒤를 이어서 역사 일반의 문제에 대한 또 한 번의 토론이 벌어지고, 토론이 마무리되자 또 시연이 이뤄진다.

시연이 끝나고 건문황제가 돌아갈 곳이 없음을 한하다가 흰 구름을 타고 제향(帝鄕)으로 올라가고, 단종도 신하들과 함께 능이 있는 곳으로 향한다. 이때 무명자도 놀라 깨어나게 된다.

「내성지」는 위와 같이 '좌정(坐定)1-시연1-좌정2-토론1-토론2-시연2'의 순차적 서술 구조와 '현실-입몽-각몽'의 몽유 구조를 보임으로서 전대의 몽유양식을 계승하고 있음을 확인할 수 있다. 그 가운데 400여명을 웃도는 인물들이 등장하고 순차적 서술 구조에 따라 각각의 단락을 거듭 전개, 확장하면서 장편화 경향을 띄고 있다. 전대 몽유록의 모습에서 일탈된 면모를 동시에 확인할 수 있는 작품이다. 특히 단종과 건문황제의 일에 관련된 모든 삽화를 작품 속에 수용하고자 한 작가의 의도가 드러나는 작품이다.

전대 몽유록의 양식적 특성을 계승하면서도 서사세계를 대폭 확장한 점에서 몽유록 양식의 사적인 전개 과정을 유추해 볼 수 있고, 주제적인 측면에서 유교적 대의명분을 보다 확고히 하려고 한 작가의식을 확인할 수 있는 작품이다.

둘째로는 '대중지향' 적 모습이다. 이는 중국 「삼국지연의」 등의 연의 소설류의 영향을 받은 것으로 보인다. 작품으로는 「금화사」·「사수」·「몽유 성회록」 등을 들 수 있다. 이들 작품에는 대중적 인물지향의 모습이 나타나고 또 군담, 환생 등 전대의 통속적 서사기법 등을 수용하여 몽유록의 대중화를 이끌어내고 있다.

「제마무전」 역시 핵심 서사단락이 되는 송사 부분에 「삼국지연의」의 주역들을 대거 인용하고 여기에 새로운 인물들을 대대적으로 추가하여 부연함으로써 등장인물 수만 20여명이 넘는 등 서사를 대폭 확장한 몽유록 유형의 작품이다. 그러나 「제마무전」은 『유세명언』 제31화 「요음사사 마모단옥」(鬧陰司司 馬貌斷獄)의 번안 작품[59]으로 중국 공안소설[60]을 원본으로 하고 있다는 점에서 완전한 창작 몽유록이라고 보기 어렵다는 이유

---

59) 번역본임을 밝힌 논문으로는 이명구, 「이조소설의 비교문학적연구」, 『대동문화연구』 5, 성균관대대동문화연구원, 1968. 조혜란, 「「제마무전」 연구」, 『고소설연구논총』(다곡이수봉박사 정년기념논총), 경인문화사, 1994. 「제마무전」의 내용은 제마무가 40세에 과거를 보고 실패한 뒤 옥황상제와 地府十王을 책하는 글을 짓고 冥府에 삽혀갔으나, 다시 영웅으로 환생하여 中原을 휩쓸고 晉國을 다스리다가 인간 세계로 나오던 중 실족하여 깨어 보니 南柯一夢이었다는 이야기로, 꿈 속 현실생활에서 영웅담과 환생담을 동시에 담아 인생의 무상함을 보여 주는 작품으로 환몽구조를 보이나 번역본임이 밝혀져 조선후기 창작된 몽유록 작품이라고 보기 어렵다.
60) 『한국민족문화대백과사전』에 따르면 '公案小說' 이란 억울한 일을 관청에 호소하여 해결하는 것을 주요 내용으로 하는 고전소설로 '司法관청의 법정에서 자라난 소설' 이라는 의미를 갖고 있다. 訟事事件의 발생, 해결과정 및 그 결과 가 소설의 발단·분규 및 결말에 대응되는 구조를 이루며 전개되는 소설이다.
'公案' 이라는 용어는 원래 중국어로, 이 말의 본래 의미는 '관공서의 문서' 라는 뜻이었다. 그것이 뒷날 '재판사건의 문서' 라는 의미로 전용되어 중국의 소설이나 희곡의 한 갈래 명칭으로 쓰이게 된 것이다.

를 들어 「제마무전」을 연구대상에서 제외키로 한다.

김제성의 「왕회전」[61]도 「금화사몽유록」의 서사내용에서 새로운 서사내용을 덧붙여 확장한 것으로 1840년 창작 된 것으로 알려져 있다. 작자 김제성의 역사인식을 담아낸 몽유록으로 볼 수 있으나, 엄밀히 살펴보면 실제 작품의 본문은 환몽구조의 구성 방식을 취하지 않고 있다. 다만 「왕회전」 말미에는 이 작품이 어떻게 이루어졌는지를 밝힌 후기가 기록돼 있는데, 이 후기가 몽유록 구조이다.

1) 숭정기원 후 경자년 봄에 소식의 전후 「적벽부」를 읽던 남호거사 김제성이 봄볕에 채강에 기대어 잠깐 졸다 어딘지 모를 곳으로 날아간다.

2) 홀연 어떤 도인이 나타나 자신이 소식이라고 소개하고 「금화사몽유록」에 대해서 들었는지를 묻는다. 이에 들어 보았으나 자세한 것을 알지 못하고 또 믿을 만한 것인지도 모르겠다고 대답한다.

3) 소식은 실제로 숭정 기묘년에 한·당·송·명 4인의 창업지주가 모여 잔치를 벌였고, 이때 자신은 문연각 태학사로 조서를 초제하는 승은을 입었다고 한다. 이러한 천재의 모임에 대한 사적이나 언행을 민멸하게 할 수 없어 남호거사에게 알리는 것이라며, 전말을 이야기하고 사라진다.

4) 거사가 꿈에서 깨어 기이하게 생각하면서 차례를 지어 기록하고는 이름을 「왕회전」이라 했다.

---

61) 金濟性 作 「王會傳」은 한문필사본으로 한국정신문화연구소에 소장되어 있는 유일본이다. 상, 하 권 2권 1책으로, 회장체 형식을 갖추고 있다. 작품 말미에 후기가 있어 작자와 창작시기, 창작동기를 알 수 있다.

이 후기에 따르면 남호거사 김제성이 소식의 적벽부를 읽다가 꿈을 꾸게 되고, 거기서 소식을 만나 「금화사몽유록」에 관한 이야기를 듣게 되었다고 한다. 김제성이 꿈에서 깬 후 들은 이야기를 편차를 정해 나름대로 재구하여 창작한 것이 바로 「왕회전」이라는 것이다. 따라서 작가는 김제성[62]이고, 내용상 「금화사몽유록」을 따르고 있음을 알 수 있다. 그러나 후기가 아닌 실제 「왕회전」의 본문 내용의 서두는 '숭정 기묘년에 한 고조가 신하들과 잔치를 벌이다가, 장량의 건의로 역대의 창업지주를 초대하고 이들을 위한 연회가 열린다.' 는 것으로 시작된다. 즉 입몽과 각몽 구조의 틀이 아니라는 말이다. 「왕회전」이 몽유록 유형이라고 보기는 어렵다는 견해는 학계에 이미 제출된 바 있다.[63] 이들의 견해를 좇아 필자 역시 「왕회전」을 몽유록 유형에 포함시키는 것은 무리가 있다고 판단해 본고의 논의 대상에서 제외한다.

「왕회전」을 처음 학계에 알린 이는 임치균으로, 「금화사몽유록」과의 비교를 통해 작품의 특징을 밝힌 바 있다.[64] 뒤를 이어 이병직은 「왕회전」이 「금화사몽유록」을 근원으로 삼고 있으면서도 사건전개방식, 인물재현 방식, 갈등의 구체적 서술 방식 등에서 다채롭고 풍부한 표현력을 발휘하고 있어 「금화사몽유록」을 뛰어 넘는 소설적 구성의 작품이라고 하였다.[65]

---

62) 이 작품이 남호거사 김제성의 작품임을 입증하는 것으로는 작품명에 '南湖夢錄'이라 적혀 있다는 것과 후기가 끝난 마지막 부분에 "歲 崇禎紀元後四庚子三月下澣 南湖居士記"라고 적혀 있어 김제성을 작가로 보는 견해는 타당하다는 생각이다.
63) 임치균, 「〈왕회전〉연구」, 『장서각』 2, 한국정신문화연구원, 1999, pp.67 87.
　　정용수, 「〈왕회전〉연구」, 『동양한문학연구』 14, 동양한문학회, 2001. pp.167 208.
64) 임치균, 앞의 논문, pp.67 87.
65) 이병직, 「〈왕회전〉연구」, 『고소설연구』 14, 한국고소설학회, 2002, pp.154 160.

한편, 「금산사몽유록」과 제명이 비슷한 작품으로 「금산몽유록」이 있는데, 이는 김면운(1775~1839)의 작품으로 「금산사몽유록」는 전혀 상관없는 내용이다. 「금산몽유록」은 작자 자신이 몽유자로 등장하는 일인칭 서술의 몽유록 작품으로 '현실-입몽-각몽'의 구도가 명확한 몽유양식을 취하고 있다. 줄거리는 작가이자 주인공으로 등장하는 오연응이 꿈속에서 금산의 산정에 도착하여 우의도사를 만나 금산영과 노량수부 사이의 의견충돌이 있음을 알게 되고, 이에 대한 자신들의 입장을 담고 있는 문서를 보게 된다. 도인은 문서를 보여 주고 오연응의 입장을 묻자 오연응은 중행(中行)이 군자가 행할 바라고 주장한다. 이에 도사가 크게 웃으며 팔뚝을 치자 각몽하는 것으로 이야기는 끝이 난다.

「금산몽유록」은 '중용지도를 택하겠다는 작자 의식 반영의 산물'로 본 차용주에 의해 학계에 소개된 이후,[66] 몽유록류와는 상당히 거리가 떨어진 작품으로 '관념적인 작자의 사유를 형상한 작품'[67]으로 고찰된 바 있다. 이후 정수용에 의해 영남 유림의 대표적인 인물인 김면운이 임란 직후인 계사년에 영남 관찰사로 공관에서 병사한 학봉·김성일을 추모하는 '학야서원'의 건립으로 야기된 병향문제가 발달이 된 영남 사림간의 첨예한 병향문제가 창작배경임을 밝혔다. 즉, 이 첨예한 문제를 두고 알력 싸움을 하고 있는 당시의 두 주류를 금산영과 노량수부로 형상화하고, 자신은 이 양 세력간의 알력을 일소하기 위한 방편으로 양자간의 대승적 차원의 대화합을 주장하며, 중용의 도를 내세운 것으로 창작 의도를 파악했다.[68]

셋째로 「부벽」·「황릉몽환기」의 작품에서는 기존의 작품들에서 비독자

---

66) 차용주, 『한국한문소설사』, 아세아문화사, 1989, p.247.
67) 신재홍, 『한국몽유소설연구』, 계명문화사, 1994, pp.190~191.
68) 정용수, 앞의 논문, pp.148~166.

적이고, 비중심적 성향의 여성 인물들을 대거 끌어와 여성인물에 대한 적극적인 조망을 보여주고 있어, 여성 독자층이 몽유록 향유계층으로 영입된 소설사적 변화를 실감하게 한다.

「부벽몽유록」은 작자와 연대 미상의 작품으로 「금화사기」와 합철되어 전하며, 현전하는 몽유록계 소설 가운데 가장 짧은 분량의 작품으로 알려져 있다. 작품 속에서 몽유자인 '여(子)'는 철저한 관찰자로만 나타나고 있어 「강도」, 「사수」 등과 함께 방관자형 작품으로 분류되는 작품이다. 「부벽」의 줄거리는 다음과 같다.

서두는 지금의 평양인 기경에 대한 승경과 부벽루 주변 경관의 묘사가 압축적인 대우(對偶)의 사용을 통해 아름답고 미려한 필치로 펼쳐진다. 경치에 취하고 술에 취한 '여'가 꿈속으로 들어가게 된다. 몽유 세계 속에서 '여'는 관서 투색장군 사소랑의 연희 장소를 찾아들게 되고, 여기서 양귀비, 이부인, 우미인 등의 하소연을 듣게 된다. 투색장군인 사소랑의 위로 이야기를 엿듣다가 '여'가 꿈에서 깨어난다.

이상의 줄거리를 통해 「부벽」의 특징을 몇 가지 제시해 볼 수 있는데, 우선 몽유 세계가 여성들의 이야기로만 구성이 된다는 점이다. 여성들이 서사의 주체로 등장하는 모습인데, 이를 통해 「부벽」의 창작 시기가 17세기 후반 이후일 것으로 짐작해 볼 수 있다. 아울러 입몽 전의 현실이나 몽유 세계 속에서도 작가의 울분이나 시대 의식 등이 구체적으로 부각되지 않는다는 점, 그리고 좌정 대목에서도 등장인물들이 신분 고하가 없이 자연스럽게 차례대로 앉는 모습 속에서 기존 몽유록과는 일정 거리감을 갖게 하기도 한다. 이는 17세기의 몽유록의 모습과도 일정 부분 벗어나 있어 조심스럽게 18세기 작으로 추정해 볼 수 있을 것이다.

「부벽」에 이어 「황릉」도 서사적 주체가 여성으로, 여성주의적 성향이 강한 작품이다. 조선의 두 서생이 꿈에 요임금의 딸로서 순임금의 이비(二妃)가 되었던 아황·여영과, 주나라 문왕의 비(妃)인 태사, 그리고 명나라 효문공의 부인을 만나, 역사적 평가 속에 가려진 인간으로서의 비애에 대해서 이야기를 듣고 꿈에서 깬다는 내용이다.

18세기~19세기 이러한 변화의 모습은 전대의 몽유록이 이 시기에 이르러 교술적 서사로서의 혼합장르적 성격에서 점차 벗어나서 본격적인 서사물로서 등장하게 됨을 말해주는데, 「사수」에서 어느 정도 이러한 양상이 드러나고, 「제마무전」에 이르러 국문소설로서의 면모를 뚜렷이 갖추게 된다.

「사수몽유록」의 작품은 작자 미상의 필사본으로 이명선[69]에 의해 소개되었고 장서각 도서의 「문성궁몽유록」과 일치하는 작품으로 알려져 있다. 줄거리는 다음과 같다.

중원에 사는 유생이 공자와 같은 대현(大賢)들이 뜻을 얻지 못하고 천하를 방황한 것을 원망하고 한탄하던 중 청의동자의 안내를 받아 승천하게 된다. 거기서 유생은 옥황에게 질책을 받고 공자가 문성왕으로 있는 사수의 소국으로 인도되어 간다. 사수에는 공자의 제자를 비롯한 중국 역대의 유학자들과 우리나라 역대의 유학자 등 11명이 제각기 관직을 맡아 문성왕을 보필하고 있었다. 문성왕은 제신들과 더불어 유도를 강론하고 자공(子貢)으로 하여금 역대의 인물을 논평하게 한다. 자공은 문성왕 치세의 소국을 요순과 비견하면서 태평성대라 칭송하고, 이 사실을 기록하여 인간에 전해야겠다며 적은 것을 받아 가지고 섬돌을 내려오다가 실족하면서

---

69) 이명선,『인문평론』제2권 제4호, 1942.

꿈에서 깨어나게 된다. 유교주의적 왕도정치를 지향하는 작가의 의도식이 담긴 작품이라고 할 수 있다.

이밖에 「몽유성회록」·「하생몽유록」·「만옹몽유록」은 각각 민긍기[70], 김남기[71], 양승민과 김정녀[72]에 의해 연구의 물꼬가 트여지기는 했으나 이후의 연구 진행은 더딘 편이다. 「몽유성회록」은 작자 미상의 작품으로 줄거리는 다음과 같다.

원시절 사천 미주 땅에 살고 있는 한 수재가 현실에 대한 비분강개를 가지고 있다 술이 취해 꿈속으로 들어가고, 꿈속에서 청의동자의 안내를 받아 태청금화부에 이르러 성군을 만나게 된다. 성군은 몽유자인 생이 '하늘이 공변되지 못함'을 탄하는 것에 대해 책하고 '하늘이 하는 일이 순천한 것임을 알게 하고자 한다.'는 초청의도를 알려 준다. 이어 생은 옥황상제를 알현하게 되고, 복희씨와 삼황오제 등을 함께 만나 좌정하게 된다. 좌정 후 옥황이 그들에게 천지개벽 후 역대의 흥망성쇠한 이치를 말하고, 현명한 군주를 세상에 내려 보내 새 나라를 세우려 한다며 모인 사람들에게 소견을 묻는다. 이때 한고조와 당태종 송태조가 찾아와 정좌한다. 이어 옥황이 공자에게 재차 소견을 묻자 유비를 천거한다. 유비는 사양하다 결국 명을 받게 되고, 유비는 제갈량과 함께 인간 세상에 나아가길 청한다. 제갈량 역시 인간 공명을 원치 않는다고 하나 공자의 결정에 따르게 된다. 이어 제갈량에게 신하를 정하라고 명하사 제갈량의 신하를 결정하게 된

---

70) 민긍기, 「〈몽유성회록〉에 대하여」, 『열상고전연구』 9, 열상고전연구회, 1996, pp.341~384.

71) 김남기, 「〈하생몽유록〉연구」, 『한국고전소설과 서사문학·하』(양포이상택교수환력기념), 간행위원회, 1998.

72) 양승민, 「〈원생몽유록〉작자 문제의 허실」, 『어문논집』 38, 안암어문학회, 1998, p.27. 「만옹몽유록」은 양승민에 의해 발굴되었고, 동시에 작가 만옹 윤치방이 학계에 알려지게 되었다.
　　김정녀, 「〈만옹몽유록〉연구」, 『고소설연구』 9, 한국고소설학회, 2000, pp.171~200.

다. 이어 삼국지에 등장하는 조조, 손권 관운장 등의 많은 인물들이 거론되며 인간 세상에 다시 나아가게 된다. 옥황이 유비를 전송하는 잔치를 베푼다. 금화부 동자의 빨리 돌아가라는 소리에 놀라 깨어난다.

'현실-입몽-각몽' 의 몽유 양식과 좌정 후 토론, 시연하는 모습에서 전대 몽유록을 계승하고 있으며 삼국지의 등장인물들이 대거 등장함을 알 수 있어 소설적 모습으로의 변용이 보인다. 한편, 몽유자를 꿈속으로 초청한 이유가 '하늘이 인재의 등용과 수명이 공변하지 못함' 을 탓하는 그에게 '잘못된 생각', '하늘이 하는 일은 순리적임을 알리기 위함' 이라는 창작의도를 본문에 밝히고 있다.

「하생몽유록」은 영조 때의 문신인 이위보(1694~?)가 18세기 중엽에 지은 작품으로 임병양란을 배경으로 하고 있다. 몽유자인 하생이 꿈속에서 선계에 들어가 임경업과 삼학사 등을 만나 시를 주고받으면서 그들의 충절을 기리고 임경업을 시해한 삼흉(三凶)을 지옥에서 불러내어 치죄한다. 삼선이 이에 통쾌해 하자 남화노선 장자가 '모두 칭찬하고, 청화진군이 하생에게 30년 뒤 금강산 비로봉에 상봉할 것이니 입산하여 도를 닦으라고 말하며 하생을 속세로 내려 보낸다. 하생이 꿈에서 깨어 입산연도하여 우화등선한다. 후일 사람들이 금강산에서 달밤에 거문고를 타는 이를 보고 하생일 것이라고 한다는 후일담까지로 구성되어 있다.

「만옹몽유록」은 만옹 윤치방(1794~1877)의 작품으로 그의 문집인 『만옹유고』 1권에 실려 있다. 작품 중 주인공이자 몽유자로 등장하는 '불온재' 는 윤치방의 호(號) 중 하나이다. 줄거리는 꿈속에서 몽유자 불온재가 신선을 만나 그와 함께 중국의 태산, 형산, 화산 등 오악을 둘러보고 금릉, 기산, 동정호 등 주요 사당을 두루 둘러보게 되는 내용이다. 태백산에 이르러서는 신선을 만나 술을 받아 마신 뒤 꿈에서 깨어난다.

몽유 형식을 취하고 있기는 하나 주요 명승지를 둘러보는 여행담적 성격이 강해 역사적 사실을 형상화하는 현실인식의 전대 몽유록과는 많은 차이를 보여주는 작품이다.

그리하여 몽유록은 17세기 사대부층의 정치상황에 대한 작가 자신의 현실인식인 이념적 갈등과 방황의 양상이 주를 이루던 모습에서 본격적인 서사물로서의 입지를 굳힌다.

한편, 이 시기는 17세기 말에 창작된 「구운몽」의 출현이 시대구분의 중요한 지표가 된다. 이 작품은 전대의 몽유전기소설이 지니고 있는 욕망의 성취라는 양식적 특성을 수용하는 한편, 몽유록에서 보였던 이념적 성향이 보다 보편화된 이념으로 전이되어 본격적인 서사적 줄거리를 통하여 형상화되어 있다. 이는 곧 욕망과 이념의 통합을 지향하는 몽유장편소설의 양식적 특성을 뚜렷이 보여주고 있는 것으로 이해된다. 그리고 이를 통하여 중세적 삶의 총체적 모습을 구현해 내었다고 할 수 있다.

「구운몽」에서 양식적 성격이 확립된 이후, 이 작품을 모방한 「구운기」, 욕망과 이념의 통합 과정이 훨씬 어렵게 전개되면서 당대 사회현실에 대한 비판의식을 드러내고 있는 「옥련몽」과 그것의 개작품인 「옥루몽」 등이 몽유장편소설의 큰 흐름을 형성하게 된다. 그리고 비록 시대적으로는 「구운몽」 이후의 작품으로 추정되지만, 그 양식사적 변모의 양상에 있어서는 몽유록과 몽유장편소설의 중간적 모습을 보여 주고 있는 「옥선몽」이 나타남으로써 양식내의 동태적인 변모 양상을 살필 수 있게 한다.

필자는 18세기~19세기의 다양한 작품 중 새롭게 부각되는 측면인 여성인물의 본격적인 등장을 보이며 이계를 통한 환상적 여행을 다룬 「황릉몽환기」를 중심 텍스트로 삼아 고찰하기로 한다.

2) 연구방법

연구방법에 앞서 본고는 먼저 '환상성'이 작중인물을 통한 독자의 해석학적 체험임을 미리 언급한다. 작품 속에서 작중인물이 체험한 현실에 대해 갖게 되는 주저함도 결국 작중인물과 하나 되는 교감을 통한 독자의 망설임이기 때문이다. 그렇다면 독자는 어떠한 경우 작품에서 '환상적'이라는 단어를 떠올리게 되는 것인가? 이는 먼저 가시적 현실만을 수긍하는, 그리고 그것을 기반으로 하는 일차적 세계관의 인식에서 출발함을 알 수 있다.

다시 말해, 환상은 '세계-현실-존재'라는 자신의 선이해(preunderstanding) 속에서는 이해할 수 없거나 해석될 수 없는 '선이해 바깥의 사태 또는 사건, 혹은 현상과 직면한 해석학적 체험이라는 말이다. 이에 대해 토도로프는 "환상성이란 자연의 법칙밖에 모르는 사람이 분명 초자연적인 양상을 가진 사건에 직면해서 체험하는 망설임인 것"[73]이라고 했다. 여기서 '자연의 법칙'이란 작중인물 또는 독자의 선이해 구조인 가시적 현실을 기반으로 하는 것이며, 이 일차적 세계를 넘어서는 해석학적물음, 즉 "내가 경험한 이 사건의 정체는 무엇인가? 착각인가? 내가 알지 못하는 다른 세계가 존재하는 것은 아닐까? 같은 수수께끼적 물음을 갖게 하는 텍스트의 구조를 지칭함이다.

이렇게 환상을 해석학적 체험으로 재규정하는 것은 세 가지 의의를 지닌다.

첫째, 환상성을 단지 비현실적 사건이나 초현실적 존재와의 대면에 국한시키지 않는다는 측면에서 인식의 폭을 넓히는 선이해 구조

---

73) 츠베탕 토도로프, 앞의 책. pp.24~40.

(preunderstanding structure)의 확장을 가져온다는 점이다. 왜냐하면 인간세계를 해석하는 것은 시간과 공간, 그리고 인과율이라는 선이해 구조를 통해서이기 때문인데, 시간과 공간 그리고 인과율의 위반으로 특정 짓는 환상성은 우선적으로 선이해 구조의 확장에서 해석이 가능하기 때문이다.

둘째, 이러한 선이해 구조는 특정한 사회적, 역사적 해석지평 속에 놓이게 되는데, 이를 통해 환상성에 대한 논의는 구조주의뿐만 아니라 사회, 역사적 지평 속에 놓여 지면서 문학의 범위를 확대하게 한다.

셋째, 환상성의 해석은 작중인물의 체험 혹은 인물과 동화된 독자의 해석행위 속에서 해명된다. 이는 작품에서의 환상성 여부가 스토리차원의 작중인물이 경험하는 환상뿐만 아니라 플롯 차원 속에서 이루어지는 독자의 능동적 해석과정이 포함되어 있다는 뜻이다.

본 책은 고소설 가운데 독특한 환상의 형식을 취하고 있는 몽유소설을 대상삼아 작중인물을 통한 독자의 체험을 중심으로 한 '환상성'을 중심으로 고찰하는 바, 이는 주로 독자적인 측면에서의 '환상성'을 중시하겠다는 의미이기도 하다.

구체적인 방법론을 들면, 필자의 연구 목적이 '환상성'이므로 먼저 Ⅱ장에서 '환상성'에 대한 정의를 살펴보겠다. 환상성은 앞서 언급했듯, 작중인물을 포함한 독자의 체험에 따른 감정의 효과를 말함이다. 이 '환상성'은 서양에서 먼저 연구되어 이론화 된 것을 동양에서 수용하는 입장인데, 엄밀히 보면 동양과는 약간의 차이를 갖는다고 할 수 있다. 가장 큰 차이점으로 세계관의 차이점인데, 동양이 초현실의 세계와 열려 있는 일원론적 사고체계라면, 서양은 현실과 초현실이 차단된 이원론적 세계로, 각기 느끼는 감정의 효과가 다를 수 있다.

따라서 Ⅱ장에서는 동양과 서양의 '환상성'에 대한 개념을 개괄적으로 살펴보고 동서양의 접점을 찾아 우리 고전문학에 적용할 수 있는 나름의 '환상성'을 정립해 보고자 한다. 아울러 몽유소설을 고찰 대상으로 삼고자 했던 중심 이유인 '꿈'과 '환상성'의 존재 이유와 문학적 기능 또한 이 장에서 살펴 볼 것이다.

Ⅲ장의 목적은 '환상성의 수용과 기법'을 알아보는 것이다. 본격적으로 텍스트 분석을 통해 '환상성'을 추출하게 된다. 추출 방법으로 여러 가지가 있겠지만, 본고는 '환상성' 역시 일정한 형식(기법)하에 부각된다고 판단해 '환상성'을 재현하는 기법으로 크게 세 가지로 분류해 보고 이에 따라 각 작품의 특징을 고찰할 것이다.

구체적인 방법으로 '환상성'이 '꿈'을 통해 나타난다는 속성을 들어 '몽중세계'를 집중적으로 살펴 볼 것인데, '현실-몽중세계-현실'의 환몽 구조를 간략하게 줄거리로 나누어 보고 몽중세계에서 나타나는 '환상성'을 본문을 들어 제시하는 방법을 취한다.

Ⅳ장은 '환상성을 통해 본 작가와 독자의 내재적 의식체계'를 구명하는 것이 목적이다. 먼저 작가적 측면인데, 문학에서 소설이라는 것이 자아와 세계의 갈등을 다룬 장르라는 점에서 '환상성'이라는 것도 당대 작가의 현실인식에 따른 작가의 의도를 반영하기 위한 하나의 표현수단이리라는 전제하에 고찰해 보는 것이다. 또 문학이 작가와 독자의 상호 체계 하에 생산된다고 볼 때 작자의 이면에는 독자가 있기 마련이고, 독자의 수요는 작품의 창출을 일으키는 원동력이라고 할 수 있다. 이런 측면에서 '환상성'이 고대로부터 지금까지 이어올 수 있는 기저에는 '독자층의 욕구충족'이 있었음을 무시하기 어렵다. 따라서 '환상성'이라는 문학적 기능이 독자의 기호에 어떻게 작용을 했는지를 함께 살펴 는 것을 목적으로 한다.

Ⅴ장에서는 텍스트를 대상으로 '환상성'을 가진 작품들이 어떻게 변

해 왔는지를 살펴보고 '환상성' 이 고전 문학사에서 차지하는 문학사적 기여도를 살펴보는 것으로 '환상성' 에 대한 문학의 전반적인 흐름을 모색해 볼 것이다.

Ⅱ. 환상성에 관한 문학적 접근 및 이해

일반적인 개념으로 볼 때 문학적 '환상'의 가장 큰 특징은 '실재적인' 것 또는 '가능한 것'의 일반적 규정에 대한 완강한 거부를 지칭한다 하겠다.[74] 그러나 전장에서도 언급했듯 '환상'이라는 단어는 매우 광범위하고 복합적인 성격을 띠고 있어 다의미적 용어이다.

최근 학계에서도 자주 거론되는 이 '환상성' 이론은 그러나 주로 서양 학자들에 의해 정립된 것으로 동양 문학에 일치시키기엔 무리가 따른다. 왜냐하면 동서양간의 세계관과 서사적 토양자체가 다를 뿐 아니라 환상문학을 논하는데 핵심이 되는 이론가들인 토도로프·잭슨·흄 등의 논리 어디에서도 동양의 문학을 텍스트로 삼고 있지는 않기 때문이다. 게다가 서양의 환상이론은 19세기 특정 양식인 고딕소설에 대한 고찰에서 출발한 것이기 때문이다.

그러나 한편으로는 '환상성'에 대해 흄이 언급했듯 문학의 본질적 충동이고, 또 문학이란 것이 인간의 보편화된 정서를 표현하며 시대를 반영

---

74) 로즈마리 잭슨, 앞의 책, p.24.

하는 산물이라고 볼 때, 문학에서 다뤄지는 공통된 정서는 동서양의 경계를 해체한다. 따라서 동서양간의 환상성은 접점을 찾을 수 있을 것으로 생각된다.

따라서 동양문학의 특성을 근간으로 하되, 체계화된 서양의 이론을 접목하는 동양문학, 특히 우리 고전문학의 '환상성' 이론이 모색돼야 할 필요성을 느낀다. 그러나 이 역시 쉬운 일은 아니다. 그 이유는 우리 문학사에서 환상이라는 개념이 전면에 떠오르기 어려운 상황이었음을 들 수 있다. 유교적 정치 이념이 강한 우리나라에서 문학의 기능은 '재도론'이 대변하듯 교훈 위주의 효용성이 우선시되었고, 이에 위배되는 문학에는 극히 부정적이어서 현재까지 남아있는 자료로는 조선 이전의 문학관이나 환상에 대한 인식을 가늠하기가 어렵기 때문이다.[75]

또 문학적 용어로서의 '환상' 역시 에세이를 수필로 번역했듯 서양의 '판타지'에 대응해 끌어 온 것으로 시각 자체가 서구적이기 때문이다. 게다가 환상성을 일반적으로 비(초)현실성에서 찾는다고 할 때, 서양과는 달리 사후세계 등 이계를 인정해 왔던 동양의 이분법적 세계관에 비추어, 동양 특히 우리 문학에서의 환상성은 역사적 장르로 규정할 만큼 고대로부터 지금에 이르기까지 다양한 양식에서 다양한 모습으로 존재해 왔다.

여기에 문학적 환상은 당대의 작가들이 속한 다양한 역사적 위치에 따라 변형될 수 있는 가능성을 내포하고 있어 이런 측면에서 '환상성'을 일단의 언어적 의미로 풀어내기란 용이한 일이 아니다. 그러나 과거와 현재를 아우르는 연장선상을 잇는 문학적 요소의 하나로 '환상성'이 존재한다고 볼 때, 문학적 가치로서 '환상성'은 정립돼야 할 과제이고, 그러기에

---

75) 조재현, 「고전소설의 환상성 연구」, 『어문학논총』 23집, 2004, p.125.

무엇보다 폭넓은 시각의 접근이 우선시 되어야 할 당위가 인정된다.

본고는 이에 동, 서양에서의 '환상성'의 개념을 간략하나마 개괄적으로 살펴본 후 나름의 '환상성'을 정립해 보고, '환상성'이 우리 문학에서 고대로부터 지금까지 오랜 역사를 거치며 지속될 수 있었던 이유와 기능을 함께 살펴보는 데에 Ⅱ장의 목표를 둔다.

1. 환상성의 개념 및 정의

먼저 동양에서 '환상'의 개념을 살펴보면, '환상'이라는 단어는 근대 이후 사전에 등재된 것으로 추정된다. 중국 고전인 『십삼경색인』[76]에서 '환' 또는 '환상' 항목을 찾을 수 없고, 근대 이전의 한·중·일 세 나라에서 간행된 한자사전 모두 '환상'의 역사적 용례를 보여주지 못하고 있기 때문이다. 특히 '환상'은 고대 문헌에서 보이지 않고 후대에 와서 쓰인 것으로 보인다.[77] 따라서 한자 중심의 동양권에서의 '환상'이라는 단어는 일반적인 용어라기보다 자주 쓰이지 않고, 비교적 늦게 등장한 단어임을 알 수 있다.

어원적인 의미로 살펴본다면, '환'의 자의로는 '변화와 미혹, 요술, 허깨비'[78] 또는 '허무, 변화, 신기'로 풀이하기도 하며,[79] 『설문해자』에서는

---

76) 『十三經索引』, 臺灣開明書店, 1978.
　　葉紹鈞 編, 『十三經索引』, 中華書局, 1983.
77) 모로하시 테쯔지(諸橋轍次), 『大漢和辭典』, 1968.
　　『漢語大詞典』, 漢語大詞典出版社, 1994.에는 '幻想'이라는 어휘가 淸代 이후 등장한다.
78) 『漢韓大辭典大字源』, 동양학연구소, 1999.
79) 『漢語大辭典』 4卷, 1989.

'환'에 대해 '속이다'의 의미로 정의돼 있다. 주로 '변화하다' '속이다'의 어원으로 쓰였던 '환'의 의미가 좀 더 깊고 적극적으로 사용되게 된 것은 불교에서 '환(幻)'을 수용하면서부터인데, 불교적 의미에서 '환'은 실체가 없는 것을 능히 변화하여 보이는 것, 없던 것이 홀연히 있는 것, 없다가 갑자기 나타나는 일종의 영상이란 의미로 통용되었으며, 불교는 환술을 이용해 진리를 깨우친다는 교술적 목적을 뚜렷이 하는 환법과, 그런 일을 하는 대환사, 그런 것으로 나타나 보이는 모습들이라는 풍부한 용례로 발전시키기도 했다.[80)]

'환상' 역시 일상어라기보다 불교 용어로 자주 거론돼 왔는데, 환상은 실체가 없는 헛것을, 환상은 환술로써 없는 것을 마치 있는 것처럼 만드는 것을 의미하며, 환상은 헛 것 또는 사상이나 감각의 착오로 사실이 아닌 것이 사실로 보이는 환각 현상을 뜻한다. 즉 '환상'이란 불교적 용어로 '실체가 없는 것'(幻), 즉 가상, 변화, 허무 등을 마치 있는 것으로 보는 것, 또는 보이게 하는 인간의 정신작용(想)을 통칭하는 것으로 풀이할 수 있다. 이러한 '환상'의 의미로 가장 널리 쓰인 예문이 "일체유위법 여몽환포영(一切有爲法 旅夢幻泡影)"[81)]인데, 여기서 일체유위법이란 꿈같고 환, 물거품 등과 같이 이 세계에 존재하는 모든 것이 그 실체가 없는 것임을 관찰하여 어디에도 집착됨이 없어야 함을 알면 이것이 곧 일체유위법을 여의는 것이라고 했다.[82)] 이는 현실에 대한 불교적 의미로 '현실' = '환'으로, 고정된 실체로 보지 않는 인식이다.

그러나 환상에 대한 불교적 관점을 그대로 문학에 접목시키기에는 문

---

80) 최기숙, 『환상』, 연세대출판부, 2003, pp.8~9.
81) 『金剛經』, 제32장.
82) 觀心, 『알기쉬운 금강경 해설』, 대원정사, 1994, p.266.

제가 따른다. 불교에서 말하는 환상은 '현실이 현상처럼 덧없어 실체가 없음'을 뜻하는 것으로, 있는 실재적 현실이 갖는 실상의 의미를 그대로 반영하기 위한 반어적 어법임에 반해, 문학에서의 환상은 현실이 아닌 또 다른 현실인 비현실 또는 초현실을 체험하는 것이기 때문이다. 이때 '환상'은 현실과 대조되는 개념으로 파악된다.

예를 들어, 환상성의 백미라 할 『구운몽』에서 환상을 찾아낸다면 대표적으로 작중인물인 성진(양소유)이 '선계'에서 적강하여 '인간계'로 환생하고 다시 선계로 복귀하는 수직적 구조 속에서 찾아지는 이계와의 자유스러운 교섭이지 불교적 의미의 환상이 아니기 때문이다.

여기서 『구운몽』이 갖는 환상의 의미는 기(奇), 이(異), 괴(怪)의 용례에서 파악하는 것이 적절하다. 문학적 용어로 자주 쓰이는 '환상'은 '기이함'이라는 내용으로 더 잘 이해되었고, 이러한 기이함에 대한 추구는 동양문학사의 중요한 영역을 담당해 왔다.

기이함이란 기, 이, 괴 등으로 표현되었는데, 이중 가장 광범위하게 쓰이는 '기'는 드물고 본래적이고 환상적이고 기묘한 영역을 지칭하는 말이다. '이'는 일차적으로는 '차이, '구별짓다'의 의미와 함께 이차적 의미로는 '비범한, 낯선, 괴상한' 등으로 무엇이든 규범과 다른 것을 의미한다. 반면 '괴'란 편협한 의미로 '기묘한, 섬뜩한, 비정상적인' 등을 나타낸다. 그리고 '怪'의 의미는 '다른, 이상한, 초자연석인' 등의 의미로 설명하고 있어 '이'와 같은 의미를 보여주고 있다.[83)]

이 한자들은 초월적 영역의 문제, 다른 세계에 대한 호기심, 이상스러운 사건에 대한 감탄과 모호한 것에 대한 근원적 공포를 설명하기에 적절

---

83) 『說文解字』.

한 의미범주를 지니고 있다. 이들 한자는 때로 중국 문학의 장르로 설정되기도 했는데, 위진남북조 시대(220~589) 출현한 '지괴' 소설은 기묘함(怪)을 기록한다(志)는 의미로 당시의 신비주의와 불안한 정치현실의 토양에서 대량으로 창작되었으며, 지괴소설의 환상성은 흔히 난세의식의 산물로서 현실도피적인 성향이라는 부정적 인식과 유교적 지배이념에 대한 반항의식이라는 적극적 의미를 부여받기도 한다.[84]

지괴소설의 뒤를 이어 당대(618~907)에는 의식적으로 기이한 것을 추구한(作意好奇)[85] '전기' 소설이 등장하는데, 당대는 도교가 국교가 신봉되었으므로 거의 모든 소설에 신선, 귀신, 도술 등 불교와 도교적 환상의 색조가 깔려 있었다. 중국의 전기소설은 우리의 나말여초 전기문학에 많은 영향을 주기도 했다. 이 밖에 명대(1368~1662)의 신마소설, 청대(1616~1911)의 무협소설 역시 환상성이 작품 전반부를 차지한다.

우리의 서사문학에서도 기, 이, 괴의 성격을 지닌 작품이 다양한데 '괴'보다는 '기', '이'가 함유된 작품이 많으며 이에 대한 문헌으로 『삼국유사』의 기이, 신주 편목을 대표적으로 들 수 있다. 기이편은 분량 면에서도 전체의 반을 차지할 만큼 많은데, 삼국유사 서문에 따르면 기이, 편목의 뜻은 "인간의 보편적 논리로 설명할 수 없는 신이한 사실이며 대업이나 고귀한 존재에 관한 일들"[86]이라 설명되어 있다. 또 『삼국사기』「열전」의 「김유신」조 등에서의 초월적이고 환상적인 인간상, 『동야휘집』에서의 초자연적이고 신비한 이야기들을 담은 영이편(靈異篇) 등 기, 이적 성격을 띠는 작품이 폭넓게 다뤄지고 있다.

---

84) 정재서, 「중국환상문학의 역사와 이론」, 『중국어문학지』8, 이화중국어문학회, 2000, p.140.
85) 胡應麟, 『少室山房筆叢·四部正訛·下』 권 36.
86) 박인회, 「삼국유사소재 향가연구」, 국민대학교 박사학위논문, 2000, pp.20~21.

이후 나말여초의 전기문학, 꿈을 통해 이계를 넘나드는 몽유계소설, 도술 등의 이적을 보이는 영웅 소설 등 많은 작품에서 기,이의 모습을 찾을 수 있다. 따라서 이러한 기, 이, 괴의 용어는 동양문학권의 환상성 성격을 규명하는데 있어 유용한 용어로 보인다. 또한 기, 이, 괴는 서양 환상이론의 전범이 되는 토도로프의 '주저, 망설임'과 일면 상통한 점을 찾을 수 있다.[87]

이러한 관점으로 『구운몽』을 다시 살펴보면 『구운몽』의 '환상성'은 불교적 의미의 '환상' 의미와는 성격이 다른 기이하고 낯선 초현실적 사건을 다루고 있어 종교와 문학에서의 용례가 약간의 차이를 갖는다고 할 수 있다. 그러나 『구운몽』의 궁극적 주제가 '현실이 덧없다' 는 사상, 즉 불교적 '환상' 에 기반하고 있음을 볼 때, 『구운몽』이 갖는 문학적 환상성은 불교적 관점에서의 환상을 이끌어 오기 위한 매개물이었음을 알 수 있다. 다시 말해 문학에서의 '환상' 은 종교에서 문학으로 넘어 오는 과정에서 작가의 상상력과 융합하면서 새롭게 부상한 문학적 매개물로 작가의 '상상물' 임을 보여주는 예이다. 따라서 동양문학, 특히 우리 문학의 이해에 있어 작가 인식의 기반이 되는 종교와 문학의 관계는 상호 연결돼 있으며, 문학적 '환상' 은 기본적으로 종교적 관점에서 많은 소재를 취하고 있음을 보여준다.

이러한 문학과 종교와의 관계는 도교에서도 찾을 수 있다. 도교에서의 '환상' 의 의미는 불교보다 직접적이다. 도교에서의 '환상' 의 의미를 찾는

---

87) '주저함' 과 '기,이,괴' 는 감정효과에서 유사하다고 볼 수 있다. 토도로프가 제시하는 '주저함' 이 현실에서 일어날 수 없는 비현실적, 초현실적 사건을 경험하면서 느끼는 의아함으로 해석될 수 있다면, '기, 이, 괴' 역시 비현실적, 초현실적인 사건을 나타내는 포괄적인 용어로, 이 사건 으 체험한 독자나 작자 역시 모두에게 현실인지 아닌지 의심하고 주저하게 하는 것은 마찬가지 의 정서일 것이기 때문이다.

다면, 어원적이거나 사전적인 의미보다 인위를 거부하고 세속적인 생활과 가치 체계를 초월하려는 '초월성에 대한 믿음'에서 찾을 수 있다. '초월성에 대한 믿음'은 도교의 중심을 이루는 신선사상에서 찾아볼 수 있는데, 신선사상은 자연발생적 종교인 고대의 민간 신앙인 신선설에 음양, 오행, 의술, 점성 등의 명제와 이론에 주술적인 신앙을 합해 불로장생을 주요목적으로 삼고 있다. 죽지 않고 영원히 살고 싶어하는 장생불사라는 인간의 욕망이 도교의 환상적 중심 기제로서 '신선'의 존재를 이끌어 내었던 것이다.

'신선'이라는 존재의 특성은 다음과 같이 몇 가지로 요약될 수 있다.

첫째, 인간계의 연장선상에서 해석되는 상상력의 산물이라는 점이다. 신선이란 인간 누구라도 득도하면 도달할 수 있는 지향형의 상상체로, '신선'은 모든 대중이 실제 사람을 이상화한 것으로 파악해, 신선들이 사는 선계 역시 전형화된 인간세상의 낙원의 모습을 구현한 것으로 본다.

둘째, 다양성의 모습이다. '신선화'의 염원이 종국에 가서는 불로장생과 이상향 추구라는 개인의식의 욕망의 발로임에 비추어, '신선'의 형상은 사람의 외적인 아름다움에 최대한 중점을 둔 상상력이 작용하고 여기에 기묘한 법술의 변화와 아름다운 생활 방식이 부여되면서 신선과 선계는 동경의 대상체로 거듭난다. 이때 신선들이 사는 선계는 인간의 잠재의식 가운데 질곡의 현실과는 대응되는 이상향의 관념적 공간이 되고 대안적 환상공간이 된다. 따라서 선계의 모습도, 신선의 모습도 어떤 구체적인 형상을 지니기보다 다분히 추상적이며 상징적이며, 이상향을 추구하는 인간의 염원의 정도에 따라 강도를 달리할 수 있고, 형상화된 모습 또한 무수히 변모될 수 있게 된다.

셋째, '대중성'이다. 신화의 세계에서는 제왕 혹은 특수한 공헌을 한

선현만이 비로소 신의 항렬에 선발될 수 있는 반면, 도교에서의 '신선'은 무릇 득도한 사람이라면 누구나 신선이 될 수 있다는 잠재적 가능성을 내포하고 있어 도교는 이를 기반으로 대중성을 확보하게 된다.

이와 같이 도교는 인간의 유한한 수명을 연장하고자 하는 장생불사의 욕구와 현세의 역경을 피해 선경에서 해결의 실마리를 찾고자 하는 선인들의 이상향 염원 속에 피어난 상상력의 응집체로, 도교는 기저에서부터 '초월성'이라는 환상의 의미를 적극적으로 수용하며 이어져 왔다.

따라서 이러한 도교의 상상력은 무엇보다 문학적 소재로서 적극적으로 수용될 수 있는 기반을 갖고 있는 셈인데, 모순과 갈등의 현실사회에서 인간이 갖는 한계를 풀어내기 위해 도교는 작품에서 환상적이고 신비적인 색채로 용해되며 한계의 해소의 출구로 사용돼 왔다.

도교를 수용한 작품의 예는 실로 다양하다. 대표적으로 『금오신화』를 들 수 있다. 작가인 김시습은 조선 단학파의 개조(開祖)로서 도교에 심취한 인물로 알려져 있다. 작품에 등장하는 선녀, 신선, 천상, 장생불사 등의 도교적 색채를 문학에 적극 끌어들이고 있음을 알 수 있다. 물론 김시습 작품의 전반적인 흐름에는 유·불·도 세 종교가 어울러 빚어져 있지만, 현실과 담을 쌓고 살았던 방외인으로서 김시습에게 문학은 자신의 소외와 고독의 문제를 해소하는 대안으로 작용하였음이 크다. 따라서 그는 도교의 성향인 다분히 신비적이고 초월적인 환상에서 그 출구를 찾았던 것으로 보인다.

이 밖에도 많은 작가들이 있지만, 대개 작자의 불우한 처지에서 오는 감개를 환상적인 신선세계에 기탁하여 현실적 제약을 초탈하고자 하는 심리가 작품 속에 극명하게 표현되어 있음을 발견할 수 있다.

지금까지의 고찰을 통하여 우리 고전문학의 '환상성'을 정리해 보자면 먼저 기, 이, 괴가 내포하는 기이함을 언급할 수 있다. 물론 그렇다고 '환상성'을 논함에 있어 이 용어가 환상성을 범주화하는 용어라고 단정하기에는 다소 무리가 따른다. 그러나 기, 이, 괴가 갖는 성격적 특성은 동양 문학이 갖는 환상성의 성격을 규명하는 무엇보다 유용한 용어로 활용될 수 있을 것이다.

또한 이러한 기, 이, 괴의 특성은 종교에서 많은 소재를 취하고 있음으로 보아 종교와 밀접한 관계 속에서 해석될 수 있는데, 이는 '환상'이 종교적 기반 하에 그때그때마다 작가의 상상력이 맞물려 만들어 낸 상상적 창조물로, 작가의 일정한 의도 하에 연출되는 현실에 대한 현실적이지 않는 비현실, 또는 초현실의 모습을 띤 포괄적 의미를 지칭한다 하겠다.

반면 서양에서의 '환상'은 어떻게 정의되는가? 서양에서의 환상은 일반적으로 작품을 구성하는 어떤 특징적인 '요소'에 의해 규정되어 왔는데,[88] 현실적인 법칙과는 무관하게 창조된 가상세계라는 관점에서 접근한 것이 가장 일반적이다. 그러나 단순히 비현실적인 존재의 등장, 또는 비현실적인 세계를 다뤘다는 특징적인 요소만으로 '환상'의 범주를 설정한다면 영역은 무한의 범주로 확대되고, 결과론적으로 환상에 대한 고찰은 단순한 사건들의 목록을 나열하는 수준에 그칠 수 있다는 한계를 가지

---

88) 특징적인 요소에 대해, 어원은 환상을 불가능하거나 비사실적인 것을 설득력 있게 구상하고 발전시키는 데에 작가와 독자가 지적으로 공모하는 의도적 게임에 비유하였고(흄, 앞의 책, pp.44~45.), 뢰트라는 '영화'의 환상성을 설명하면서 불안과 두려움, 공포와 경악이라는 '효과'에 주목하였다.(뢰트라, 장 루이, 『영화의 환상성』, 김경온·오일환 역, 동문선, 2002, pp.37~44.), 또 톨킨은 성공적인 환상이 이루어지려면 내적 리얼리티를 가지고 독자에게 그럴 듯한 것으로 설정될 수 있는 2차 세계의 성공적인 창조가 이루어져야 한다고 강조하고 '새롭고 신선한 시각' '탈출' '위안' 등의 기능을 중시하기도 했다. 이러한 정의는 '망설임'을 중요시하는 토도로프의 정의와는 상반된다.(토도로프, 앞의 책, p.131.) 이 밖에 특징적 '요소'에 대한 규정은 다양하게 정의되어 있으나 대표성을 띠는 일부만을 소개했음을 밝힌다.

고 있다. 이러한 단편적 정의를 넘어서기 위해 체계적 이론이 시도되는데, 토도로프는 환상문학 장르의 구조를 밝히는 작업을 시도한 최초의 연구자로 '환상'을 문학의 특정 '장르'로서 규정하고, 가장 좁고 엄격한 장르적 접근을 시도했다. 그는 또 '환상성(the fanstasy)'을 구성하는 가장 기본적인 요소로 작중인물과 독자의 불안감 혹은 망설임[89]을 꼽고 있는데, 작품 속에서 서술되고 있는 사건이 자연적인 사건인지 초자연적인 사건인지 주저하는 일이야말로 문학작품의 환상성을 규정하는 요소가 된다고 했다.

이후 문학 내적인 구성요소를 바탕으로 문학의 환상성을 밝히려고 했던 랩킨과 캐스린 흄의 환상문학론을 들 수 있다. 문학 내적 구성요소를 바탕으로 문학의 환상성을 밝히려고 했던 랩킨은 '환상성을 의미있게 사용하는 작품'과 '환상문학'을 구별함으로써 토도로프식 장르론적 접근에 의해 배제되었던 많은 환상적 작품들을 환상문학으로 이해하려고 시도하였다.[90] 또 그는 '환상'이라는 개념의 쓰임새를 크게 세 가지로 구별했다. 첫 번째는 환상성(the fantastic)으로, 작품에 설정된 기본원칙들의 완전한 역전과 이로 야기되는 정서적 감응 및 효과의 배열이라는 구조적 자질이 나타나는 경우이다. 두 번째로, 소문자 '환상'(fantasy)은 작품에 '소망충족'이라는 정신분석학적 사고가 나타나는 경우를 말한다. 마지막으로 대문자 '환상'(Fantasy)은 앞에서 말한 텍스트의 중심구조가 되는 작품들, 즉 환상성이 철저하게 중심에 자리 잡고 있는 '환상문학' 장르다. 그는 환상성이 나타나는 모든 서사는 다양한 방식으로 환상소설의 특징을 지닌다고 보고 환상문학에 대한 포괄적인 범주를 설정했다. 그러나 결국

---

89) 츠베탕 토도로프, 앞의 책, p.112. 망설임은 '머뭇거림' 또는 '주저함' 등의 용어로 번역되기도 했다
90) Eric S. Rabkin, The fanstatic in literature, Prinston University Press, 1976, pp.17~45.

랩킨은 환상문학이라는 장르를 설정하면서도 그에 대해서는 별다른 설명 없이 '환상성'이 중심적으로 드러난 작품만을 환상문학이라는 범주 속에서 유형화하여 설명하는데 그치고 만다.

캐스린 흄은 모방과 더불어 환상을 문학의 본질적 요소로서, 환상문학을 아주 포괄적으로 정의내리고 있다. 그에 따르면 "문학은 두 가지 충동의 산물이다. 그것에는 바로 모방하고 싶고, 사건들, 사람들, 상황, 그리고 대상을 묘사하고 싶은 욕망인 미메시스, 그리고 주어진 것을 바꾸고 현실을 변형하고 싶은 욕망인 환상이 있다"[91]고 정의했다. 이는 '환상'을 문학의 본질적인 속성으로 이해하기 때문에 문학의 하위 장르로서의 환상문학이라는 개념 자체를 부정한다. 캐스린 흄은 리얼리티에 대한 반응이라는 측면에서 환상이 사용되는 방식을 탐구하여 '환영문학, 성찰문학, 교정문학, 탈환영문학'의 네 가지로 분류했다. 이러한 흄의 정의는 모방충동과 더불어 환상을 문학의 근본충동으로 간주하면서, 문학사적으로 존속되어온 환상문학의 효용성과 기능을 규명해 내었다. 또 로즈마리 잭슨은 '환상'을 현실에서 극복하지 못한 부조리함을 역으로 드러내는 일종의 '전복성'이라는 정치적, 사회적 맥락에 초점을 맞추어 환상문학 작품들을 재평가하고자 하기도 했다.[92] 환

---

91) 캐스린 흄, 앞의 책, pp.24~25. 흄은 이 책을 통해 '환상' 그 자체를 '문학적 충동'으로 간주했는데, 미메시스 충동이 다른 사람들과 경험을 공유할 수 있다는 逼眞感과 함께 사건, 사람, 상황, 대상을 모사하려는 요구인데 반해, '환상' 충동은 권태로부터의 탈출, 놀이, 환영, 결핍된 것에 대한 갈망, 독자의 언어습관을 깨뜨리는 은유적 심상 등을 통해 주어진 것을 변화시키고 리얼리티를 바꾸려는 욕구라고 설명하고 있다.
92) 로즈마리 잭슨, 앞의 책, pp.3~4. 잭슨은 '환상'이란 문화적 속박으로부터 야기된 결핍을 보상하려는 특징을 가지며, 욕망에 관해 부재와 상실로 경험되는 것들을 추구한다고 규정하고, 세속화된 문화속에서 타자성에 대한 욕망은 이 세계를 '다른' 어떤 것으로 변형시키고 재편성하며 탈위치화된 세계를 창조하는 형태로 표현된다고 하였다. 또 현실적 질서와 이성에 대한 위반과 전복을 다룬 서구의 고딕소설들이 사실은 지배 이데올로기를 전복하는 것이 아니라 강화하는 방향으로 사용되었음을 분석했다.

상적인 공간은 초현실적인 공간이 아니라 현실 이면에 감춰진 틈새공간을
의미하는 것으로, 환상문학에서는 현실에서는 불러들이지 못하는 소외된
他者들을 표면으로 떠오르게 하는 기능을 지니고 있다고도 했다.

이 밖에도 '환상'에 대한 정의는 여러 논자들이 각각의 시각차를 통해
다의적인 해석을 낳고 있어 어떤 일정한 합의를 도출하기가 쉽지 않다. 게
다가 이러한 논의의 핵심은 서구의 '환상론'으로 18세기 낭만주의의 마법
이나 정신이상 등의 '비정상적'이고 '신비한 관념'에서 시작, 19세기 초
기존의 질서와 단절하고 기상천외한 세계를 즐기는 독특한 유형의 단편들
이 발전하면서 본격화된 당시의 문학적 특성을 이론화하는 경향으로 우리
의 문학과는 차이점을 갖고 있다.

이와 같이 '환상성'에 대한 서양의 해석이 다각적이고, 또 엄밀한 의미
에서 동양과의 관점에서 차이를 가지고 있어 이들을 소통시키는 의미의
'환상'에 대한 정의를 확립하는 문제는 간단치는 않다. 그러나 앞에서도
언급하였듯, 문학이 시대의 흐름을 반영하는 반영물로서 작가의 의식의
산물이라는 점, 그리고 작가의 의식은 보편적 정서에 기반한다고 볼 때,
포괄적인 의미로 수용해 본다면 동서양의 '환상성'에도 동질성, 즉 접점
을 찾을 수 있으리라는 생각이다.

첫째, 캐스린 흄의 주장처럼 '환상성'은 동양이나 서양문학사에 있어
미메시스와 동일한 '문학의 본질적 요소'라는 점이다. 현실의 모방욕구뿐
만 이니라 현실에 대한 변형욕구는 심리학직 본능욕구로 해석할 수 있고,
이는 동서양과 시대를 초월하는 정서이다. 그리고 모방욕구가 문학의 본
질적 속성임은 잘 알려진 바이다. 미메시스는 현실을 그대로 재현해 내는
리얼리즘적 소산이다. 그러나 현실을 있는 그대로가 아닌 다른 각도로 비
추어 보는 상상적 욕망 또한 인간이 가진 상상력의 본능적이고 적극적인

활동이다. 여기서 환상성은 상상력을 기반으로 하게 된다. 따라서 보다 포괄적인 시각으로 확대하면 문학적 충동으로서 ‘환상’에 대한 접근은 잭슨이 언급한 부조리한 현실사회에서 이에 대한 ‘전복’을 꿈꾸는 욕망과, 세속화된 문화 속에서 천국이나 지옥과 같은 대안적 공간보다는 친숙하고 편한 것이 아닌 ‘다른’ 어떤 것으로 변형시키는 ‘일탈’의 심리적 본능을 포함한다.

중세 봉건사회의 금기와 억압 속에서 이를 해소할 대안의 창구로서 기능했던 김시습의 『금오신화』와 몽유록 등이 이와 궤를 같이 하는 작품군이다. 특히 전복의 의도로서 재현된 환상의 세계는 현실을 기반으로 한 현실의 연장선상에 있는 세계이지 현실과 완벽하게 차단된 반어적 의미는 아니다. 그러나 환상의 세계가 반실재 세계를 그대로 재현하는 것으로 보이더라도 작가가 의도한 의미의 세계이지 실재의 세계는 아니다. 즉 규범적인 것으로 여겨지는 규칙이나 관습을 전복하는 시도로서 환상은 예술적 재현행위로서 규칙의 교란이지 사회적인 전복행위는 아니다.[93]

둘째, 이러한 본능적 욕구로 인해 문학에서 발생되는 환상성의 접점이 동·서양 모두 ‘체험적 해석학’에 따른 작중인물 또는 독자의 몫으로, 문학에서 ‘환상’은 인식론의 문제와 연계된다는 점이다. 즉 현실에서 일어날 수 없는 체험을 통해 독자 또는 인물이 갖는 감정적인 현상인 망설임을 토도로프는 ‘환상성’이라 했듯, 이에 상응하는 표현으로 동양에서는 이러한 감정 효과를 ‘기, 이, 괴’로 표현했다. 그러나 토도로프의 환상문학 범주에 드는 작품에서는 ‘인물의 머뭇거림’이 작품의 결말부에 이르는 등 비교적 오래 유지되는 반면, 동양 문학에서의 기이한 감정은 일반적으로 오

---

93) 로즈마리 잭슨, 앞의 책, p.24.

래 가지 않고 작중인물 또한 환상의 세계에 쉽게 순응하는 모습을 띤다. 그러나 이러한 차이점은 동서양이 갖는 세계관이 근본적으로 다르다는 점에서 설명될 수 있다.

토도로프는 환상성을 규정짓는 요소로서 '망설임(머뭇거림)'이 가장 핵심요소라고 했다. 또 그는 환상성은 세 가지 조건들이 충족될 것을 요구하고 있다.

① 텍스트가 독자에 대해서 작중인물의 세계를 살아있는 인간의 세계로 여기도록 하고, 일어난 사건들에 관해서는 자연스러운 설명과 초자연적인 설명사이에서 머뭇거리도록 해야 한다.

② 작중의 한 인물이 망설임을 느끼고 있는 수가 있으며 독자는 작중인물과 동일화 된다. 망설임은 텍스트 안에서 표상되는데, 이로써 망설임은 작품의 테마의 하나가 된다.

③ 독자는 텍스트에 대해 시적 해석이나 알레고리적 해석도 거부한다.

- 이러한 조건들 가운데 ①, ③요건은 장르를 구성하는 필수요소인 반면 ②요건은 선택적인 조건이 된다.[94]

토도로프는 위의 세 가지 요소를 기준으로 환상성을 전제하면서 환상성은 망설임이 지속되는 동인에만 유지된다고 보고, 망설임이 텍스트 내에서 해결되는 방식에 따라 환상문학을 경이의 기괴외 두 장르로 나누었다. 즉 결말에 이르면 독자는 독서를 통해 지각한 것을 상식에 비추어 '현실'에 속하는 것인지의 여부를 결정해야 하는데, 이때 작품에 제시된 초자

---

94) 츠베탕 토도로프, 앞의 책, pp.131~133.

연적인 요소가 합리적인 설명으로 마무리되면 '기괴(the uncanny)'의 장르, 초자연적인 법칙을 인정해야 한다면 '경이(the marvelous)' 장르로 구분한 것이다. 토도로프는 이 세 장르에 전이적인 장르 둘을 추가하여 '순수한 괴기', '괴기적 환상', '순수한 환상', '환상적 경이', '순수한 경이'로 구분하였다.

토도로프의 '환상성'은 이와 같이 엄격한 의미의 정의를 기반으로 하고 있어 우리 문학에 일치시켜 볼 때 접점은 많지 않다. 우선 토도로프가 지적하였듯, '환상성'은 현실세계인 '실재적인' 것의 범주 내에서 작중인물이 겪는 체험에 대한 독자 또는 작중인물이 갖는 현실과 초현실에 대한 혼란, 즉 광기, 환각, 주체의 다중적 분열 등을 통한 '인식론적 불확실성'[95]에 주목했다. 그러나 고전문학에서 '환상성'은 토도로프가 정의한 여러 장르를 동시에 점유하는 성격을 띠는 경우가 많다. 이에 대해 필자는 앞서 동서양 간의 근본적인 세계관의 차이에서 오는 것이라고 풀이한 바 있다.

또 서양의 경우, '환상성'은 비교적 근대의 산물이라 할 수 있고 사상적으로도 초자연주의로부터 점차 과학적이고 합리적인 세계관으로의 이동에 상응하는 과정에서 출현된 것인 반면, 고전 문학에서의 '환상성'은 종교적 색채가 강한 초현실주의적 세계관에서 비롯되었다. 서양이 환상을 현실과 공존할 수 없는 반현실로 보는 반면, 고전문학에서 환상은 현실과 같은 선상에서 놓여 있다. 즉 세계는 다르지만 존재 자체는 인정하는 이분법적 사고를 기반으로 하기 때문이다. 따라서 초현실계에 열린 사고를 갖고 있다. 따라서 고전문학의 독자들은 환상에 개입되었을 때, 서양의 독자들이 사건 자체에 갖는 불안, 망설임보다는 다른 세계가 이 현실계에 왜

---

95) 위의 책, p.44.

개입하는가, 그 상징적 의미는 무엇인가에 천착한다. 그것은 환상계의 존재 자체에 끊임없이 의문을 제기하는 서양의 양상과는 분명히 다르다. 이에 연계선상으로 토도로프의 ③요건도 고전문학과 차이를 갖는다. 토도로프는 환상성에서 어떠한 알레고리적 해석도 거부하지만, 고전문학에서의 독자들에게는 '환상성'을 내포한 초현실이 상징적인 의미를 내포하고 있다고 보기에, 우의적 해석을 중시 여기기 때문이다.

그러나 '환상성'이 작품에서 재현되는 비(초)현실적 체험임을 전제로 할 때 이 때 독자가 갖는 망설임은 동서양의 구분이 없는 공통된 정서로, '환상성'의 핵심요소로 볼 수 있다.

마지막으로 '환상' 역시 작가의 의도 하에 표출되어진 주제의식의 효과적인 전달방식의 하나라는 점이다. 이때 독자인 수용층은 작품 속에 내포된 주제의식을 해석하게 되는데, 문학이 시대의 산물이라는 점에 비춰, 이는 당대인들의 현실인식과 사유체계를 구명할 수 있을 것이라는 점이다.

2. 환상성의 존재와 기능

그렇다면 본고의 텍스트 대상인 한국 몽유소설에서 공통적으로 구현되는 '꿈'과 '환상성'이 당대를 초월하면서 모색되어진 이유는 무엇인가? 이는 꿈과 환상의 기능적 측면에 대한 이해로서 꿈과 환상성을 각기 나누어 살펴볼 필요가 있다. 먼저 '꿈'의 존재와 기능이다.

일반적으로 꿈은 어떤 고지(告知)를 가진 목적으로서, 또는 억압된 심리의 표출로서 상징적 의미를 갖게 된다. 이러한 해석의 가능성 기저에는 오랜 세월을 통해 터득한 민족의 사유방식 속에서 자리한 문화라는 양식

속에서 꿈을 이해하려는 의도가 자리 잡고 있다. 따라서 꿈에 대한 이해는 문화의 이해와 맞닿아 있는 셈이 된다. 왜냐하면 꿈은 의식적이건 무의식적이건 문화라는 테두리 속에서 해석되는 개인적 정신체계이기 때문이다.

이와 같이 사유의 기반과 문화라는 양식 속에서 꿈에 대한 학문적인 연구를 시도한 사람이 프로이트다. 프로이트는 현실에서의 체험이 꿈속에서 왜곡되고 변장되어 나타나는 것으로서, 욕망 충족이 꿈의 내용이라고 보았다. 따라서 꿈을 해석하기 위해서는 꿈 꾼 사람의 현실 체험과 자유연상을 조사하여야 하며, 꿈의 분석을 통해 꿈꾼 사람의 의식을 파악할 수 있다고 보았다.

프로이트의 뒤를 이어 융은 '꿈'에 대해 현실의 체험과 관계가 없는 무의식의 원형들도 꿈으로 나타난다고 했고, 꿈의 상징적 의미를 이해하기 위해서는 꿈 꾼 사람의 연상과 인류의 보편적 연상을 수집하고, 그 상 자체의 의미를 이해하는 부연의 방법 (amplification)이 요구된다고 하였다. 또 융은 심리적 보상이 꿈으로 나타나며, 꿈에 나오는 여러 상들은 모두 무의식의 콤플렉스들이라고 하였다.

이러한 꿈의 의미를 풀어내기 위해서는 꿈과 현실을 관련지어 보는 객관적 단계와 꿈 꾼 사람의 심리적 요소와 관련시켜보는 주관적 단계의 해석이 모두 요청된다고 하였다. 또 꿈에는 집단무의식이 투사되어 나타나는 경우도 있는데, 이를 풀이하기 위해서는 각 민족의 신화·민담 등에서 추출되는 원형상의 이해가 필요하다고 하였다. 따라서 '꿈'에 대한 올바른 이해는 꿈을 꾼 자의 사유 체계와 문화의 이해 속에 시도되어야 할 당면성을 갖게 된다.

이러한 꿈은 또 초현실성을 내포한 환상적 체험담을 이루기도 한다. 로버트 크로슬리는 현실원칙에 속박되어 있는 일차세계에서 상상적 이차 세계로의 이동은 시간 공간 기억을 통과하는 여행 장치를 동반하게 되는데, 꿈은 불가역적인 시공간을 통과하는 주된 장치로 기능한다고 했다.[96] 이 것은 인간이 꿈을 통해 비로소 시공간의 제한에서 자유로울 수 있으며 곧 영혼의 활동이 '꿈'임을 시사하는 말이다.

꿈이 갖는 문학적 기능에 대해 이월영은 영혼 활동이라는 원초적 꿈 관념이 작용한 꿈 형상은 본유적으로 세 가지 기본요소를 구비하는데, 첫째 현실사건과 대등할 만큼 실제적이고 체험적 사건이라는 점, 둘째 꿈 형상에는 서사적 구조가 본유되어 있다는 점, 셋째 육체 탈리한 자유 자재로운 영혼의 비상으로 구상화되는 꿈은 상상력의 비상과 구조적 일치를 이룬다는 점을 들어 영혼의 활동인 꿈 관념은 다양한 문학적 형상화를 이룩하게 한다고 설명한 바 있다.[97]

이를 중심으로 '꿈이 갖는 강력한 문학적 기능은 다음의 몇 가지로 정리해 볼 수 있다.

첫째, 꿈을 통한 시공간의 자유로운 넘나듦이다. 이는 현실적 세계관을 기반으로 할 때 환상성을 일으키는 요소인자로 작용하며 무한한 상상력을 자극시키는 원동력으로 작용하는데, 작자는 시공간의 영역을 뛰어 넘는 꿈의 속성을 통해 문학적 소재의 개방적 시각을 확보하게 된다. 독자 또한 작가가 뿜어내는 무한의 상상력에 무한의 호기심을 자극받게 된다.

둘째, 꿈은 독자에게 진실성으로 다가가게 하는 매개물이고, 새로운 인식에 이르게 하는 전환체이나, 꿈속의 사건이 설령 비(초)현실적이라 해도

---

96) Robert Clossely. *Pure and Applied Fantasy or From Faerie to Utopia*,
    Roger C. Schlobin, ed., *The Aesthetic of Fantasy Literature and Art*, The Harvest,
    1982, p.75.
97) 이월영, 「꿈소재 서사문학의 사상적 유형연구」, 전북대학교 박사학위논문, 1990, p.24.

독자는 꿈에 대해 그것이 사실인지 거짓인지 재단하고 평가하지 않는다. 꿈 그대로를 받아들이고 오직 상징적인 의미를 파악하려는 것에 치중한다. 이때 이 상징적인 의미는 꿈꾸기 전의 현실과는 다른 새로운 인식을 갖게 하기도 한다. 이 새로운 인식을 이끌어 내는 힘이 꿈이 가진 속임수 같은 진실성이다. 아무리 비(초)현실적 체험이라도 독자는 그것이 '꿈'이었음을 인식하는 순간 비(초)현실성에 대한 경계는 무너지고 그것을 진심으로 바라보게 하는 속임수 같은 진실성을 내포하는 힘이 있다.

셋째, 현실과 초현실을 자유자재로 넘나들 수 있는 꿈이 갖는 속성은 이에 따라 '환상성'이 안전하게 장착할 수 있는 문학적 기반이 된다. 현실이든 비현실이든 꿈에서의 재현은 무엇이든 용납되고 인정되기 때문이다.

이러한 이유를 근간으로 꿈속의 환상성은 문학적 소재로서의 훌륭한 '거리'로 등장했고, 꿈의 세계이기에 가능했던 현실계에서 불가능한 시간의 축소와 연장, 천상계·용궁계 등의 이계의 내왕 실현 등은 '환상성'을 이루는 기본 모태로 작용하면서 고전문학에서의 생명력을 지속해 올 수 있었다.

그렇다면 '환상성'은 고전문학에서 왜 그토록 오랜 역사를 거치며 다양한 모습으로 존재하고 기능해 왔을까? 이는 독자와 작자 양자에서의 필요충분요건을 만족시켰기 때문으로 해석할 수 있다. 환상성의 주요한 기능과 의의는 작가와 당대 독자의 삶 속에서 현실에서 해소될 수 없는 갈등과 해소를 분출하거나 또는 대리 만족하는 소통 출구로 작용한다는 데서 찾을 수 있다. 작가가 작품에서 현실과는 다른 모습의 '또 다른 현실'이라는 허구적 환상세계를 구축하는 데는 이유가 있기 마련인데, 현실에서 채워지지 않는 은밀하고 억압된 것에 대한 충족 욕망 또는 현실을 재해석 해보는 과정에서의 성찰의 의미로 해석할 수 있다. 그리고 이러한 작품이 생명력을 갖고 끊임없이 창작되는 데는 작가와 독자의 욕구에 일정 부분 부응하기 때문으로 풀이된다. 여기서의 '꿈'은 환상적 체험을 끌어들이는 장치로서, 환상에 진실성을 부여하는 방안이고 주제와도 연결될 새롭게 각성된 의식에 도달하기 위한 하나의 과정이 된다. 따라서 이것은 허구를 통한 당위적 진실을 추구한 근대적 개념에 비교적 가까운 구조 속에서 소설의 기본 틀을 갖추었다고 할 수 있다.

이를 구체적으로 작가층과 독자층으로 양분해 살펴보면, 몽유소설 작자층의 대다수가 양반층인 점에 비춰, '꿈'을 통해 재현되는 '환상성'은 먼저 중세사회가 갖는 사회적, 정치적 봉건질서의 특징인 언로의 폐쇄성을 극복하는 가장 효과적인 장치로 등장한다는 점이다. 당대의 현실 속에서 작가는 은폐되고 억압된 '금기'나 '욕망'의 내용을 어떻게든 드러내고자 출구를 찾게 되는데, 이에 대안으로 제시되는 것이 바로 '꿈'을 통한 '환상성' 재현이라는 문학이다. 여기서 꿈은 무의식적이면서 본능적인 흐름이라는 명분을 업고 무엇보다 금지나 차단에서 가장 자유롭고 개방적인 속성이 발휘되며 창작의 욕구를 충족시키는 기능을 한다. 작가는 작품에 당대의 현실과 꿈을 교묘히 교차시키면서 현실에 대한 자신의 의식을 '충족' 혹은 '도피' 등의 형태로 드러내는데, 이 과정에서 작가 자신은 욕망의 실체를 긍정하며 대리적 해소를 지향하거나 또는 현실적 질서에 대한 문제제기를 시도한다. 따라서 작품에서 드리나는 '환상성'은 단순한 '황당무계'의 허딩한 이야기가 아닌 세계를 이해하고 표현히는 또 하나의 인식의 눈임을 확인할 때, 당대의 현실을 반영하는 '눈높이의 거울' 역할로서 문학의 기능을 충실히 수행한다 하겠다.

또 문학적 상상력의 무한지대인 '환상성'은 '현실'이라는 한계적 속성을 초월하여 보다 개방적이고, 열린 공간으로 작가의 상상력을 이끌어 내는 동력이 된다. 독자의 측면에서 보면, 작품을 통해 작가와 교감하는 독자 역시 '환상성'의 소재는 일면 '황당무계' 또는 '지나친 허구' 라는 반발을 살 수 있지만, 한편으로 시공간을 초월한 불가시적 '환상성'은 '낯설음' 또는 '주저' '머뭇거림'의 대상으로 호기심과 상상력을 끊임없이 자극시키는 기폭제가 되고, 여기서 구현되는 '환상성'은 비현실을 가장한 작가의 현실 인식태도의 표출 방식이 된다. 즉 현실에서 해결될 수 없는 갈등과 대립은 그것을 넘어서 문학적 컨텍스트의 구축을 통해 해결될 수 있는데, 여기서 '환상'이 바로 문학의 중재적 기능으로 떠오르고 고전문학이 갖는 환상성 구현의 존재론을 찾을 수 있다.

독자의 측면에서도 환상성은 독자의 상상력을 자극하는 기폭제로써 호기심과 흥미적 요소를 부추기는 문학의 '쾌락적 기능'을 충실히 수행하는 한편, 작가와 함께 독자 역시 갖고 있던 당대 현실에 대한 욕망과 갈등이 작품을 통해 전면에 들춰지는 쾌감을 만끽하게 된다. 또 당대의 독자로서 이룰 수 없는 이상적인 삶이 작품을 통해 재현됨을 읽어냄으로써 독자는 '대리만족'이라는 감정의 정화를 맛보게 되는데, 이러한 정화기능은 독자의 대중성을 이끌어 내는 기본적 인자로 작용하면서 '환상성'의 재현은 문학의 기능측면에서 매우 유효한 장치로 자리매김하게 된다.

이러한 환상성의 문학적 재현은 궁극적으로 작가와 독자의 상호 의사소통의 적극적 개방과 교감을 수행한다. 현실적으로 타인의 꿈을 전혀 경험할 수 없는 독자에게 작가가 전달하는 '꿈' 이야기는 자신의 의식 출구를 직접적으로 열어젖히는 소통의 창구가 되며, 이로 인해 작가의 의식인 타인의 꿈과 독자의 의식인 독서주체의 현실이 상호 연계됨으로써 현실에서 단절된 두 세계를 이어주는 개방성의 효과를 나타내고, 작가의 의식에 동감하든 그렇지 않든 당대의 독자는 이에 대한 해석을 토대로 현실에 대한 좌표를 모색하는 계기로 작용했을 것이고, 오늘날의 독자에게는 구현된 작품을 토대로 작가의 세계관과 당대의 사유체계를 유추하는 계기로 작용하게 된다.

이는 또 문학으로 재생산되는 필요충분조건으로 작용하는데, 독자의 구미를 당기는 요소는 수요 창출로 이어지고, 이에 대한 대중성의 확보는 당연 문학의 생산력으로 이어지는 근거가 되기 때문이다.[98] 따라서 '환상성'은 한 시기로만 유행하는 단발적 문학패턴이 아닌 지속적 생명력을 갖고 변화하는 변이체로서, 이러한 생명력은 일단 작가층과 독자층 사이의 '상호 기호성'의 맞춤'이 이뤄지기에 가능했던 것이다.

---

98) Hans Robert Jauß, *Literaturgeschichte als Provokation*, Frankfurt a.M. 1970, p.168. 야우스는 한 이야기 형식이 독자들에게 공감과 감동을 주었을 때, 독자들은 그와 유사한 형식의 이야기를 요구하게 되는데, 보통 이러한 추종은 이류급 작자층에서 이루어지나 독자의 요구도 그 근저에 자리잡고 있음을 무시할 수 없다고 말하고, 이를 '期待地坪'이라고 명명한 바 있다.

Ⅲ. 환상성의 수용양상과 그 기법

　　전장을 통해 '환상성' 에 대한 문학적 의미를 살펴보고 본 텍스트 대상인 몽유 모티프의 문학이 왜 환상성을 자주 동반하게 되는지와 함께 환상성이 갖는 문학적 기능과 필연성을 살펴보았다.

　　Ⅲ장에서는 그렇다면 고전문학에서 환상성은 주로 어떤 방식으로 재현되는지를 살펴보기로 한다. 물론 방법은 다양하다. '환상성' 은 환상적 소재인 도술, 신선, 물괴 등의 등장을 통해서도 재현될 수 있고, '전기소설' '가전문학' 등 양식의 특징에서도 언급될 수 있다. 그러나 '환상성' 은 특별한 형식, 즉 기법을 통해 모색되어지는 경우가 많다. 필자는 이에 문학적 기법을 중심으로 '환상성' 을 고찰해 보고자 한다. 이는 '환상성' 이 주로 현실에 반하는 비현실적 성격에서 비롯된다는 점을 우선하면 무엇보다 현실을 뛰어 넘는 비현실적 사고, 즉 시공간의 초월성에서 빚어진다는 점에서 환상성이 묶여질 수 있을 것이라는 생각 때문이다. 시공간의 초월성 역시 정도와 방법의 차이에서 여러 가지로 분류될 수 있겠지만, 본고는 크게 세가지 유형으로 나누어 살펴보겠다.

　　첫째, '초월적 공간과 현실적 공간의 수평적 기법' 에 따른 환상성이다.

이는 당대인들의 사고와 인식의 차이를 통해 빚어지는 '환상성'으로 저승관을 믿는 불교적 또는 도교적 세계관이 투영된 것이다. 현실이 아닌 또다른 세상이 존재한다고 보는 믿는 사유체계에서 출발한다. 즉, 천상과 지상, 혹은 지상과 수궁계 등으로 현실과는 분리되는 또 다른 세계가 있을 것이라는 이분법적 사고이다.

환상성은 이 이분법적 사고인 공간의 개념에서 시작하는데, 서로 다른 이 두 개의 공간이 층위가 명백히 구분됨에도 현실의 공간에서 다가가면 닿을 수 있는 연장선상에 있는 것으로 보는 인식이다.

둘째, '초월적 시간과 현실적 시간의 충격적 기법'이다. 이는 '시간의 개념'에서 출발한 것인데, 현실적 시간과 꿈속의 시간이 서로 다름을 인식하면서 느끼는 정신적 충격에서 기인하는 환상성이다.

셋째, '현실적 인간계와 초월적 선계의 경계 허물기' 기법이다. 이 역시 첫 번째와 마찬가지로 인간이 사는 현실 공간 외의 또 다른 신의 공간이 존재한다는 이분법적 사고에서 출발한다. 그러나 초월의 공간인 신의 공간에서의 모습이 인간 세상의 모습과 동일하다는 점에서 빚어지는 환상성으로 첫째의 환상성과는 차이가 존재한다. 인간과 신의 영역이 분명히 다름에도 인간과 신의 형상 및 인식체계가 거의 동일하게 적용되어 이분법적 사고보다는 현실과 꿈이 하나이듯 경계가 없어지는 경험을 갖게 하는 환상성이다.

이와 같이 세 가지의 기법을 통해 재현되는 환상성은 결국 하나의 공통성으로 묶이는데, 시공간의 초월성을 통하고 있다는 점이다. 그리고 이는 궁극적으로 민간신앙과 함께 습합되며 형성된 유, 불, 도교의 사상체계를 기저로 깔고 형성된 정신적 산물임을 알 수 있다. 텍스트의 고찰을 통해 구체적으로 밝혀지겠지만, 결국 환상성의 중심부는 당대인들의 인식체계의 근간을 형성하고 있는 사상적 흐름이 고스란히 녹아들어 형성된 것으로, 작가와 독자 모두에게 텍스트 내의 초현실적 사건, 즉 환상성이 일어날 수 있는 가능성, 즉 개연성과 인과율로 작용하며 독자의 호기심을 자극하는 문학적 기법으로 환상성은 거듭나게 된다.

1. 초월적 공간과 현실적 공간의 수평적 기법

전장에서 언급했듯 '현실-입몽-각몽'의 몽유구조 작품에서의 환상성은 무엇보다 '꿈'이라는 매개 장치를 통해 몽유자가 경험하는 비현실성에서 찾아진다고 할 수 있다. 비현실적 경험은 이계라 통용되는 저승, 천상 또는 용궁 등으로의 공간적 전이를 수반함에 따른 것일 수도 있고, 현실에서 상식적으로 일어날 수 없는 불가해한 상황과 맞닥뜨려지는 경험일 수도 있다. 그러나 두 가지 모두에게서 발견되는 공통점은 '이계'라는 불가시적 세계에 대한 믿음을 전제로 하는 당대인들의 인식체계의 기반이다.

발을 딛고 사는 현실의 공간 이외의 또 다른 공간이 존재할 것이라는 이원론적 세계관은 당대의 원초신앙과 같은 믿음으로, 현실계 밖에 있는 미지의 세계를 흔히 '비현실계'라 통칭하며 이 세계의 존재를 믿는 것이다. 그리고 이 세계는 분석심리학의 '무의식 세계'와 통하는 공간[99]이기도 하다.

현실 외의 또 다른 공간을 인정하는 사유체계에 따라 인식의 공간은 이분법적 사고에 의해 경계지어 지고, 문학작품 속에서 언급되어지는 현실

---

99) 이부영, 「鬼靈의 世界」, 『한국사상의 원천』, 박영사, 1980, p.301.

밖의 공간은 천상과 지상, 혹은 지상과 수중계 등으로 분리되어 묘사된다. 그러나 이 경계는 정확치 않으며, 이곳의 모습 또한 뚜렷하게 밝히기 어려운 면이 많다. 일례로 비현실계의 명칭이 천상, 수중, 용궁, 명부, 지옥, 극락 등 다양한 장소로 모색되며 작품 속에서 재현되는 모습 또한 각기 다르게 형상화되고 있기 때문이다. 이는 비현실계가 현실계와 구분되기는 하되, 단지 관념 속에 자리 잡은 상상력의 발현이라는 점 때문이다. 따라서 비현실의 세계는 분명 인식 상으로는 구분되는 반면, 현실계와의 정확한 경계영역이 없어 실제로 작품에서 펼쳐지는 공간은 한없이 멀고 먼 지상과 연장선상에 있는 공간으로 설정되기도 한다. 이러한 사유로 비현실계와 현실계의 넘나듦은 자유로움을 얻게 된다. 인간과 귀신이 자유로이 교환하는 상태인 '초월적 공간과 현실적 공간의 수평적 기법'이 이러한 사유에 따른 대표적 기법이다. 그리고 문학 속에서는 현실계의 일상적인 공간에서 이계의 인물과의 만남을 통한 '인귀교환'을 통해 주로 재현된다.

문학적 재현인 '인귀교환'은 주로 고전문학에서는 인간이 혼령인 귀신과의 만남을 통해 사건이 전개되는 이야기 방식이다. '삶'이라는 현실적 공간과 '죽음'이라는 사후공간을 명백히 구분하는 오늘날의 사고방식에 비추어 보면 이는 귀신 또는 재생 모티프 등을 통한 문학적 재현으로 형상화 되고 있다. 그러나 두 사례 모두 현실의 기반을 넘어선 입증하지 못한 비과학적 실체인 '사후의 공간'을 끌어들인 셈이다. 이때 사후의 공간을 인식할 수 없는 오늘날의 독자에게 '인귀교환'을 통해 재현되는 공간 속의 경험은 그만큼 해석의 가능성이 차단되고 닫혀진 막연한 비현실적 영역으로 인식되게 된다.

그러나 이러한 해석은 현대인들의 현실적 세계관을 통한 해석의 관점이지, 과거시대를 살았던 당대인들에게까지 귀결되는 사유는 또 아니다.

그 이유로는 고전문학에서 귀신을 소재로 한 이야기 양의 방대함을 첫 번째 이유로 들 수 있다. 귀신이야기는 문학의 근간인 설화에서만도 상당한 양을 확보할 수 있는데, 이러한 양적 방대는 그만큼 귀신이라는 소재가 당대의 생활양식과 밀접했음을 역으로 보여주기 때문이다. 특히 전기문학의 작품에서 알 수 있듯 '명혼설화'의 빈번한 등장은 문학이라는 것이 현실을 경험으로 하는 작가의 사유 체계를 기반으로 한다고 볼 때, 사후의 세계를 인정하는 이원론적 사고 기반에서 출발한 것으로, 이때 '다만 상상할 뿐이지 보이지는 않는다'는 사후의 세계는 그만큼 당대의 독자들에게 호기심을 자극하는 요소로 오히려 대중성을 확보할 수 있는 근간이 된다. 심리적인 측면에서 볼 때도, 작중인물과의 감정이입을 통해 사건을 간접 경험하는 독자들의 호기심은 개연성을 가진 상상의 세계, 즉 '내게도 그런 일이 있어날 수 있다'는 열린 가능성 때문에 대중적 생명력을 갖게 되는 것이다. 그러나 현실과 연결된 상상력의 세계를 믿지 않는 오늘날의 독자에게 고전문학 속의 언어로 구현되는 이야기를 호기심보다는 공허한 울림으로만 존재 할 뿐이다.

인귀교환 모티프는 삼국유사 소재 설화를 필두로, 『수이전』의 「최치원」, 『금오신화』 등에 이어 16세기에 탄생하는 몽유록과 뒤를 이어 17~19세기의 몽유록계 작품에서 지속적으로 등장하는 주요 소재다. 그리고 이러한 작품 속에서의 모티프의 기능과 의미는 다른 모티프와의 조합과 연결, 그리고 인물과 상황에 부여된 여러 가지 자질들, 텍스트의 구조 속에 차지하는 모티프의 위치에 따라 다양한 의미를 형성함을 확인할 수 있다.

이 '인귀교환'을 통해 초월적 공간과 현실적 공간의 수평적 기법을 보여주는 작품으로 「만복사저포기」·「이생규장전」·「취유부벽정기」·「원생몽유록」·「운영전」 각각을 고찰해 보면 다음과 같다.

먼저 「만복사저포기」의 기본 줄거리를 (1) 입몽 전 (2) 몽중세계 (3) 각몽 후로 요약하면 다음과 같다.[100]

1) 「만복사저포기」[101]

(1) 입몽 전

① 남원고을의 양생은 조실부모하고 장가도 들지 못한 채 만복사에 산다.

② 배꽃이 활짝 핀 봄 밤, '인연 맺기'를 소원하는 시를 읊는다.

(2) 몽중세계

③ 시 마치기가 끝나자 공중에서 말소리가 들려왔다.[102]

④ 부처와 저포내기를 하고 이긴 양생은 '배필과의 인연'을 부처께 빈다.

⑤ 아름다운 여인이 부처에게 '배필 얻기'를 소원한다.

⑥ 여인이 양생과 인연 맺기를 청하고, 밤늦도록 정담을 나눈, 양생은 여인이 보통사람과 다름이 없다고 생각한다.

⑦ 시녀를 시켜 차린 술상을 받은 양생은 세상의 것이 아닌 듯하나 이내 망설임을 푼다.

⑧ 여인은 양생과의 전생의 인연을 말하고 그녀를 버리지 않기를 소원

---

100) 본고가 텍스트 전체의 줄거리를 '(1) 입몽 전 (2) 몽중세계 (3) 각몽 후'의 순서로 나눌 수 있는 것은 텍스트로 삼은 작품들이 모두 이 세 단계에 따른 순차적인 구조를 보여주고 있어 가능함을 밝힌다.
101) 「금오신화」, 아세아문화사 영인본, 1973.
102) 「만복사저포기」. 吟罷, 忽空中有聲曰. 서론부분의 연구대상에서 밝혔듯, 이 부분에서 작중인물인 양생이 최면상태로 빠져들어 몽중세계로의 진입이 이루어짐을 짐작할 수 있다. 적막한 달밤이라는 시간적배경에서 공중에서 들리는 소리는 假催眠的인 입몽상황에서 가능한 것으로 풀이되기 때문이다.

하며 '평생 시중들겠노라' 는 말에 기뻐하는 한편 그녀의 행동에 범
상치 않음을 느낀다.(망설임)

⑨ 날이 밝자, 둘은 그녀의 집인 개녕동으로 거처를 옮기는데, 사람들
이 양생만 알아볼 뿐 그녀를 알아보는 이가 없다.

⑩ 깊은 숲속과 이슬길을 헤치고 도착한 개녕동의 그녀 집은 다북쑥 우
거지고 가시나무가 치솟은 가운데 있었다.

⑪ 3일간을 즐겁게 보내고 여인은 이곳의 3일이 인간세상의 3년과 같
다고 말하며, 묵은 인연이 있어 둘이 만났음을 들어 이곳의 친척들
과 만나보기를 청하고 이별을 고한다.

⑫ 네 명의 친척들과 만나 화답하며 즐거워하는데, 성품이 온화하며 모
두 풍운이 보통이 아니었다.

⑬ 여인은 작별의 정표로 은주발을 건네고, 양생에게 보련사로 가 부모
님 뵙기를 청한다.

⑭ 길에서 은주발을 들고 여인을 기다리던 중 여인의 부모를 만나게 되
고, 부모가 홍건적의 난에 죽은 딸을 보련사에서 오늘 대상(大祥)하
러 가는 길임을 알게 된다.

⑮ 여인을 다시 만난 양생은 보련사로 가 부모에게 절을 올리고 밥을
먹으나 그녀를 알아보는 이는 오직 양생밖에 없다. 그녀의 집에서
하룻밤을 지내는데 여인에게서 이별소식을 듣는다.

⑯ 여인의 영혼을 전송하는 울음소리가 그치지 않았다. 혼이 문 밖에까
지 나가자 소리만 은은하게 들려 왔다.[103]

(3) 각몽 후

⑰ 이튿날 부모는 비로소 모든 것이 사실임을 실감하고, 양생은 여인의

소유였던 노비와 땅을 받아 여인의 임시 무덤을 발견하고 장례를 치르고 조상한다.

⑱ 슬픔을 이기지 못한 양생은 토지와 가옥을 다 팔고 사흘 밤을 불공을 드리는데, 허공에서 그 여인이 남자로 환생했음을 알린다.

⑲ 이후 양생은 결혼하지 않고 지리산으로 들어가 후일을 알지 못한다.

「만복사저포기」는 앞에서도 언급하였듯, 환몽구조가 선명하지는 않다. 전체 줄거리를 통해 내적 구조를 간략히 살펴보면 다음과 같은 액자 구조의 모습을 갖고 있음을 알 수 있다.

⑴ 입몽 전-달밤에 고독한 신세를 시로 달랜다. -현실의 공간(외화)

⑵ 몽중세계-공중에서부터 들려오는 소리로 인해 현실원리와는 차단된, 혼령이 주도하는 몽중세계로 들어간다고 볼 수 있다. 만복사에서 옮겨 간 '개녕동'에서 사흘간 이루어진 혼령과의 사랑은 양생의 인생에서 가장 진실하면서도 절대적인 체험의 순간을 이룬다. -초현실의 공간(내화)

⑶ 각몽 후-지리산으로 들어가 후일을 알지 못한다. -현실의 공간(외화)

이와 같이 「만복사저포기」는 '현실-초현실-현실'의 순환을 보이는 액

---

103) 「만복사저포기」. 送魂之時, 哭聲不絕, 至于門外, 但隱隱有聲曰 … 餘聲漸滅, 嗚 不分. '혼이 문 밖에까지 나가자 소리만 은은하게 들려오고 남은 소리가 차츰 가늘어지면서 우는 소리와 분별할 수 없게 되었다'는 이 부분에서 양생이 비로소 그간 혼령의 주도하에 최면상태인 꿈 속에서 서서히 깨어나는 모습을 알 수 있다. 곧 각몽의 시점이 바로 이 부분으로 해석될 수 있겠다.

자구조이다. 작품의 서두에 해당하는 '외화'에서의 시공간은 '만복사'라는 실제하는 절과 '남원'이라는 실제의 공간을 끌어들이면서 '현실의 공간'으로 인식될 수 있다. 내화인 '몽중세계'는 인간이 아닌 혼령이 현실의 공간으로 뛰어들어오면서 현실에서 초현실의 공간으로 넘어가는 지점부터 시작된다. 작품의 상당 부분이 혼령과 인간과의 사랑 이야기로 전개되어 있어 내화가 핵심을 이루는 전형적인 액자구조임을 알 수 있다.

인간의 세계에 뛰어 든 혼령의 출현으로 인해 「만복사저포기」의 서사적 공간은 현실과 초현실이 거리낌없이 소통되는 수평적 공간으로 거듭나는데, 이때 초현실은 현실의 연장선상에 위치해 있음을 보여 준다. 현실계에서 끊임없이 걸어가다 보면 그 어디쯤 초현실의 세계가 열려 있어 누구나 당도할 수 있을 것이라는 현실과 초현실의 수평적 인식, 이것이 바로 「만복사저포기」를 관통하는 환상성이다.

그렇다면 「만복사저포기」의 '환상성'은 작품 속에서 과연 어떻게 구체적으로 재현되는가? 텍스트를 중심으로 크게 7가지로 요약해 볼 수 있다.

첫째, 서사적 공간이 갖는 '환상성'이다. 「만복사저포기」는 남원의 '만복사-개녕동-보련사' 세 공간이 주된 배경으로 이어지면서 사건이 전개된다. 만복사는 실제로 『금오신화』의 작가가 생존했던 당시 실존했던 사찰로, 창건 연대는 문종조로 추정된다.[104] '만복사'는 작품을 위해 창조된 공간이 아닌 실존 사찰로 사실적 공간인 현실계이다. 이 공간에서 양생과 죽은 여인과의 만남이 이루어지는데, 이로 인해 만복사는 현실적 공간이

---

104) 『세종실록』, 「지리지」에서 만복사에 대한 언급을 찾을수 있는데, "만복사는 (남원)부의 서남쪽에 있다. 그 동쪽에 오층전이 있고, 서쪽에 이층전이 있으며, 전각 안에 鐵佛이 있는데, 길이 35척, 무게 1만3천근이며 그 전각의 제도가 이상하다"고 표기돼 있다. 『신증동국여지승람』에서는 "고려 문종때에 창건하였다"고 하였다.

자, 동시에 초월적 공간으로서의 혼합적 성격을 함께 지니면서 환상적 공간으로 거듭난다. 사건의 전개에 따라 '만복사–개녕동–보련사'로의 이동을 보이는데, 모두 초월적 공간이자 현실적 공간의 자질을 함께 지니고 있다.[105) 천상과 지상이 분명히 분리되어 있다고 인식하지만, 왕래하고 소통 가능하다는 설정은 당대인들의 공간에 대한 인식과 사후세계에 대한 인식을 보여주는 사례로, 이 서사적 공간은 '초월적 공간과 현실적 공간의 수평적 기법' 하에 전개된 문학적 재현이 된다. 이 사고를 중심으로 「만복사저포기」의 환상성은 심층화 된다.

둘째, 죽은 여인과 살아있는 인간의 만남을 통해 이루어지는 사랑과 이별이야기로 인귀교환 모티프의 차용이다. 죽은 사람과 살아있는 사람의 거주 공간이 각각 다름은 명확한 사실이다. 따라서 산 자와 죽은 자가 한 공간을 점유할 수 없음이다. 이는 저승관을 인정하는 불교적 세계관에서도, 선계를 인정하는 도교에서도 각각 다르게 설정된 이분법적 공간이다. 그러나 「만복사저포기」는 이 원칙을 파기하며 '환상성'을 형성한다. 특히, 귀신이 현실계로 뛰어 들어온다는 작품 설정 자체만 두고라도 가히 환상적이다. 그러나 작자인 김시습이 당대의 지배적 사상체계를 따르는 유자(儒者)인 점을 감안하다면, 귀신을 작품에 끌어 들인 점은 아이러니한 부분이다.

셋째, 작중인물 양생이 여인을 만나면서 여인에게서 갖는 '망설임'이다. 이는 작중인물인 양생이 유자인 작가 김시습의 허구적 대리인으로서, 또 귀신의 정체를 믿지 않는다는 유교적 시각을 갖는 유생 양생이기에 귀

---

105) 윤경희, 「만복사저포기의 환상성」, 『한국고전연구』 4, 보고사, 1998. p.246. 윤경희도 이 논문을 통해 작품의 공간배경이 되는 '만복사–개녕동–보련사'가 모두 현실과 초현실의 공간적 자질을 모두 지닌다고 한 바 있다.

신의 정체에 대한 망설임은 당연하다. 이 망설임은 「만복사저포기」의 몽중세계를 통해 양생의 끊임없는 '망설임과 풀림'으로 제기된다. 줄거리로는 ⑥~⑫까지가 이에 해당하는데, 서술자의 목소리를 통해 양생의 망설임이 제시되고 있다.

다 허물어져 가는 만복사에서 여인을 처음 만난 양생은 "새까만 머리에 화장을 곱게 한 얼굴이 마치 하늘나라 선녀와 같아서 볼수록 엄숙하고 단정한"[106] 그녀와, 쓰러져 가는 만복사의 공간적 배경이 주는 대조적인 이질감을 통해 여인에 대한 신비감이 증폭됐을 것이다. 또 양생이 여인을 꾀어 만복사의 끄트머리 좁은 판자방으로 인도하나 여인은 별 주저함 없이 따라오고, "서로 즐거움을 나누었는데 보통 사람과 조금도 다름이 없었다."[107]는 서술자의 목소리는 양생이 여인의 정체성에 대한 '망설임'을 내포하고 있음을 보여주는 표현이기도 하다. 이후 이러한 '망설임'은 여인과 최초의 결연 후 시녀를 시켜 차린 술상과 음식을 통해 더욱 강해진다.

시녀가 지시를 받고 물러간 지 얼마 안 되어 돌아와 뜰에서 잔치를 베푸니, 밤은 벌써 사경이 가까웠다. 양생이 가만히 살펴보니 탁상에 놓인 器皿은 희맑고 무늬가 없으며 술잔에서는 이상한 향기가 풍기는데, 아무리 생각해도 인간의 솜씨가 아니었다. 막걸리와 감주에서는 진한 향기가 풍겨 나왔고 그 맛은 정말로 인간 세상의 것이라고는 볼 수 없었다.

양 서생은 비록 의심이 나고 괴이하게 생각하는 바도 있었다. 하지

<hr>

106) 「만복사저포기」. "丫鬟淡飾, 儀容婥妁, 如仙姝天妃, 望之儼然."
107) 「만복사저포기」. "相與講歡, 一如人間."

만 여인의 이야기와 웃음이 맑고 고우며 몸가짐과 용모가 점잖고 조용
했으므로, 틀림없이 귀한 집 처녀가 몰래 나온 것이려니 생각하고는 두
번 다시 의심치 않았다.[108]

여인이 차린 술상을 보며 여인의 정체성에 대해 한결 의심을 더해가는
양생의 '망설임'은 읽는 독자에게도 그대로 전달되며 독자는 환상적 분위
기를 체감하게 된다.

그러나 망설임은 오래가지 않는다. 줄거리 ⑫ 이후부터 그녀의 존재에
대한 주저함이나 망설임은 더이상 나타나지 않는데, 이는 그녀의 존재에
대해 혼령인지 아닌지가 양생에게 더 이상 관심의 거리가 아님을 의미한
다. 양생에게 그녀는 낯선 대상이 아닌 이미 사랑의 대상으로 자리 잡았기
때문이다.

넷째 '전생과 현생의 이어짐'으로 여인이 양생에게 '오늘의 둘의 결연
이 이미 전생의 인연으로 맺어진 사이'였음을 설명하는 부분은 전생과 현
생이 차단된 세상이 아닌 그대로 연결된 세상임을 보여준다.

"일찍이 봉래도에서 만나자는 약속은 어겼습니다만, 오늘 소상에서
옛 낭군을 다시 보게 되었으니, 어찌 하늘이 준 행운이 아니겠습니까?
낭군께서 만일 저를 버리지 않으신다면 끝까지 낭군의 시중을 들겠습
니다. …… 그러나 여인의 태도에 범상치 않은 바가 있어, 양생은 여인
을 자세히 살펴보았다.[109]

---

108) 「만복사저포기」. 侍兒一如其命而往, 設筵於庭, 時將四更也. 鋪陳几案, 素淡無文, 而醑醴馨香,
　　定非人間滋味. 生雖疑怪, 見其談笑淸婉, 儀貌舒遲 意必貴家處子, 踰墻而出, 亦不之疑也.

옛 낭군을 다시 보게 되어 행운이라는 여인의 말에 양생은 뭔가 석연치 않음을 느끼게 되는데, 이는 독자에게도 동일하게 석연치 않은 동시에 환상적 분위기를 느끼게 한다. 왜냐하면 여기서의 옛 인연을 운운함은 결국 전세와 현세의 공간을 자유자재로 넘나드는 시공간의 경계허물기가 이루어지고 있기 때문이다.

> 마침내 그들은 개령동에 도착했다. 다북쑥이 들판을 덮고 가시나무가 공중에 늘어선 가운데, 작지만 매우 화려한 집 한 채가 서 있었다. ……. 즐거운 나날이었다. 시녀는 아름다우면서도 교활한 태도가 없었고, 그릇은 깨끗하면서도 사치스러운 문양이 없었다. 양 서생은 인간 세상이 아니라는 생각이 들었으나, 극진한 정성에 이끌려 더 이상 그런 생각을 하지 않았다.[110]

다섯 번째는 '개녕동' 이라는 공간에서 빚어지는 환상성이다. 특히 '개녕동' 이라는 공간에서는 작중인물의 시각과 서술자의 시각이 각기 분리되어 서술되는데, 양생과 서술자의 의식이 서로 다르고, 환상성은 서술자의 목소리를 통해 전해지는 비가시적 사건의 재현에서 찾아진다.

양생은 여인의 거처인 개녕동으로 옮기고 여기서 꿈결같은 3일간을 보내게 된다 이때 '개녕동' 은 사건의 전개상 주요 지표가 되는 공간이 뒤다.

---

109) 「만복사저포기」. "曩者蓬島, 失當時之約, 今日瀟湘, 有故人之逢, 得非天幸耶. 郎若不我遐棄, 終奉巾櫛, 如失我願, 永隔雲泥." 生聞此言, 一感一驚曰 "敢不從命?" 然其態度不凡, 生熟視所爲.

110) 「만복사저포기」. "遂同去開寧洞, 蓬蒿蔽野, 荊棘參天, 有一屋, 小而極麗, 邀生俱入, 裯裯帳幃極整, 如昨夜所陳. 留三日, 歡若平生然, 其侍兒, 美而不黠, 器皿潔而不文, 意非人世, 而繾綣意篤, 不復思廬."

먼저 양생의 의식변화인데, 지금까지 여인에 대한 정체성에 의심을 풀지 못했던 양생이 개녕동으로 옮기면서 여인에 대한 의심이 완전히 해소됨을 보인다. 이는 전자에도 언급했듯 개녕동으로 옮기면서 이미 여인과 정이 들어버린 양생이기에 시비를 가릴만큼 여인의 정체성이 중요한 대상이 아니게 된 때문이다. 반면, 서술자의 의식에서 여인의 정체성은 의심을 완전히 풀지 못한다. 서술자는 개녕동이 비현실적인 공간임을 줄거리 ⑨, ⑩, ⑮을 통해 드러내는데,[111] 서술자의 목소리를 통해 전달되는 '여인의 모습이 다른 사람의 눈에 보이지 않는다' 는 비가시성이 연출된다. 뿐만 아니라. 서술자의 목소리를 통해 전달되는 비가시적 환상성은 이후의 '보련사' 에서도 계속 이어진다.

개녕동은 또 「만복사저포기」의 공간적 배경 중 가장 초현실적 공간으로 대두된다. "개녕동의 3일은 인간세상의 3년과 같다."[112]는 여인의 말에서 '개녕동' 은 현실계와의 시간의 흐름이 다른 이계임이 분명하게 제시된다. 결말에 가서도 '개녕동' 은 결국 여인의 시신이 매장되어 있는 무덤임이 밝혀지면서, 현실계와 초현실계의 영역을 동시에 수행해내는 탁월한 환상성을 보이는 공간으로 작용한다.

여섯 번째의 환상성은 바로 '은주발' 의 효과이다. 여인이 양생에게 신

---

111) 「만복사저포기」. "生執女手, 經過閭閻, 犬吠於籬, 人行於路, 而行人不知與女同歸,…女入門禮佛, 投于素帳之內, 親戚寺僧, 皆不之信, 唯生獨見,…父母試驗之, 遂命同飯, 唯聞匙筯聲, 一如人間. 父母於是驚歎, 遂勸生, 同宿帳側, 中夜言語琅琅, 人欲細聽, 驟止其言曰." 지문에서 보여지듯, 서술자는 여인의 존재에 대한 의혹을 다시 환기시킨다. 동네 사람의 눈에는 보이지 않지만 분명 양생의 눈에는 존재하고, 부모의 눈으로 확인되지 않으나 양생과 수저 부딪치는 소리를 통해, 또 양생과의 두런거리는 말소리를 통해 지각되는 여인의 존재는 시각을 통해 분명 지각할 수 없지만 청각을 통해서는 지각되어지는 여인의 모순적 존재는 非可視性을 보이는 환상성의 전형이다. 그러나 이에 대한 양생의 의심은 전혀 나타나지 않고 있다.

112) 「만복사저포기」. "此地三日不下三年君當還家以顧生業也."

표로 은주발을 주게 되는데, 이 은주발은 양생과 여인이 처음 만나 술잔으로 사용했던 것이다. 그런데 나중에 여인의 부모를 만나 이야기를 듣고 보니 이 은주발이 여인의 무덤에 부모가 같이 순장해 준 것이었다. 즉 은주발은 여인과 함께 땅 속에 묻혀 있어야 했던 것이다. 그런 은주발이 양생과 여인과의 술자리에서 술잔으로 사용되고, 이후 은주발은 후반부에 가서 여인의 부모에게 여인과 양생의 존재를 인지시켜내기 위한 현실적 매개물로 등장하게 된다. 다시 말하면 은주발은 현실과 초현실의 사이를 소통하는 매개체가 되는 신물인 셈이다. 이로인해 '은주발'의 효과는 초현실과 현실의 경계를 넘나드는 환상성의 극치를 연출하게 된다. 이와 같이 「만복사저포기」는 작품 내에서의 '현실과 비현실'의 사건을 반복적으로 지속하는 구조의 문학적 장치들을 통해 독자의 미적 쾌감을 증진시키고 있다.

일곱 번째, 여인의 '환생'이다. 이는 앞서 두 번째와 네 번째의 환상성이 합쳐지면서 만들어낸 변신모티프이다. 전생에 귀한 집 여인이었으나 이미 죽은 그녀가 환상 세계를 타고 현실 속으로 들어온 것이다. 환생한 것이다. 그리고 꿈결 같은 3일을 보낸 후 자신이 죽은 사람이라는 것을 알리고 사라진다. 그러나 또 한번 양생에게 나타나 후세는 남자로 윤회했다고 전하기까지 한다. '전세-현세-후세'의 모습을 한꺼번에 보여주는 작품이다. 삼 세의 모습을 담고 있는 것으로 보아 작가의 불교사상이 작품에 녹아든 것으로 풀이할 수 있다. 이를 통해 독자는 현실이라는 지각 가능한 공간을 기반으로 초현실과 현실, 그리고 차후의 세계까지 3차원의 공간을 넘나드는 환상적 입체공간으로의 여행을 하게된다.

현실상황으로 돌아와서도 양생은 그 현실 초월 체험의 여운에 사로잡힌 채 혼란스러워 하다 대상 다음날 그 여귀와 함께 했던 곳을 실제로 다시 추적해 보게 된다. 그 결과 그곳이 과연 시체를 임시로 묻어 둔 곳이었음을 알고 양생은 제물을 차려 놓고 슬피 울면서 그 앞에서 지전을 불사르고 제물을 지어 위로하며 애통해 한다.

「만복사저포기」는 이렇게 일곱 개의 문학적 장치들을 통해 작품의 '환상성'을 고조시키고 있다. 특히 여인에 대한 의문은 독자에게 여러 가지로 신비감을 준다. 작품 속에서 양생은 처음 여인을 만나고 인간인지 아닌지에 대한 의문을 품지만, 여인과의 사랑에 빠진 양생은 더이상 상대 여인이 귀신인지 현실의 인물인지 존재 자체에 대한 의혹을 걷어낸다. 그러나 양생과는 다른 의식을 가진 서술자의 목소리를 통해 이야기를 전달받는 독자는 양생과는 달리 여인의 정체성에 대해 끊임없이 의혹과 망설임을 떠올리게 된다. 이것이 꿈일까 현실일까를 넘나드는 독자의 의식 속에 여인의 혼백이 떠나간 뒤에도 여인의 존재를 부정할 수 없는 증거물인 '은사발'이 등장하면서 이는 현실과 초현실의 경계를 허물어 버리는 신표로 작용하는 동시에 독자의 인식지평에 강한 충격을 전달한다. 그러면서 동시에 양생이 선택한 지리산의 은거와 후일을 알 수 없다는 열린 결론을 통해 비장감이 전이된다.

「만복사저포기」의 환상성의 가장 큰 문학적 효과는 바로 작중인물과 독자의 연계감, 그리고 그로인한 팽팽한 긴장감과 비장감이다. 즉 독자는 독서의 행위를 통해 작중인물인 양생과의 인식에 끊임없이 주파수를 맞추며 인식의 소통을 열어놓게 되는데, 양생의 비장감이 독자에게 고스란히 전달되고 있다는 점이다. 작품 속에서 현실과 환상의 세계를 오가던 양생은 결국 현실이면서 초현실의 공간이었던 개녕동에서 다시 찾아낸 그녀의 무덤자취, 그리고 여인의 혼은 떠나고 없고 혼자만 남았다는 외로움, 사랑을 나눴던 여인이 더 이상 현실의 여인이 아닌 귀신이었다는 사실적 허탈함 속에서 현실이라는 시공간적 절대성을 절박하게 재인식하게 된다. 독자도 마찬가지이다. 독자도 현실과 초현실을 넘나들면서 의심을 풀지 못한다. 그러나 결말 부분에 가서 양생이 그랬던 것처럼 독자 역시 여인의 죽음을 받아들이며 양생의 사랑인 '비장감'을 순수하게 받아들이게 된다. 게다가 절절하게 사랑했던 그 여인의 목소리가 허공 중에 다시 들리며 남자로 환생했다고 알리며 정업(淨業)을 닦아 윤회로부터 벗어나라[113]는 말은 그녀가 이미 명계에서도 떠나버려 더 이상 사랑의 대상도 될 수 없음을 나타내 비극성을 고조시킨다.

「만복사저포기」의 여인과의 사랑은 결국 '환상은 현실이 될 수 없다'는 깨달음, 즉 환상을 꿈꾸나 환상 역시 현실에서 벗어날 수 없다는 '일탈적 행위'임을 깨닫게 하며 다시 한 번 현실의 가치체계를 심층 인식하는 계기로 작용한다.

다음으로 「취유부벽정기」를 들 수 있는데, 기본 줄거리를 '(1) 입몽 전 (2) 몽중세계 (3) 각몽 후'로 요약하면 다음과 같다.

2) 「취유부벽정기」

(1) 입몽 전
① 천순(天順) 초년에 개성에 사는 홍생은 부호이고 젊으며 얼굴도 잘 생기고 글도 잘 지었다.

---

113) 「만복사저포기」. 女於空中, 唱曰 "蒙君薦拔, 已於他國, 爲男子矣. 雖隔幽明, 寔深感佩. 君當復修淨業, 同脫輪回."

② 장사 차 평양에 왔다 배를 강가에 댄다.

③ 친구 이생이 홍생을 환영하는 잔치를 열고, 잔치가 끝난 후 홍생은 잠이 오지 않아 작은 배를 타고 부벽정에 오른다.

④ 선계를 연상케 하는 그 곳에서 옛 서울을 돌아보며 탄식하고, 시를 읊으며 흐느껴 운다.

(2) 몽중세계

⑤ 삼경이 될 쯤 갑자기 발자국 소리가 서쪽에서 들려오고 기씨녀를 만난다.

⑥ 기씨녀는 홍생에게 시를 다시 요청해 듣고, 함께 시를 논할만하다며 답시한다.

⑦ 기씨녀가 자신의 기씨의 가계와 내력에 대해 얘기한다.

⑧ 홍생의 요청에 따라 기씨녀는 시를 지어 주고는 모든 자취를 거두어 공중으로 올라가 버린다.

⑨ 홍생은 난간에 기대서서 정신을 모으고는 여인이 하였던 말들을 모두 기록한다.

(3) 각몽 후

⑩ ‘어젯밤 어디서 자고 왔느냐’는 친구들의 말에 ‘낚시를 갔었노라.’며 친구들에게 속여 대답한다.

⑪ 홍생은 여인을 잊지 못하고 연모하다 병이 든다.

⑫ 꿈에 여인의 시녀가 나타나 그녀가 견우성의 속관이 되었음을 알린다.

⑬ 홍생은 집안 사람을 시켜서 자기 몸을 목욕시키고 옷을 갈아입히게 한 후 턱을 괴고 잠깐 누웠다가 문득 세상을 떠난다.

⑭ 그의 시체를 빈소에 모셨는데, 며칠이 지나도 얼굴빛이 변하지 않았
   다. 사람들이 신선을 만나서 시해된 것이라고 하였다.

이상과 같은 「취유부벽정기」의 전체 줄거리를 통해 내적 구조를 간략
히 살펴보면 다음과 같다.

(1) 입몽 전–홍생이 잠이 오지 않아 부벽정에 오른다. –현실의 공간(외화)
(2) 몽중세계–기씨녀를 만나 시로 화답하고 그녀의 내력을 듣는다. –
   초현실의 공간(내화)
(3) 각몽 후–여인을 잊지 못해 연모하다 병들어 죽는다. –현실의 공간
   (외화)

「취유부벽정기」 역시 '현실–초현실–현실'의 액자 구조를 취하고 있음
을 확인할 수 있다. 또 '부벽루'라는 현실적 공간을 기점으로 죽은 여인을
만나 사랑을 하게 된다는 '인귀교환'의 모티프의 차용과 현실과 초현실의
수평적 공간개념을 형상화하는 환상성을 읽어낼 수 있다.
텍스트를 중심으로 '환상성'을 구체적으로 살펴보면 세 가지로 요약
된다.
첫째, 기씨녀가 자신의 정체를 말하는 부분으로 인귀교환 모티프를 통
한 환상성이다. 기씨녀는 본래 기자시대에 죽은 기자의 후예로, 오래 전
신선이 되어 초월적 세계인 월궁에 살고 있는 신선이다. 물론 '신선'이라
고 명명은 되지만, 결국 죽은 여인이라는 점에서 '인귀교환' 모티프를 통
한 환상성이다.

"여기서 방금 시를 읊던 사람이 있었는데, 지금 어디에 있소? 나는 꽃이나 달의 요물도 아니고, 연꽃 위를 거니는 주희도 아니라오. 다행히도 오늘처럼 아름다운 밤을 맞고 보니, 만리창공 넓은 하늘에는 구름도 걷히었소. 달이 높이 뜨고 은하수는 맑은데다, 계수나무 열매가 떨어지고 백옥루는 차갑기에, 한잔 술에 시 한 수로 그윽한 심정을 유쾌히 풀어 볼까 하였소. 이렇게 좋은 밤을 어찌 그대로 보내겠소?"[114]

두 남녀 주인공의 첫 만남 대목이다. 삼경이 다 된 늦은 밤, 갑자기 두 시녀를 이끌고 나타나는 이 아름다운 여인을 보자마자 홍생은 그녀의 정체에 대해 의구심을 풀지 못하고 몰래 뜰 아래로 내려가 지켜보게 된다. 이 때 여인이 말을 건네 오자 홍생은 이 말에 두렵기도 하고 기쁘기도 하나 어찌할까 머뭇거리다가 가늘게 기침소리를 내며 모습을 드러낸다.

이 장면에서는 여기서 여인과 홍생 간의 성격차이를 느낄 수 있도록 구성되어 있다. 「취유부벽정기」의 홍생은 겁이 많고, 조심스러운 성향에 비해, 여인은 상당히 적극적이고 개방적인 면모를 보인다. 「취유부벽정기」 외로도 귀신과의 사랑을 다루는 「만복사저포기」·「이생규장전」 두 작품 공히 남녀의 성격대조가 극명하게 드러나는데, 김시습은 남녀유별이 분명한 유자임에도 불구하고, 작중인물의 성향을 볼 때 여인들에게 훨씬 적극성을 부여한다. 사랑에 있어서도 여인이 주도권을 잡고 상대인 남자를 이끌고 가는 모습을 보인다. 이 역시 당대의 현실과는 거리가 먼 모습으로 모순된 세계를 뒤집어 보고자 하는 의도된 뒤집기가 아닌가 생각되는 한편,

---

114) 「취유부벽정기」. "此間有哦詩者, 今在何處? 我非花月之妖, 步蓮之姝, 幸值今夕, 長空萬里, 天闊雲收, 冰輪飛而銀河淡, 桂子落而瓊樓寒, 一觴一脉, 暢敍幽情, 如此良夜何?"

모순적 현실을 알면서도 적극적으로 발언하지 못하는 나약한 자신의 심경을 반대급부적인 여인에게 투영하여 작자를 포함, 당시 지식인들의 유약함을 역으로 보여주는 의도적 장치로도 풀이된다.

> 여인이 시녀에게 명하여 술을 한차례 권하였는데, 차려 놓은 음식이 인간세상의 것과 같지 않았다. 먹으려 해봐도 굳고 딱딱하여 먹을 수가 없었다. 술맛도 또한 써서 마실 수가 없었다. 여인이 빙그레 웃으면서 말하였다.
> "속세의 선비가 어찌 백옥례와 홍규포를 알겠소."
> 여인이 시녀에게 명하였다.
> "너는 빨리 신호사에 가서 절밥을 조금만 얻어 오너라."
> 시녀가 시키는 대로 가서 곧 절밥을 얻어 왔다.[115]

두 번째 환상성으로 위 본문의 지문을 들 수 있는데, 현실과 초현실의 현격한 거리감이다. 인간세상의 사람이 아닌 기씨가 대접한 술과 음식을 홍생이 먹을 수 없다는 것은 두 인물의 존재론적 차원의 차이를 나타내는 것으로, 현실과 비현실의 경계가 분명함을 보여주는 대목이다.

세 번째의 환상성으로, 작품의 결말인 죽음의 대목에서 시체를 빈소에 안치한 뒤 수일이 지나도 얼굴빛이 변하지 않았으며, 그때 사람들은 그가 신선을 만났으므로 죽음에서 해탈되었기 때문이라 하였다는 것이다. 사랑하는 여인과의 천상에서 재회할 것이라는 천상의 존재에 대한 확신, 그리

---

115) 「취유부벽정기」. 卽命侍兒, 進酒一行, 殽饌不似人間, 試啖堅硬莫吃, 酒又苦不能啜. 娥莞爾曰 俗士, 那知白玉醴紅虯脯乎?" 命侍兒曰 "汝速去神護寺, 乞僧飯小許來." 兒承命而往, 須臾得來, 卽飯也.

고 이 준비된 만남은 바로 현실에서의 ‘죽음’을 통해 성취되므로, 여기서 보여지는 죽음은 새로운 희망을 예비하는 죽음이다. 그러기에 ‘소멸’하는 일반적 죽음과는 질적으로 다른, 새로운 시작을 의미한다. 그러므로 일반적 죽음이 가지는 소멸이나 사체의 변화 또한 수행되지 않는다. 이 작품에서의 ‘죽음’은 오히려 현실을 떠남으로서 정화되고 안정된 삶을 얻을 수 있다는 초월적 현실주의관 또는 죽음의 미학을 동반하고 있다.

「취유부벽정기」에서 최고의 환상성은 이 죽음의 미학에서 찾을 수 있다. 현실에서 잊지 못한 사랑의 사연을 천상에서 지속해 보려는 초월적 현실주의 사상과 도가적 신선사상이 결합이 낳은 환상적 미감의 백치라 하겠다.

다음은 「이생규장전」으로 기본 줄거리를 ‘(1) 입몽 전 (2) 몽중세계 (3) 각몽 후’로 요약하면 다음과 같다.

3) 「이생규장전」

(1) 입몽 전
① 송도에 사는 이생과 최랑은 재자가인으로 유명했다.
② 이생이 국학 가는 길에 최랑의 집 담 안을 엿보고 편지를 던지자, 최씨가 답장을 해 서로 만나기로 한다.
③ 이생은 최랑을 만나 3일간을 함께 보낸 후, 효를 들어 집으로 돌아가나 이후로도 이들의 만남은 지속된다.
④ 이생의 아버지가 최랑과의 일을 알고, 가문의 도를 들어 이생을 울주로 보내 버린다.
⑤ 최랑은 기다려도 오지 않는 이생을 그리워하다 병이 든다.

⑥ 최씨 부모가 이생과의 편지를 발견하고 사연을 짐작, 이생의 집에
   청혼을 한다.
⑦ 이생의 아버지는 가문의 우열을 들어 거절한다.
⑧ 최랑의 부모가 재청혼하여 둘은 결혼하게 되고, 이생은 높은 벼슬을
   하고 행복한 삶을 누린다.
⑨ 홍건적 난이 일어나고 피난길에 여인 최랑이 죽임을 당한다.
⑩ 이생은 여인을 그리워하며 폐허가 된 최랑 집에 들어와 그녀를 추억
   한다.

(2) 몽중세계
⑪ 삼경에 달이 밝고 발자국 소리에 최랑의 환신을 만난다.
⑫ 그녀가 죽게 된 이야기를 듣고, 부모의 유골을 찾아 장례를 지낸 후
   친척, 손님, 길흉사 전부와 소통을 끊은 채 세상을 잊고 아내와만 지
   낸다.
⑬ 최랑이 이별의 시간이 왔음을 알린다.

(3) 각몽 후
⑭ 여인의 유골을 거두고 부모의 무덤 곁에 장사를 치러 준다.
⑮ 몇 개월 후 이생도 병이 들어 세상 떠난다.
⑯ 이야기를 듣는 이웃 주민들이 모두 한탄해 한다.

이상의 전체 줄거리를 통해 「이생규장전」의 내적 구조를 살펴보면 다
음과 같다.

⑴ 입몽 전-이생과 최랑이 행복한 결혼생활을 하다 홍건적의 난으로 최랑이 죽임을 당하고, 이생은 그녀를 잊지 못한다. -현실의 공간 (외화)

⑵ 몽중세계-최랑의 지고지순한 사랑에 천제도 '죄가 없음'을 들어 이생과 재회하게 하고 3년간을 보낸다. -초현실의 공간(내화)

⑶ 각몽 후-여인을 잊지 못해 연모하다 병들어 죽는다. -현실의 공간 (외화).

앞의 작품들과 마찬가지로 「이생규장전」의 환상성 역시 '현실-입몽-각몽'의 몽유구조 속에서 죽은 여인이 인간 세상에 찾아든다는 현실과 초현실의 수평적 사고와 '인귀교환' 모티프의 수용을 통해 이뤄짐을 확인할 수 있다. 독자가 느끼는 '환상성'은 몽중세계로 진입한 ⑪부터 ⑬까지로 연속적인 '환상성'이 유지된다.

작품을 살펴보자면, 먼저 현실계에 존재하는 최랑과 이생의 깊은 사랑이 현실 속 사랑으로 전개된다. 특히 두 사람의 사랑은 전자의 「취유부벽정기」의 여인인 최랑이 주도적인 역할을 하고 있던 것처럼, 「이생규장전」에서도 마찬가지이다. 행여나 하는 마음을 담아 보내온 이생의 편지에 여인이 먼저 만나자고 적극 제의하는 모습과[116] 이생보다도 애정의 표현이 적극적이며, 둘의 사랑에 대한 책임을 끝까지 지려는 최랑의 말에서[117] 남자인 이생보다 굳은 의지의 최랑의 모습을 발견할 수 있다. 또한 둘의 결혼을 반대하는 부모에게도 죽음을 각오하며 맞서서 그녀는 결국 결혼을

---

116) 「이생규장전」. 崔氏, 命侍婢香兒, 往取見之, 卽李生詩也. 披讀再三, 心自喜之. 以片簡, 又書八
字, 投之曰 "將子無疑, 昏以爲期."
117) 「이생규장전」. "他日閨中事洩, 親庭譴責, 妾以身當之. 香兒可於房中, 賣酒果以進."

쟁취해 낸다.

　그러던 중 이생이 과거를 보기 위해 짧은 이별을 고했던 사이 홍건적의 난이 터지고, 사랑하는 여인 최랑은 결국 홍건적의 칼에 죽게 된다. 이 사실을 안 이생은 그녀를 잊지 못하고 그리워하는데, 이생 앞에 사랑하는 여인 그녀가 다시 나타난 것이다. 바로 '환상성'이 시작되는 부분이다. 그러나 그녀에 환생에 대한 이생의 주저함이 전혀 나타나지 않고 있다. 너무도 그리워 한 나머지 그녀가 죽은 사람인지, 아닌지 이생에게는 전혀 문제되지 않기 때문이다.[118] 반면 최랑의 죽음을 알고 있는 독자에게 이 부분을 주저함으로 나타나게 된다.

　한편, 죽은 최랑이 현생으로 돌아올 수 있었던 이유는 죽어서도 이생을 잊지 못하는 최랑의 마음을 천제가 알고 '연분이 끝나지 않고, 죄가 없음'을 들어 그녀에게 이생과의 만남을 허락한 것이다.[119] 사랑에 적극적인 최랑을 통해 죽음도 뛰어 넘는 절절한 사랑의 환상성을 보여 주는 작품이 바로 「이생규장전」인 것이다. 죽음까지도 초월한 이생과 최랑의 아름다운 사랑의 환상성은 이로 인해 독자에게 현실적이냐 비현실적이냐의 비판도 잠시 보류하게 한다. 시공간을 초월하는 정서로서 사랑을 당대의 독자에게도, 오늘날 「이생규장전」을 읽는 독자에게도 순수로 통용되는 미적정서이기 때문일 것이다.

　이 비감 섞인 환상성은 그러나 지속되지 않는다. 3년이 지난 어느 날, 여인은 '이승과 저승의 세계기 분명하다'며 이생에게 이별을 고한다.

---

118) 「이생규장전」. 至則崔氏也. 生雖知已死, 愛之甚篤, 不復疑訝.
119) 「이생규장전」. "緣分未斷, 又無罪障."

"저승의 율법은 피할 수 없습니다. 천제께서 첩으로 하여금 서방님을 모시게 한 까닭은, 연분이 아직 끊어지지 않았고 또한 지은 죄가 없는 탓입니다. 그래서 이 몸을 환생시켜 서방님의 근심을 잠시나마 덜어드리려 했던 것입니다. 하지만 오랫동안 사람들 세상에 머물 수 없는 것은 혹시 멀쩡한 사람을 현혹시킬 수 있기 때문입니다."[120]

죽음에서 다시 돌아온 그녀와 보낸 3년의 세월은 최랑을 너무도 그리워하는 이생의 한바탕 꿈이었을까? 아니면 정말 최랑이 환생한 것일까? 「이생규장전」을 읽는 순수한 독자들은 「이생규장전」이 가진 독특한 비감의 환상성에 이미 시시비비의 칼날이 무뎌짐을 느낀다. 최랑의 환생이 마치 사실이기를 바라는 이생의 지고지순한 원망(願望)이 작품에 빠져드는 독자에게도 그대로 전이된 까닭이다. 김시습의 문학성은 여기서 탁월함을 느끼게 한다. 사실일까? 꿈일까? 망설이는 독자에게 김시습은 생사가 분명하다는 차디찬 현실을 들어 이생의 사랑을 더욱 애절하게 한다.

이튿날, 최랑이 알려준 장소를 찾아가 아직도 들에 뒹구는 최랑의 시체를 거두어 장사 지내는 부분은 독자를 다시 한 번 주저하게 하는데, 최랑의 환생이 단순히 '이생의 원망이 강하여 일어난 꿈' 이려니 하던 독자에게 이 대목은 '꿈이 아닌 현실' 이라는 구체적인 물증처럼 다가오기 때문이다.

이생은 최랑의 장사를 지내주고 그 길로 병이 들어 신음하다가 결국 아내의 뒤를 따라 세상을 떠나고 만다. 여기서 이생의 죽음은, 최랑이 부모에게 다른 사람에게 결혼하느니 차라리 죽어버리겠다는 말이나[121], 이생

---

120) 「이생규장전」. "冥數不可躲也, 天帝以妾與生, 緣分未斷, 又無罪障, 假以幻體, 與生暫割愁腸, 非久留人世, 以惑陽人."

과의 사랑을 지키기 위해 절개를 선택하고 죽어간 그녀의 강인하고 아름
다운 모습에 화답하듯 그 모습에서 성격의 변화를 보이는 부분으로 비로
소 최랑의 강인함을 닮아, 그녀에게 답하는 자신의 의지이기도 하다.

　이상의 「이생규장전」과 「만복사저포기」 두 편은 모두 인귀교환을 통한
환상적인 사랑을 구현하는 작품이지만 비감에는 약간의 차이가 있다. 작
중인물인 양생이 인연으로 만난 여인이 혼령인줄 모르고 의아해하다 사랑
에 빠져 의심을 놓쳐 버리는 서사구조의 「만복사저포기」에 비해, 최씨녀
가 죽은 사실을 알면서도 사랑하기에 귀녀인 그녀를 주저없이 받아들이며
변함없는 사랑을 보여주는 「이생규장전」이 「만복사저포기」보다는 독자에
게 훨씬 현실적이며, 절절한 미감으로 다가온다.

　『금오신화』의 「만복사저포기」·「이생규장전」·「취유부벽정기」에 이어
몽유록으로는 「원생」을 텍스트의 대상으로 삼았는데, ‘몽유록’의 특성상
죽은 귀신을 만나 마음에 품었던 현실에 대한 인식을 풀어 놓는다는 점에
서 마찬가지로 ‘인귀교환’ 모티프를 취하고 있음을 알 수 있다.

　먼저 「원생」의 기본 줄거리를 ‘(1) 입몽 전 (2) 몽중세계 (3) 각몽 후’로
요약하면 다음과 같다.

　4) 「원생몽유록」[122]

　(1) 입몽 전
　① ‘원자허’라는 강개한 선비가 있었다.

---

121) 「이생규장전」. 父母如從我願, 終保餘生, 倘違情款, 斃而有已. 當與李生, 重遊黃壤之下, 誓不登
　　他門也.”

② 그는 옛 역사책을 읽다가 왕조가 망하여 나라의 운명이 다하는 대목
  에 이르면, 항상 책을 덮은 후 책 위에 얼굴을 묻고 흐느껴 울었다.
③ 팔월 어느 날 밤에 책상에 기대어 잠이 들었다.

(2) 몽중세계

⑤ 꿈속에서 복건 쓴 남자의 영접을 받아 임금과 다섯 신하를 만나 말
  석에 앉게 된다.
⑥ 임금과 신하들이 고금의 흥망에 대해 토론을 하게 된다.
⑦ 요·순·탕·무 때문에 선위(禪位)를 빙자하여 신하로서 임금을 치고
  도 정의를 외치는 것에 비난한다.
⑧ 임금과 신하들이 억울함을 시로 노래하고, 원자허도 시를 짓는다.
⑨ 시를 읊고 좌중이 함께 슬퍼할 때 위풍이 늠름한 사람이 뛰어 들어
  온다.

---

122) 「원생몽유록」의 작자에 대해서는 林悌가 秋江 南孝溫을 사모하여 그를 모델로 지었다는 김태
    준설과(『조선소설사』), 본 작품의 유행본 後尾에 '戊辰中秋海月居士志 林白湖悌所記'라 한 기
    록을 들어 매월당 김시습이라는 장덕순설(『국문학통론』, 1963), 元昊의 遺集인 觀瀾遺稿 附記
    의 기록을 들어 元昊 작자설을 주장하는 이가원설(「몽유록의 작자고」, 1979)이 팽팽히 대립하
    다 黃汝一의 文集(권3)에 題林白湖先生夢遊錄後라 題한 詩와 이에대한 跋文을 제시하며 작가
    가 林白湖라는 설을 제기한 황패강(「원생몽유록」, 『한국고전소설작품론』, 1990)에 의해 임제
    설이 거의 굳어졌다. 그러나 원용문(「원호와 원생몽유록」, 1996)에 의해 임호설이 다시 제기되
    고 우쾌제(「원생몽유록 연구—이본의 전래과정과 원호저작설의 검토」, 1998)에 의해 원호설이
    지지되면서 아직까지 논란중이다.
    이와 같이 「원생몽유록」은 20여편이나 되는 이본과 선본에 대한 정확한 고증 또한 이뤄지지
    않아 언제 누구에 의해 창작되었는지에 대한 논란은 부득불 한계로 작용할 수밖에 없다. 따라
    서 본고는 작자설을 제기하지 않을 것이다. 이는 본고의 목적이 「원생몽유록」에서 찾아지는
    '환상성' 연구이기 때문이기도 하다. 그러나 황패강의 설에 동의하며 「원생몽유록」에 실린 '今
    觀其王者 上必賢明之主也. 其六人者 亦皆忠義之臣也'(『백호집』)의 표현으로 보아 '육신'이라
    는 용어가 『조선왕조실록』 권2(仁宗 1년 1545)에 와서야 보인다는 기록을 존중한다면 저작시
    기는 임호의 15세기설 보다는 임제의 16세기설이 타당할 것으로 보인다.

⑩ 늠름한 그는 썩은 선비와는 큰일을 성공시킬 수 없다면서 칼을 빼
    어들고 비분강개하며 노래 부른다.
⑪ 천둥소리에 놀라 깨보니 꿈이었다.

(3) 각몽 후
⑫ 원자허는 친구인 해월거사에게 꿈 얘기를 들려준다.
⑬ 해월거사는 이에 임금과 충성스런 신하의 죽음에 대해 하늘을 원망
    한다.

「원생」은 폐위된 단종을 복위시키려 하다가 실패하고 무참하게 처형된
사육신을 소재로 한 작품으로 전체 줄거리를 통해 작품의 내적 구조를 살
펴보면 다음과 같다.

(1) 입몽 전-원자허라는 강개한 선비가 살고 있었다. -현실의 공간(외화)
(2) 몽중세계-복건자의 인도로 사육신을 만나게 되고 서로 강개한 감
    정을 털어 놓는다. -초현실의 공간(내화)
(3) 각몽 후-친구에게 꿈 얘기를 들려준다. -현실의 공간(외화).

이상의 구조 속에서 제현되는 「원생」의 환상성을 텍스트를 통해 구체
적으로 살펴보면 크게 세 가지로 요약된다.
첫째, 도가적 환상성이다. 복건자를 통해 도착한 낯선 장소 '강 언덕'
으로의 방문에서 신비감이 느껴진다.

별안간 몸이 가벼이 떠오르며 아득한 하늘 위로 너울너울 날아올랐

다. 온몸이 차가운 바람을 타고 치솟은 듯도 하고, 날개가 돋아서 신선이 된 것도 같았다. 그러다가 바로 강 언덕 위에 머물렀는데, 밤이 깊어 모든 소리는 숨을 죽이고 세상은 맑고 고요했다. 달빛은 낮처럼 밝은데 물빛은 비단을 편 듯 아름다웠고, 바람은 갈대를 살며시 울리며 스쳐 지나가고, 이슬은 단풍 숲에 뚜욱 뚜욱 떨어지곤 했다. 그는 홀연히 눈을 들어 '휘이' 하고 긴 휘파람 소리를 내며 시를 낭랑히 읊었다.[123]

몽유자가 도착한 낯선 곳의 배경묘사로 신비감과 적막감을 동시에 준다. 8월 한가위, 유난히 밝은 달빛에 반사되는 강가는 오히려 적막해 보이고, 바람소리는 스치고, 단풍잎에 떨어지는 이슬은 아름답지만 비감을 담아내기에 충분한 정서다. 강개한 성격으로 묘사되는 몽유자 원자허는 평소 역사에 대한 비분을 갖고 있는 인물로, 옛 역사책 중 역대의 나라가 망하려 하여 운명이 다하고 세력이 꺾이는 장면이 나올 때마다 책을 덮고 흐느껴 우는 인물이다.[124] 그런 그가 달밤의 정서에 자극되어서인지, 넋두리에 가까운 심중에 담은 원한의 감정을 시로 토해낸다.

원한은 사무쳐서 강물마저 예지않고	恨入長江咽不流
갈꽃도 단풍잎도 우수수 우는구나	荻花楓葉冷颼颼
이곳은 분명히 장사의 언덕이라	分明認是長沙岸
달빛은 밝은데 임의 영령 어딧나요	月白英靈何處遊

---

123) 「원생몽유록」, 이가원 역편, 『이조한문소설선』, 민중서관, 1971.
　　　身忽輕擧, 縹緲俙揚, 冷然若御風而上也, 飄然若羽化而仙. 止一江岸, 則長流透迤, 群山糾紛, 時夜將牛, 萬籟俱寂, 月色如晝, 波光如練, 鴻鳴蘆葉, 露滴楓林, 俏然擧目, 如有千載不平之氣. 乃劃然長嘯, 朗吟一絶日.
124) 「원생몽유록」. 甞閱史, 至歷代危亡軍移勢去處, 則未甞不俺卷流涕.

우울한 정서를 담아내는 원자허의 시 속에는 그러나 낯선 곳에 대한 두려움이나 거부 반응은 전혀 읽어낼 수 없다. 이로 보아 원자허가 방문한 곳은 아마도 현실의 어디쯤으로 풀이될 수 있겠다. 그러던 그에게 새로운 인물이 접근해 오면서 머뭇거림은 시작된다. 낯선 곳에서 몽유자자신은 모르지만 상대가 그를 알고 잘 알고 있다는 점은 몽유자와 독자 모두에게 의아심과 함께 머뭇거림을 수반한다. 이것이 두 번째의 환상성이다.

> 별안간 저 쪽 먼 곳에서 발자국 소리가 들려 왔다. 그리고는 얼마 안 돼 갈 꽃 깊은 곳에서 아름다운 사내 하나가 나타났다. 그는 야복에 복건을 썼으며, 정신이 맑고 눈썹이 빼어나 옛날 수양의 모습을 지닌 듯하였다. 그는 자허의 앞에 나와 고개 숙여 인사를 하며,
> "어찌 이렇게 늦게 오셨습니까? 전하께서 당신을 기다리고 계십니다."
> 하였다. 자허는 그가 산귀신이나 물귀신이 아닌가 하고는 한참을 멍하니 서 있었다. 그러나 그의 얼굴이 준수하고 행동이 단아한 것을 보고는 자허는 자기도 모르는 사이에 마음속으로 그를 칭찬하였다.[125]

새 인물인 복건자가 소개되는 대목이다. 몽유자인 원자허는 복건자를 처음 대한 순간 그를 이미 알고 있는 듯한 인사에 '귀신인가' 하고 머뭇거리다 단아한 그의 행동에 의심을 풀어낸다. 복건자의 인사를 통해 원자허가 이 낯선 곳에 초대를 받아 온 것임을 할 수 있다. 이때 현실의 모습을 하고 있으나 분명 생소한 낯선 곳에, 그가 올 것이라는 것을 알고 있는 한 복건자

---

125) 「원생몽유록」. 徘徊顧昑之際, 忽聞跫音 自遠而近. 有頃, 蘆花深處, 閃出一介好男兒, 幅巾野服, 神淸眉秀, 有首陽之遺風. 來揖於前曰 "子虛來何遲? 吾王奉邀." 子虛疑其爲山精水魅, 愕然無以應. 然其形貌俊邁, 擧止閑雅, 不覺暗暗稱奇.

의 등장은 미스테리한 환상성을 독자에게 전수한다. '나'는 알 수 없지만 상대가 나를 훤히 알고 있는 이 낯선 공간의 정체는 현실을 빙자한 제3의 세계의 설정인 셈이고 가히 이 공간성은 환상적이라 할 만하기 때문이다.

복건자를 따라 도착한 정자에는 임금을 다섯 신하가 옹위하고 있었다.

> 그들은 이 세상의 호걸로 용모가 당당하고 풍채가 늠름하였다. 또한 가슴에는 고마 도해의 의리와, 경천봉일의 충성을 간직하고 있어, 참으로 육 척의 고아도 부탁할 만한 사람이었다.
>
> 그들은 자허가 오는 것을 보고 일제히 마중을 나왔다. 자허는 먼저 왕에게 나아가 문안을 여쭙고 되돌아와서 각자 자리에 앉기를 기다렸다가 맨 끝에 앉았다. 자허는 어떻게 된 까닭인지 알 수 없어서 마음 속으로 몹시 불안해하고 있었다. 그 때 임금이 말하였다.
>
> "내 항상 경의 꽃다운 지조를 그리워하였소. 오늘 이 아름다운 밤에 우연히 만났으니 조금도 이상하게 생각 마오."
>
> 자허는 그제야 의심을 거두고 일어서서 은혜에 감사하였다.[126]

서술자의 목소리를 통해 전달되는 원자허의 독백 속에는 그의 투철한 유교사상이 투영되어 있음을 발견할 수 있다. '호걸'과 '됨됨이'를 평가하는 가장 큰 기준으로 임금에 대한 충성심을 우선으로 여김을 간접적으로 표현해 주는 독백의 대목 때문이다. 그래서인지 원자허가 갖는 낯선 이 세

---

126) 「원생몽유록」. 蓋是世間之豪俊.儀　堂堂, 神彩揚揚, 胸藏叩馬蹈海之志, 腹蘊擎天捧日之忠, 眞所謂托六尺之孤, 而寄百里之命者也. 見子虛至, 皆出迎, 子虛不與五人爲禮, 入謁王前, 反走而立, 以待坐定, 跪於席末, 子虛之上則幅巾者也. 其上則五人相次而坐矣. 子虛莫能測, 甚不自安, 王曰 "夙聞蘭香, 深慕薄雲, 良宵邂逅, 無相訝也!" 子虛乃避席而謝

계에 대한 두려움은 복건자의 단아한 행동을 통해 해체되고, 그보다는 그가 어떤 연유로 이곳을 와서 임금을 알현하게 되었는지에 의심이 모아지게 된다. 대화를 통해 원자허는 지조를 그리워하는 임금의 배려로 낯선 세계에 오게 되었고, 신하들이 일제히 마중을 나와 그를 반기는 이유 또한 원자허가 지조를 숭상하는 인물이었음이 밝혀진다. 낯선 인물들과 원자허는 무엇보다 '지조'가 우선되어야 하고, 그렇지 못한 세상에 대해 지조를 그리워하는 동병상련의 심정에서 원자허는 다시 한 번 낯선 이들에 대한 경계가 해체됨을 보여준다.

그러자 말이 채 끝나기도 전에 왕은 얼굴빛을 바로잡고,

"아니오. 경은 이게 대체 무슨 말이오? 네 임금이 무슨 허물이 있겠소? 다만 그들을 빙자하는 놈들이 도적이 아니겠소?"

하고 말했다. 그러자 복건 쓴 이는 머리를 조아리고 절하며,

"마음 속에 불평이 쌓여서 저도 모르는 사이에 지나치게 분개했습니다."

하며 사과했다. 그러자 임금은

"그렇게 미안해할 필요는 없소. 오늘은 귀한 손님이 이 자리에 오셨는데 다른 이야기가 무슨 필요 있겠소. 다만 달은 밝고 바람이 맑으니, 이렇게 아름다운 밤을 어찌 그냥 보내겠소?"

하고 마을에 사람을 보내 술을 사 오게 했다. 술이 몇 잔 돌자 왕은 흐느껴 울며 말했다.

"경들은 어찌 각각 생각하고 뜻을 말하여 원통한 한을 풀려고 하지 않는가?"[127]

좌정 후 토론으로 이어지는 부분에서 원자허는 자신의 의사를 노출하지 않은 채, 다섯 신하와 임금의 이야기를 전달하는 관찰자 시점을 띤다. 그리고 원자허에게서 이들에 대한 의심이나 이질감은 더 이상 찾아보기 어렵다. 혼령들과는 정신적 유대로 이미 한세상 사람이 되었기 때문이다. 이 지점에 이르러 「원생」의 꿈속 공간은 더 이상 낯선 제3세계가 아니게 된다. 공통의 가슴 아픈 현실의 사안이 거론되는 바로 현실세계의 연장선 어디쯤이 되기 때문이다. 그러므로 「원생」의 꿈속 공간성은 현실과 합일하며, 이로써 현실과 초현실의 경계는 무너지게 되는 것이다.

그러나 원자허와 독자의 의구심은 별개의 것으로 보인다. 원자허가 경계를 해체하는 것은 지조를 그리워하는 이심전심의 계기가 작용하지만, 독자는 원자허가 될 수 없으며, 따라서 독자는 이 낯선 곳과 낯선 인물에 대한 완전한 경계 해체를 위해 좀 더 친절한 정보가 요구되어진다.

'몽유록'이 갖는 환상성은 여기서 또 제시될 수 있다. '몽유록'은 역사적 사실의 우의적 표현물이다. '꿈'이라는 매개 장치를 통해 역사적 사실을 재현해 내지만, 재현한 역사적 사실을 인지하지 못하면 창작의도와 작품 속에 공통적으로 할애되는 연회를 통한 인물들의 비탄을 이해하기 어렵다는 한계를 갖고 있다. 왜냐하면 작품은 특정 역사적 사실에 대해 전후를 일목요연하게 설명하고 있지는 않기 때문이다. 다만 불만스럽거나 비탄스러운 부분만을 비판하거나 소리 높여 비분강개 할 뿐이다. 따라서 독자 역시 작품 속에 놓여진 역사적 사실이라는 이해 없이는 낯선 곳·낯선

---

127) 「원생몽유록」. 王乃正色曰 "惡是何言也! 有四君之德, 而處四君之時則可, 無四君之德, 而非四君之時則不可, 彼四君者, 豈有罪哉? 顧藉而名之者, 賊也." 幅巾者 拜手稽首謝曰 "中心不平, 不自知言之過於憤也!" 王曰 "毋辭. 佳客在座, 不須閒論他事. 月白風淸, 如此良夜, 何?" 乃解錦袍酒於江村. 酒數行, 王乃持盃哽咽顧. 謂六人曰 "卿等盍各言志, 以敍幽寃乎."

인물의 정체성 해소는 요원하고 미스테리하게 남고 마는 것이다.

「원생」또한 비판하고 싶은 역사적 사실을 표현하기 위해 '꿈'을 통한 제3세계와 인귀교환이라는 비현실적 기조를 차용했다. 여기서 독자가 느끼는 환상성은 2갈래로 나뉘어 지게 된다. 먼저 꿈속에 재현된 역사적 사실을 인지한 독자라면 인귀교환이라는 환상적 소재는 형식적 외피에 불과함을 깨닫게 된다. 동시에 환상성은 반감되나 비판적 현실에 대한 비감의 정서로 전이됨을 느낄 수 있다.

반면 역사에 대한 선이해가 없는 독자는 그야말로 막연한 환상성의 기조만을 유지한 채 책을 읽을 뿐이다. 작자의 의도파악이 어려워진다는 말이다. 이런 경우 독자가 독서를 통해 행하고자 하는 '작자와의 소통'은 차단되는 결과를 낳게 되며, 일정부분 의미 없는 독서의 행위에 그칠 수도 있다. 그러나 적극적 독자라면 작가의 의도파악을 위해 끊임없이 사유하고 유추하게 되는데, 이 점에서 일면 상상력의 나래를 무한하게 펼 수 있다는 열린 구조의 쾌감을 느끼게 한다고 볼 수 있겠다. 그래서 「원생」과 같은 몽유록류는 역사적 사실에 대한 이해가 수반되지 않고는 작품을 정확히 받아들이기에는 한계가 있는 장르군이다.

16세기 들어 본격화되는 '몽유록'에서 찾아지는 환상성의 특징은 그런 의미에서 마치 '숨은 그림 찾기'와 같다. 환상이라는 외피 속에 숨겨둔 그림은 바로 작가가 이야기하고자 하는 '역시적 사실'이다. 표현에서 자유로울 수 없었던 당대인들은 이떤 식으로든 '할 말은 해야겠다.'는 해소창구가 필요했고, 그러다 보니 현실이 아닌 비현실적 세계가 필요했을 것이다. 그러다 '꿈속'이라는 매개 장치를 찾게 되고, 낯선 곳·낯선 인물을 만나 숨은 그림 찾기 하듯, 숨겨진 역사적 사실을 하나하나 들추어내게 된다. '몽유록'은 그래서 숨은 그림을 다 완성하고 나면 궁극적으로 비판의 감정을 토해 내는 작가의 의도를 확인하게 된다. 그리고 그때는 기쁨보다는 비감의 정서가 강하게 포착되는 공통속성을 갖는다. 역사적 실체, 즉 함부로 발설할 수 없었던 숨겨진 그림은 당연 억눌린 비극의 양상을 하고 있기 때문이다. 따라서 '몽유록'의 기능은 문학이라는 양식에 앞서 당대의 현실인식에 대한 당대인들의 담론으로서 비극적 사실을 담보로, 그것을 비판하는 출구로 작용해 왔음을 확인할 수 있다. 이러한 이유로 몽유록의 환상성은 전대의 작품에 비해 현격히 떨어질 수밖에 없는 반면, 사실임을 깨닫는 순간 독자에게 강한 비장감을 전해주는 역설적 구성을 취하는 문학적 장치라 하겠다.

5) 운영전[128]

「운영전」은 창작연대와 작자가 정확히 밝혀지지 않은 애정소설로, 여타 다른 작품에 비해 작품의 구조나 서술 기법상의 다양성과 특이성 때문에 많은 논의의 가능성을 시사하는 작품이기도 하다.

「운영전」은 그간에 여러 논자들에 의해 정리되어 왔기 때문에, 구태여 본고에서 다시 정리할 필요까지는 없을 것으로 생각된다. 다만 창작 시기가 정확치 않다는 점은 짚고 가야 할 것으로 생각된다.

'17세기 설'과 '18세기 설'이 맞서 있는데, 필자는 앞서 제시한 표1)에 「운영전」을 17세기에 넣은 바 있다. 그 근거로는 정출헌의 견해에서 설득

---

128) 「운영전」은 天台山人이 '一名 壽聖宮夢遊錄'이라는 말을 한 후 '壽聖宮夢遊錄'이라는 명칭으로 한때 쓰였으나 어느 이본에도 이런 題名이 발견되지는 않고 있다. 단지 국립도서관 소장 筆寫本 三芳要路記(表紙)에 '柳泳傳으로 되어 있어 이 제명으로 불리기도 한다.
「운영전」의 이본으로는 현재 20~30여종이 발견되고 있다. 한글사본으로 장서각 소장본(표제명 '金華寺記'), 이재수교수 소장본, 김기동교수 소장본(六美堂記)의 3종과 나머지는 한문필사본이다.

력을 찾을 수 있다.[129] 그는 첫째 근거로 「운영전」이 「상사동기」·「주생전」·「위경척전」·「왕경룡전」과 같은 전기소설과 합사(合寫)되었다는 사실을 들었다. 실제로 『삼방요로기』에는 「왕경룡전」·「운영전」·「상사동기(영영전)」가 『고담요람』에는 「운영전」·「영영전」·「위경천전」 등이 함께 수록되어 있다. 이 가운데 상사동기는 김집(1574~1656)이 읽었던 전기소설집에 수록되어 있다는 점을 비롯하여, 권필(1569~1612)의 조카 권전이 "병중에 몹시 무료하여 아이들에게 「상사동기」를 읽게 하여 들었다."[130]는 것으로 보아 17세기 전반에 창작되었음이 확실해 보인다. 「주생전」 또한 1593년 권필의 작품으로 알려져 있고, 「위경천전」도 「주생전」과 비슷한 시기에 창작되었을 것이라는 데 의견이 일치되고 있다.

한편, 「운영전」은 '인귀교환 모티프'와 함께 '적강 모티프'를 통해 환상성을 재현하고 있는데, 특히 '적강 모티프'는 현실이 아닌 초현실의 세계에서 인간계로 하강하는 이동의 경로를 말해주는 것으로, 초월적 공간과 현실적 공간을 수평적으로 이어주는 또 하나의 장치가 된다. 인귀교환 소설과 적강소설은 환상 세계라는 점에서 유사하지만 인귀교환의 환상 세계는 상대적 가치관을 제시하는 데 비해 적강소설의 환상세계는 절대적 가치관을 제시한다는 점에서 많이 다르다. 환상세계가 현실을 완전히 벗어난 위치에 있느냐 현실세계의 법위에 있느냐에 따라 차이가 나는 것으로 보인다.

몽유소설에서 적강 모티프를 통해 환상성을 보이는 작품으로는 17세기

---

¹²⁹⁾ 정출헌, 앞의 논문, p.83.

¹³⁰⁾ 權佺, 『釋老遺稿』 권1, 七言絶句部. "余罹病久矣 病中無聊莫甚 使兒輩讀想思洞記 至金生與榮伊相別之語 漫吟 爲却病之資", 박노춘, 「고전문학 관계 기록 三片」, 『숭전어문학』 5, 숭전대, 1975 재인용.

의 작 「운영전」과 「구운몽」 두 편을 주목할 수 있다.[131] 「운영전」은 수성궁을 배경으로 자유로울 수 없는 궁녀 운영과 김진사의 비극적 사랑을 다룬 작품이다. 그런데 이들의 신분을 나중에 알고 보니 천상계에서 죄를 짓고 하강한 선인들이라는 점이 반전의 방식으로 재현하되 적강 모티프를 구현해 낸다.

「구운몽」에서는 「운영전」보다는 적강 모티프가 처음부터 구체화 되어 작품에 형상화된다. 일종의 선계인 남악 연화봉을 배경으로 용궁의 잔치를 다녀온 성진이 입신양명이라는 욕망을 품게 되고, 이로 인해 인간계로 적강하면서 이야기는 시작된다. 즉 인간의 욕망이 허망한 것이라는 깨달음과 교화의 장소가 되는 곳이 인간계로 '적강'을 통해서 이루어지는 구조의 이야기이다.

18~19세기의 「옥련몽」·「옥루몽」·「구운기」 역시 적강 모티프를 주된 소재로 차용하고 있다.

이에 텍스트로 선정한 「운영전」의 기본 줄거리를 '(1) 입몽 전 (2) 몽중 세계 (3) 각몽 후'로 요약하면 다음과 같다.[132]

---

131) 서포 김만중의 「구운몽」은 김태준의 『조선소설사』(조선어문학회, 1933)를 통해 비로소 집중적으로 다루면서 본격적인 연구가 이루어졌는데, 김광순의 『고소설사의 사적 전개』(국학자료원, 2001, p.271)에 따르면 지금까지 연구된 성과물은 단행본만도 20여편이 넘고, 학위논문 30여편, 개별 논문 200여편, 연구사가 정리된 것도 4편이나 되는 것으로 집계돼 있어 등 고전작품 중 가장 활발하고 광범위하게 다뤄진 작품 중 하나로 여겨진다. 연구사가 정리된 논문으로는,
김병국, 「구운몽의 현황과 그 문제점」, 『한국학보』 5, 일지사, 1976.
김병국 , 「그 연구사적 개관과 비판」, 『김만중연구』, 새문사, 1983.
정규복, 「구운몽」, 『고전소설연구』, 일지사, 1993.
유병환, 「구운몽 연구에 대한 반성적 연구(2)」, 『시원 김기동선생 회갑기념 논문집』, 간행위원회, 1986.
132) 본고는 편의상 구인환 역, 『운영전』, (주)신원문화사, 2003을 텍스트로 삼았다.

(1) 입몽 전

① 선조 때 선비 유영은 학문이 유여하나 가세가 빈곤하여 의식을 이을 길 없는 사람으로, 안평 대군의 옛집인 수성궁터에 들어가 홀로 술잔을 기울이다 잠이 든다.

(2) 몽중세계

② 유영이 밤중에 잠에서 깨어난다.

③ 운영과 김진사를 만나 술을 마시며 사랑의 대화를 듣게 된다.

(2)-1. 비극적 사랑

① 풍류를 좋아하는 안평대군이 열명의 궁녀를 별당에 두고 시와 풍류를 배우게 한다

② 진사가 안평대군과 만나 시로 화답하다 운영을 만나 사랑이 싹튼다.

③ 안평대군이 궁 밖 출입을 금하는 엄명을 내린다.

④ 운영과 김진사 둘은 서로의 연정을 편지를 통해 주고 받는다.

⑤ 김진사가 서궁 담을 넘어 들어 운영과 밀애를 나누고, 김진사의 노복 '특'이 이를 돕는다.

⑥ 운영은 궁에서 탈출할 계획을 세우고 의복과 보석들을 궁 밖으로 옮긴다.

⑦ 김진사의 노비 특이 흉심을 품는디.

⑧ 특의 배신으로 운명의 궁중 재보 반출계획이 대군에게 알려진다.

⑨ 하루는 특이 절부이도(竊負而逃)의 방책을 내니 그에 따르기로 한다.

⑩ 안평대군이 서궁의 궁녀들을 문초하고 운영을 별당에 가둔다.

⑪ 운영은 그날 밤 자결한다.

⑫ 운영의 제사를 지내고 불공을 드리기 위해 김진사는 특을 청명사에 보내나, 특은 오히려 "진사는 오늘 즉시 죽고, 운영은 명월 다시 살아나 특의 배필이 되게 하옵소서."라고 발원한다.

⑬ 진사가 청녕사에 올라가 특의 비행소식을 듣고 다시 운영을 위해 발제하니, 그 후 7일 만에 특이 죽게 된다.

⑭ 김진사가 세사에 뜻이 없더니 목욕하고 고요한 방에 누워 곡기를 끊은 지 4일만에 숨을 거둔다.

④ 유영이 두 사람이 천상의 사람이 되었느냐고 묻자, 적강한 연유를 말하며 허물을 벗고, 다시 삼청에 올라갔음을 말한다.

⑤ 두 사람은 유영에게 이 기록을 거두어 세인에게 전하여 두 사람의 일이 없어지지 않기를 부탁한다.

(3) 각몽 후

⑥ 유영이 진사와 더불어 술을 마시고, 잠이 들어 깨어보니, 주변에 사람이 없고 기록한 책자만 있었다.

⑦ 유영은 그것을 가지고 돌아와 명산대천을 두루 돌아다녔는데, 그 마친 바를 알 수 없다.

이러한 전체 줄거리를 통해 「운영전」의 내적 구조를 살펴보면 다음과 같다.

(1) 입몽 전–' 유영' 이라는 한 선비가 안평대군의 수성궁에 들어가 경치를 구경하다 술이 취해 잠이 든다. –현실의 공간(외화)

(2) 몽중세계-운영이 깨어서 주인공 김진사와 운영을 만나고 그들과
   술을 마신다. -현실의 공간(내화 1)
   (2)-1. 운영의 입을 통해 김진사와의 비극적 사랑이 공개된다.-(운영
       이 그들의 이야기를 직접 전달하게 되고, 김진사와 운영이 천
       상계 인물이었음이 드러난다. -초현실의 공간 (내화2)
(3) 각몽 후-깨어 보니 주변에 사람이 없고 기록한 책자만 남아 있어
   「운영전」이 전해지게 된다. -현실의 공간(외화)

이와 같이 「운영전」은 '외화-내화 1)-내화 2)-외화' 로 내화 둘을 내포
한 액자 구조로 구성되어 있다. 시공간으로 분석해 보면 첫 외화는 안평대
군의 '수성궁' 과 남문 밖에 사는 '유영' 이라는 인물이 소개되는 부분이다.
'안평대군' 이라는 역사적 인물과 '만력 신축 춘삼월 기망'[133]이라는 시간
적 배경으로 보아 '현실의 공간' 임을 알 수 있다.
  2) 몽중세계인 내화 1)은 유영과 주인공들이 만나 서로 술잔을 기울이
는 장면이다. 전체적인 구조로 보면 이 부분부터 유영이 '꿈속' 으로 진입
하여 초현실적인 주인공들과의 만남이 이루어지는 부분으로 '초현실의
공간' 이라고 할 수 있다. 그런데 결말을 알지 못하는 독자나 유영의 입장
에서 보면 이 부분은 주인공들이 죽은 사람들임을 인식하지 못할 뿐더러
시녀들의 기이한 행동[134]과 차려진 술상을 보고 '세상의 것이 아니었다.'
[135]며 느끼는 기이함에서 '현실석 공간' 과 '초현실 공간' 이라는 이중적
구조를 갖는다.

133) 「운영전」. 萬曆 辛丑 春三月 旣望.
134) 「운영전」. 二丫鬟承命而往 少旋而返 飄然若飛鳥之往來.
135) 「운영전」. 琉璃樽盃 紫霞之酒 珍果奇饌 皆非人世所有.

2)-1은 이 작품의 핵심적 이야기인 내화 2)에 해당하는 부분으로, 운영의 입을 통해 김진사와 운영의 사랑이야기가 시작되는 부분이다. 이들의 이야기를 통해 '운영과 김진사'가 안평대군 시절 죽은 혼령임을 알게 되고, 후반부에는 이들이 하늘의 '선녀'인데 인간 세상에 잠시 내려온 인물들임이 알려지면서 '환상성'이 강한 '초현실의 공간'으로 바뀌게된다. 따라서 2)-1은 '몽중세계'라는 내부액자 안에 또 다른 내화가 있는 이중 액자의 구조를 취하고 있다. 즉 1), 3)이 외부액자이고, 2)가 내부액자, 2) 속에 또 다른 내부액자 2)-1이 들어가 있는 구성이다.

그 간에 살펴 본 작품들의 구조가 '현실-꿈-현실'의 단순 순환구조 속에서 몽유자가 꿈에서 경험한 사실을 그대로 들려주는 방식임에 비해, 「운영전」은 이중 액자의 형태로 진입함을 보여주고 있어 본격적인 액자 몽유소설의 형식이 갖추어져 있음을 알 수 있다.[136] 그러나 「운영전」을 표면상의 형식만으로 살필 경우, 몽유형식이라는 근거를 찾기는 힘들다. 왜냐하면 앞서 요약 제시한 바와 같이 술이 취해 잠이 든 유영이 깨어나 김진사와 운영을 만나는 이야기인데, 이는 술에서 깨어난 '현실'의 이야기로 풀이 될 가능성이 높기 때문이다. 즉 텍스트로만 보면 운영이 김진사와 유영을 만난 것이 '몽중세계'가 아니고 잠이 들었다 깬 '현실의 공간'으로 추측해 볼 수 있다. 그런데 김진사와 운영의 입을 통해 그들이 죽은 인물이고, 지금은 선녀라며 내력을 말하는 부분에서 독자는 이 상황이 현실인지 아닌지에 대해 주저하게 되고 혼란스럽게 된다. 현실일까? 꿈일까? 여기서 이 기이한 이야기가 독자에게 설득력 있게 전달되기 위해서는 무엇보

---

136) 작품의 구조에 대한 기존의 연구들을 살펴보면 서대석(앞의 논문)은 서술층위를 제1액자, 제2액자로 구분하였으며, 성현경의(앞의 논문) 역시 동일한 견해를 보였다.

다 현실과 초현실을 이어줄 끈이 필요하다. 그렇다면 이 역할은 무엇인가? 지금까지 꾸준히 해 온 '몽중세계'라는 장치가 바로 이 역할을 성실히 수행하고 있음이다. 즉 2)와 2)-1의 내화는 결국 '꿈 속' 이야기가 되는 셈이다.

이 밖에 「운영전」이 갖고 있는 소설적 가치의 특성으로서 또 하나는 주인공 외로도 적절하게 부수적 인물을 등장사키면서 현실감 있는 묘사를 끌어내고 있다는 측면이 높이 평가할 만하다. '적대적 인물'을 등장시켜 갈등 양상을 깊게 하고, 소설의 구성이 탄탄해졌기 때문이다. 김진사의 하인인 '특'이라는 인물이 바로 그에 해당한다고 할 수 있다. '특'의 등장은 그동안 주인공만을 위주로 단순히 서사 내용을 전개해 왔던 단순인물 구성에서 벗어나 한 차원 성숙된 구성기법임을 확인할 수 있다. 특히 「운영전」의 '특'의 경우 주인공의 소설적 갈등요소를 한층 증폭시키는 요소로 등장, 소설의 긴장감을 높이고 있다. 이런 인물은 이전의 전기소설에서는 발견되지 않는 사례로 소설사적 진보로 여겨진다.

또 「운영전」은 그간의 단편위주에서 분량의 장편화를 보여주는 작품이기도 하다. 이는 18세기에 등장하는 장편소설로의 진입을 위한 교량적 역할을 하고 있음을 보여 준다. 이러한 변화는 작품 내적 요인에서도 찾을 수 있다. 매개적 인물의 확대, 디테일과 정황의 보다 자세한 재현, 이야기의 확장, 복잡한 구성과 다양한 플롯 등을 그 주요한 요인으로 꼽을 수 있겠다. 외적요인으로는 임란이후 17세기 전반기를 전후한 시기의 민족현실의 급속하고 복잡한 변화, 그리고 그것이 초래하는 각색의 사연들, 민족적 삶의 조건이 크게 변모되면서 가능해진 삶에 대한 새로운 시각과 심원한 인식 등을 꼽을 수 있을 것이다.

그렇다면 「운영전」이 갖고 있는 환상성은 구체적으로 어떠한 것인가?

「운영전」에서 찾을 수 있는 환상성은 크게 세 가지 측면이다.

첫째, 유영이 만난 두 인물이 알고 보니 현실의 인물이 아닌 이미 죽은 인물들이라는 점이다. '인간과 귀신의 만남'인데, 이는 기존의 전기류에서 자주 차용하던 '인귀교환' 모티프와는 약간 다른 변용의 모습을 하고 있다. 기존의 작품인 『금오신화』, 「최치원」 등에서 '인귀교환'은 현실의 주인공이 꿈속에서 몽유자가 되어 혼령인 여인과 만나 사랑하는 '몽유자 자신의 사랑이야기'가 주된 골격이다. 그런데 「운영전」에서는 이야기를 전달하는 주인공이 기존 작품처럼 귀신을 만나기는 하지만 정작 중요한 내화가 따로 존재한다. 이 내화 속에서 또 다른 주인공 두 사람의 비극적 사랑 이야기가 담겨있는 것이다. 즉 기존의 방식처럼 주인공이 혼령을 만나 직접 사랑에 빠지는 단순 방식이 아닌 또 다른 인물이 등장하고, 비밀의 화원처럼 열고 들어가 보니 이들 간의 이루지 못한 비극적 사랑이 한편의 이야기로 들어가 있는 것이다. 이 과정에서 시점의 전환과 함께 소재의 차용이 일층 진보한 변이양상임을 확인할 수 있다.

"동산에는 달이 떠 있었고 연기는 버들가지를 포근히 감쌌으며, 바람은 꽃잎을 어루만지고 있었다. 그 때 한가닥 부드러운 말소리가 바람을 타고 들려왔다. 유영은 이상히 여겨 일어나서 찾아가 보았다.······ 표연히 왕래하는데 마치 나는 새와 같았다. 유리로 만든 술병과 술잔, 그리고 자하주와 진기한 안주 등 모두 인간세상의 것이 아니었다. 세 사람이 석 잔씩 마시고 나자, 미인이 새로운 노래를 불러 술을 권하였다. ······ 이 여인의 이름은 운영이요, 저 두 여인의 이름은 녹주요, 하나는 송옥이라 하는데, 모두 옛날 안평대군의 궁인이었습니다.[137]

수성궁에 놀러간 유영이 김진사와 운영을 만나고, 운영이 유영을 대접하기 위해 술상을 준비하는 대목과, 김진사와 운영, 그리고 여인들이 알고 보니 옛날 안평대군의 궁인으로 죽은 혼령임을 밝히는 부분이다.

그러나 유영은 김진사와 운영의 이야기를 통해 이들이 이미 죽은 혼령이라는 말을 듣게 됨에도 이 낯설고 생소한 두 인물에 대한 의구심이나 거부감을 전혀 갖지 않는다. 오히려 그들의 이야기에 강한 호기심을 갖게 되는데, 여기서부터 현실인과 혼령의 경계는 와해되고 만다. 이는 17세기에 와서도 작품에 '인귀교환' 모티프가 차용되고 있다는 증빙이며, 기존의 전기소설에서와 마찬가지로 현실과 연장선상에서 인정할 수 있는 공간으로 사후세계가 열려있음이며, 현실과 사후세계는 서로 통용되는 공간으로 넘나듦이 자유롭다는 유연적 사고를 보여 준다. 그러나 현실인이기에 경험할 수 없고, 그래서 막연하기만 한 사후세계는 '상상'이라는 행위를 통해서만 엿볼 수 있는 세상이다. 따라서 '사후세계'는 무한한 상상력의 원동력으로 작용하는 근원지가 되며 환상성을 부추기는 요소로 작용하게된다.

둘째, 작품 속 주인공의 신분과 작품 속 공간에서의 환상성이다. 주인공들은 천상의 선인으로 죄를 지어 인간세계에 적하한 인물들이다. 그리고 인간세계의 괴로움을 겪은 후 상제가 죄를 용서하자 다시 하늘로 올라간다는 이야기이다. 즉, '천상'과 '적강' 모티프를 혼용한 이 지점에서 이중의 환상성이 만들어지게 된다. 또 기존에 실펴본 작품들에서 등장하는 인물들이 천편일률적으로 여자혼령들이고, 그들이 현세의 인물들을 만나 이루어질 없는 사랑으로 끝나는 일차원적 구조였다면, 「운영전」은 여기에

---

137) 「운영전」. 山月已吐, 烟籠柳眉, 風東花腮. 時聞一條軟語, 隨風而至. 生異之, 起而訪焉…飄然若飛鳥之往來. 琉璃樽盃, 紫霞之酒, 珍果奇饌, 皆非人世所有. 酒三行, 女口新詞, 以勸其酒…此女之名雲英, 彼兩女之名, 一名緣珠, 一名宋玉, 皆故安平大君之宮人也."

다 환상적인 반전을 끌어내는 구도를 가미하고 있다. 구체적으로 설명한다면 작품의 서두에 주인공들은 혼령의 신분으로 등장한다. 그러다가 알고 보니 이들은 단순히 죽은 혼령이 아니라 원래 하늘의 선인이었다는 전생모티프와 함께 적강의 환상적 요소를 함께 가미한 것이다. 이로 인해 인물구성에 있어서도 이중의 반전을 확보하게 된다.

특히, 작중인물들이 선인이고, 선인간 사랑을 다뤘다는 점에서 오는 문학적 효과는 독자들에게 보다 환상적이고 동시에 아름다운 비감을 느끼게 하는 미학을 형성하게 된다.

따라서 「운영전」에서 형상화되는 '적강' 모티프는 '인귀교환' 이라는 환상성에서 한 차원 나아간 변이양식, 즉 '적강' 을 통한 '환생' 이라는 새로운 모티프가 혼합되면서 이뤄진 새로운 인물구성 기법이라 할 수 있다. 이때 '적강' 은 현실과 초현실을 이어주는 가능성의 매개체이면서 현실의 연장선상으로 천상계를 파악할 수 있는 낭대인들의 사유체계를 보여주는 사례로 작용한다. 또 소설에서의 공간 확대를 가져온 근거가 된다.

물론 『금오신화』의 「용궁부연록」과 「남염부주지」에서 이미 현실과는 이질된 공간의 개념이 작품에 수용되어 있음은 살펴본 바 있다. 그러나 「운영전」에서 갖는 '천상' 의 의미는 특별함을 갖고 있다. 「용궁부연록」과 「남염부주지」에서는 작자 김시습 자신이 하고 싶은 말을 자유롭게 표출하기 위한 공간을 의도적으로 설정하다 보니, 낯선 공간인 제3세계, 즉 '용궁' 과 '염부주' 가 생성된 것이다. 그러다보니 이곳을 방문한 몽유자들도 이 낯선 세계에 대한 의구심을 쉽게 풀지는 못하고 있다. '용궁' 과 '염부주' 에 대한 공간묘사 또한 현실과 다른 면에서 장황하게 묘사되는 방법을 취하는데 이는 작자가 만들어 놓은 낯설고 신기한 세계인 '용궁' 과 '염부주' 에 대해 독자들이 마치 최면처럼 작품에 빠져들게 하기 위한 의도적인 전략적인 셈이다. 그러나 「운영전」에서 다뤄지는 '천상' 이라는 공간배경은 용궁이나 염부주처럼 낯설지 않다. 현실과 바로 연결되는 통로로 무엇보다 인간들에게 쉽게 인지 가능한 현실에 가까운 공간처럼 사유되기 때문이다.

따라서 천상에서 죄를 짓고 적강하게 된 선인 김진사와 운영의 출현은 기존의 작품들보다 현실적이고 황당무계하지 않은 인물 설정방법이다. 그러나 천상계의 존재를 믿었던 당대인들에게도 '적강' 은 경험할 수 없다는 초현실성를 근거로 환상성을 발휘시킨다. 또 「운영전」에서의 '적강' 은 천상에서 죄를 지은 죄값의 결과인데, 이 죄값으로 인간사의 시련을 겪게 하기 위한 '적강' 은 옥황상제가 미리 짜 놓은 짜여진 각본이 되고, 여기서 '적강' 의 기능은 대가를 치른 후 승천을 전제로 하기에 작품의 인과성을 높이는 복선작용을 하게 된다.

세 번째의 '환상성' 은 「만복사저포기」에서 '은주발' 의 효과와 같은 '신표' 의 등장이다. 「운영전」 후반부에서 유영이 깨어 보니 "사람은 보이지 않고 다만 김생이 기록한 책자만이 있었다."[138]는 내부 이야기에 대한 물적 증거물이 제시된 것이다. 지금까지의 이 비극적 사랑 이야기를 현실로 받아들여야 하는지, 아니면 아직도 꿈의 연장선상인지, 게다가 경계불분명한 구조 속에서 유영과 독자는 또 한번 강한 머뭇거림을 갖게 된다.

신표로 등장한 '책자' 는 현실과 초현실을 이어내는 끈으로 시공간의 경계를 넘나드는 환상성의 묘미를 보여주며 마무리된다.

---

138) 「운영전」. 四顧無人, 只有金生所記冊子而已.

2. 초월적 시간과 현실적 시간의 충격적 기법

몽유소설에서 찾을 수 있는 환상적 기법 중 또 다른 하나는 초월적 공간에서의 시간성과 현실공간의 시간성의 차이에서 빚어진다. 이 또한 '꿈' 이라는 매개 장치를 통해 이루어지는 것인데, 현실 속의 주인공은 하루 중 잠시의 시간동안 꿈을 꾸게 되지만, 몽중세계에서는 일생이라고 할 만큼 몽유자의 한평생이 그려지게 된다. 이와 같이 서로 다르게 인식되는 시간성으로 인해 몽유자는 정신적 충격을 경험하는데, 이것이 바로 환상성을 일으키는 또 하나의 '환상 기법' 이 된다.

대표적인 작품으로는 「조신전」과 「구운몽」을 들 수 있다. 먼저 「조신전」의 기본 줄거리를 '⑴ 입몽 전 ⑵ 몽중세계 ⑶ 각몽 후' 로 요약하면 다음과 같다.

1) 「조신전」[139)

⑴ 입몽 전

① 조신이 명주 날리군에 있는 세달사 장원의 관리를 맡았다.

② 태수 김흔공의 딸을 사모하는 조신은 관음보살에게 그녀와 인연 맺기를 빈다.

③ 딸은 다른 배필에게 출가하고, 조신은 관음보살을 원망하다 잠이 든다.

---

139) 『삼국유사』 제3 권 塔像편 제4 「洛山二大聖觀音正趣調信」.

(2) 몽중세계

④ 김흔공의 딸을 만나 결혼을 했다.

⑤ 40여 년을 살면서 다섯 자녀를 두었다.

⑥ 시간이 흐를수록 궁핍해지고 유랑걸식하며 전국을 떠돌아 다녔다

⑦ 15세 된 맏아이가 굶어죽게 된다.

⑧ 10세의 딸아이도 밥을 빌다 개에게 물렸다.

⑨ 부인의 제의로 아이 둘씩 맡아 헤어지기로 한다.

(3) 각몽 후

⑩ 타다 남은 등잔불이 깜박거리고 밤도 새려고 하였다.

⑪ 아침이 되니 수염과 머리털은 모두 하얗게 셌다.

⑫ 묻었던 아이의 무덤을 파보니 석미륵이었다.

⑬ 사재(私財)를 기울여 정토사를 건립하고 선(善)을 베푼다.

⑭ 이후 그의 죽음에 대해서는 알 수 없다.

「조신전」의 내적 구조를 살펴보면 다음과 같다.

(1) 입몽 전– '세달사' 장원의 관리인 '조신' 이 김흔공의 딸과 인연 맺
   기를 원하나 이루어지지 않는다. ─현실의 공간(외화)
(2) 몽중세계–조신이 사랑하는 여인을 만나 결혼하지만 가난으로 극심
   한 고통을 겪는다 –현실의 공간(내화)
(3) 각몽 후–깨어 보니 꿈이었다. –현실의 공간(외화)

「조신전」은 지금까지의 살펴 본 작품들이 '현실–초현실–현실' 의 모습

이었던 것과는 차이가 있다. 「조신전」의 이야기가 시작되는 배경은 옛날 신라가 서울이었을 때로[140] 신라말엽 국내를 배경으로 삼는 현실공간이다. 이는 다른 작품들의 서두와 같은 방식이다. 그러나 꿈의 세계인 내화 역시 '현실의 공간'이라는 점은 특이하다. 또 인물의 변화없이 현실의 인물이 그대로 투영되며 이야기가 이어져 가고 있다는 점에서 「조신전」의 시공간을 '현실-현실-현실'의 구조를 갖는다고 할 수 있다.

서사전개방식에서도 서두에서 주인공인 조신이 세달사 장원의 관리직을 맡았기에, 그 고장 태수의 딸을 만날 수 있는 충분한 개연성을 미리 열어놓고 있다. 현실 속의 아름다운 여인을 본 조신이 그녀와 인연 맺기를 바라는 욕망 역시 지극히 현실적인 원망(願望)으로 자연스러운 인과관계를 형성하고 있다.

본격적인 이야기는 사랑하는 여인과의 인연을 맺고자 하는 그의 소원이 이루어지지 않자, 관음을 원망(怨望)하다 잠이 들면서 시작된다. 사랑하는 여인과의 사랑이 이뤄지기를 바라는 그의 원망이 너무 강하여 꿈을 꾸게 된다는 몽중단계로의 진입 또한 젊은 남녀라면 '그럴 수 있다'는 가능성을 확보하고 있다. 그래서 「조신전」은 독자에게 무리하지 않고도 자연스럽게 공감대를 형성하며 거부감 없이 다가갈 수 있는 구조를 획득하게 된다.

그렇다면 이 작품의 '환상성'은 어디서 찾아낼 수 있는가? 크게 두 가지로 나눠볼 수 있다. 첫째가 '꿈'이라는 장치를 매개로 한 '시간성 위반'이라는 특유의 신축적 시간에서 구현된다.

서술자의 목소리를 통해 전달되는 「조신전」은 서사단락에서 살펴보았

---

140) 昔新羅爲京師時. 『삼국유사』 권3 제4탑상편. 여기서 신라는 서라벌.

듯, 관음을 원망하다 지친 조신이 '꿈'을 꾸게 되고, 이 하룻밤 꿈속에서 40여 년이라는 긴 세월을 보내게 된다. 깨어보니 흰머리가 희끗한 노쇠한 모습의 조신이 되어 있더라는 이 '신축적 시간 개념'이 적용된다. 이를 통해 작중인물인 조신은 물론, 독자는 적잖게 당황하게 된다. 마치 꿈에 나비가 되어 즐기던 장자가 깨어나, 나비가 장자인지 장자가 나비인지 분간하지 못했다는 '호접몽'을 연상케 하는 대목이다.[141] 「조신전」 자체가 노쇠한 상태였던 노인인 조신이 꿈을 꾼 이야기인지, 젊은 조신이 하룻밤 꿈을 꾸고 나니 늙어버렸다는 이야기인지, 독자로서는 이 부분에 와서 한참을 주저하게 한다. 지극히 논리적이고 현실적인 인과관계의 흐름을 유지해 오던 「조신전」에서 결말의 각몽 부분에 불쑥 던져진 이 충격적인 신축적 시간성은, 그때까지의 인과성을 뒤엎는 초인과론적 반전으로 현실적, 상식적 차원에서 상정할 수 있는 인과의 고리를 끊어 내며 환상성을 일으킨다.

독자뿐 아니라, 꿈을 꾸고 깨어난 작중인물인 조신에게도 백발의 모습은 이 순간 동시에 '현실인가' '아닌가'라는 순간의 '당혹감'을 갖는 것으로 되어 있다.[142] 충격은 여기서 그치지 않는다. 꿈인지 현실인지 종잡을 수 없는 모호함 속에서 조신은 확인 작업의 과정으로 꿈에서 가장 고통스럽게 여겨졌던 죽은 큰아이의 무덤자리를 파헤쳐 보게 된다. 이때 아이의 무덤자리에서 발견되는 돌미륵은 충격을 가중시키면서 당혹감과 절망의 이중적 비애를 동시에 부각시켜 낸다. 이는 설명되기 어려운 초인과적 사건, 즉 40년을 훌쩍 뛰어넘어 백발이 된 조신의 꿈인 생시인지 아닌지에

---

141) 『장자』, 「제물론편」. "不知周之夢爲胡蝶與胡蝶之夢爲周與".
142) 『삼국유사』, 앞의 책. "及旦鬢髮盡白 惘惘然殊無人世意"

대한 해석이 요원한 상태에서, 이것이 마치 사실인양 물적 증거를 들이 대는 모습이다. 그리고 이 물적 증거는 환상적인듯 하면서도 아이러니하게도 「조신전」을 하나의 현실 속 이야기로 끌어낸다. 이렇듯 「조신전」에서의 환상성의 역할은 두 가지로 해석된다. 첫째, 작중인물인 조신조차도 환상적 사건에 주저하는 머뭇거림이 감정이입을 통해 순수한 독자에게 전달되면서, 현실인지에 대한 의구심과 당혹감의 충격여파로 허구적 이야기라는 비판적 인식의 줄을 놓아버리게 한다. 둘째, 꿈인 줄 알았더니 또다시 들이대는 '돌미륵' 의 물적 증거는 도저히 꿈이라고 치부해 버리기엔 개운치 못한 여운을 준다. 기실 믿기 어렵지만 「조신전」의 '꿈' 은 허구적인 설화 차원의 이야기가 아니라, 구체적 증거물이 존재하는 실제 임을 입증한다.

「조신전」은 두 번의 반전과 함께, 시공간의 카테고리를 뛰어넘으면서, 독자의 흥미성을 집중시키는데, 배고파 죽은 아이의 시신 대신 발견되는 돌미륵은 구성단계상 '절정' 에 이른다 할 만큼 비장감을 고조시킨다. 충격적 증거물인 돌미륵으로 결말은 조신의 운명을 한순간에 바꿔 놓는다. 그리고 이 힘은 인력의 힘이 아닌 환상 끌어내는 불가해한 힘이다. 비장감의 연계선상에 선 독자는 이를 통해 '인간의 욕망=부질없음' 을 깨닫게 되고, 아울러 '깨달음=종교적 귀의' 를 무리없이 끌어내는 동력으로 작용한다.

「조신전」은 이상과 같이 소설에서의 5단 구성을 완연히 보여주는 작품으로, 단순한 설화로 한정할 수 없는 이유가 여기에 있다.

따라서 「조신전」의 '환상적인 초인과성' 이 갖는 가장 큰 문학적 가치라면, 조신이라는 작중인물의 운명의 나침반을 가장 설득력 있게 뒤바꾸는 인과론으로 작용하는 '상대적 시간성' 의 허용이다.

탄력적이고도 임의적인 시간성의 경계 허물기는 환상적인 세계에서의 시간과, 경험적인 세계에서의 시간이 서로 다르게 전개되는데, 이때 현실

의 시간에서 어긋난 상대적 시간성을 통한 충격은, 주제를 구현하는 절묘
한 방법으로 사용되게 된다.

저녁 무렵, 잠깐 조는 사이 꿈속에서 그토록 사랑하는 여인과 만나 소
원 성취해보지만, 40여 년의 고달픈 인생사로 마감하게 되고, 깨어보니
타다 남은 등불만 깜박거리는 새벽녘이더라는 시간성은 '인생이 짧고 덧
없음'을 재인식시키며, 조신이 구도의 길을 찾는 것으로 마무리 된다. 고
로 여기서 시간성의 위반은 즉, 조신의 운명을 무리 없이 바꾸기 위한 작
가의 의도된 충격요법인 것이다.

미리 언급했듯, 물론 이 작품은 설화로 항간에 떠돌던 이야기를 일연이
채록, 기록으로 남긴 구전문학의 변형이다. 따라서 작가를 논하자면 다분
히 적층적이고 또 공동작이라 하겠다. 반면, 구전을 통해 기록문학으로 정
착되는 일련의 과정에서 작가의 의식적인 첨삭이 이루어질 수 있다는 점
또한 사실이다. 작품을 채록할 것인지의 취사선택과정에서부터 작가는 작
품에 의도적인 개입을 하는 것이고, 일연을 승려이기 이전에 문인으로 본
다면 이야기의 자연스런 흐름을 위해 그는 의식적으로라도 작품의 전개과
정에 개입했을 것이라는 생각이다. 특히 서사구조의 맥락을 보건대 조신
의 꿈 체험 후 연결되는 '정토사 건립'은 연결고리에서 느껴지듯 꿈 설화
와 정토사 사찰 연기설화의 전설이 합쳐진 듯한 구조를 보여주고 있기 때
문이다. 그렇다면 「조신전」은 일연이라는 문인을 통해 환성적 소설로 다
시 태어난 작품이라고 해석할 수 있다.

2) 「구운몽」[143]

「구운몽」은 주인공 성진이 겪는 하루 동안의 체험을 중심으로 하고 있
다. 구체적인 시간의 개념으로는 '낮-밤-새벽'의 연속적 시간이 주축이

된다. 텍스트의 내용만으로 볼 때 '낮과 새벽'은 주인공의 외적 체험인 현실사건으로 재현되고 있고, '밤'은 '꿈속' 몽중세계로 내면적 의식체험이 된다.

「구운몽」의 기본 줄거리를 '(1) 입몽 전 (2) 몽중세계 (3) 각몽 후'로 요약하면 다음과 같다.

(1) 입몽 전

① 진나라 때 선녀 위부인이 옥황상제의 명을 받아 형산을 지키니 신령한 일이 많았다.

② 중국 당나라 때 형산 연화봉에서 불교를 전하러 온 육관대사가 법당을 짓고 불법을 베풀었는데, 동정호의 용왕도 이에 참석한다.

③ 위부인도 법문을 듣지 못함을 들어 팔선녀를 보내 정성을 표한다.

④ 육관대사는 성진을 용왕에게 사례하러 보내고 성진은 용왕이 권하는 술을 마신다.

⑤ 돌아오던 성진은 석교에서 팔선녀와 마주치고 그녀들을 희롱한다.

⑥ 성진은 돌아와 불문(佛門)의 적막함에 회의를 느끼고, 유가의 입신양명을 꿈꾼다.

⑦ 육관대사에 의해 팔선녀와 함께 지옥으로 추방된다.

---

143) 「구운몽」, 조선 숙종 조에 서포 김만중이 지은 소설. 한글본과 한문본을 포함해 십 수종의 이본이 있는데, 한글본과 한문본 중 어느 것이 앞선 것인가에 관한 논란이 있다. 「구운몽」은 이러한 다양한 이본과 함께 내용면에서도 보기 드문 관념소설로 유불도 제사상을 포괄적으로 형상화하고 있어 주제 또한 학자마다 다르게 해석된다. 이러한 작품론 연구가 이미 진척되어 왔고 작품론에 대한 연구사 또한 4권의 연구물이 나와 있을 만큼 「구운몽」에 대한 연구 성과물은 방대하다. 따라서 「구운몽」에 대한 자세한 언급은 이로 미루기로 한다. 이는 본고의 목적이 '환상성'이기 때문이기도 하다. 한편 본고가 인용하게 될 텍스트는 편의상 「구운몽」(국문 완판 105장본), 『한국고전문학전집』27, 정규복, 진경환 역주, 고려대학교 민족문화연구소, 1993로 한다.

(2) 몽중세계

⑧ 성진은 당의 양처사의 아들로 태어난다.

⑨ 양처사는 곧 신선이 되려고 집을 떠난다.

⑩ 양소유는 15세에 과거를 보러 서울로 가던 중, 진채봉을 만나서 혼약한다.

⑪ 양소유는 모반사건이 있어 산으로 피신하여 도사를 만난다.

⑫ 이듬해 다시 과거를 보러 서울로 올라오던 양소유는 낙양의 기생 계섬월과 인연을 맺는다.

⑬ 서울에 당도한 양소유는 여관(女冠)으로 가장하여 정사도의 딸 정경패를 만난다.

⑭ 과거에 급제한 양소유는 정사도의 사위로 정해진다.

⑮ 정경패는 양소유가 자신에게 준 모욕을 갚는다는 명목으로 시비 가춘운으로 하여금 양소유를 유혹하게 하여 두 사람은 인연을 맺는다.

⑯ 하북의 세 왕이 역모하여 양소유가 절도사로 나가 이들을 다스린다. 돌아오는 길에 하북의 명기 적경홍을 만난다.

⑰ 두 여자와 후일을 기약하고 상경한 양소유는 예부상서가 된다.

⑱ 양소유는 난양공주의 부마로 간택되지만, 정경패와의 혼약을 이유로 이를 거질히다가 투옥된다.

⑲ 토번왕이 침범해 오자 양소유는 대원수가 되어 출전한다.

⑳ 진중에서 토번왕이 보낸 여자 검객 심요언과 인연을 맺게 되나, 심요연은 자신의 사부에게 돌아가면서 후일을 기약한다.

㉑ 양소유는 큰 산 아래서 진퇴양난에 빠져 묘수를 생각하다 잠이 든다.

(2)-1 몽중세계속의 꿈

① 꿈속에서 동정 용왕의 딸 백능파를 꿈에서 만난다.

② 백능파를 욕심 낸 남해태자와의 싸움에서 승리하고 이를 축하하는 용왕의 잔치에 초대되어 백능파와의 훗날을 기약한다.

③ 돌아오는 길에 형산의 연화봉에서 노승을 만나 불전에 예배하고 오다 잠을 깬다.

㉒ 토번왕을 물리치고 돌아온 양소유는 위국공에 봉하여지고, 영양공주, 난양공주와 혼인을 하며, 진궁녀와 다시 만나는 가운데 그녀가 진채봉임을 확인하게 된다.

㉓ 양소유는 고향으로 돌아가 노모를 서울로 모시고 오다가 낙양에 들러 계섬월과 적경홍을 데리고 오니 심요연과 백능파도 찾아와 기다리고 있었다.

㉔ 양소유는 2처 6첩을 거느리고 부귀와 영화를 마음껏 누린다.

㉕ 생일을 맞아 종남산에 올라간 양소유는 역대 영웅들의 황폐한 무덤을 보고 인생의 무상함을 느끼다 불생불멸의 도를 얻고자 한다.

㉖ 육관대사가 찾아와 문답하는 가운데 갑자기 주위의 모든 것이 사라진다.

(3) 각몽 후

㉗ 성진은 양소유의 일생이 자신의 하룻밤 꿈임을 깨닫는다.

㉘ 육관대사의 후계자가 되어 열심히 불도를 닦아 팔선녀와 극락세계로 간다.

이상과 같이 「구운몽」의 전체 줄거리를 통해 작품의 내적 구조를 살펴보면 다음과 같다.

⑴ 입몽 전-연화봉 육관대사 밑에서 불도를 닦던 성진이 8선녀를 만난 뒤에 세속적 욕망에 사로잡혀 번뇌한다. -현실의 공간(외화)

⑵ 몽중세계-'몽중세계'로 양소유로 환생하여 세속적 부귀와 남녀 정욕을 마음껏 누린다. -초현실의 공간(내화)

⑵-1 양소유의 꿈 속 세계로 동정용용의 딸을 만나 인연맺는 부분으로 '꿈 속의 꿈'에 해당한다. -초현실의 공간(내화)

⑶ 각몽 후-불도에 정진하여 해탈의 경지에 이른다. -현실의 공간(외화)

이와 같이 「구운몽」은 표면적으로는 여타의 몽유소설과 마찬가지로 '현실-꿈-현실'의 환몽구조를 보이지만, 크게 두 가지의 차이를 지닌다. 첫째 '공간의 개념'인데, 여기서 '현실'은 엄밀한 의미에서 인간 세상이 아닌 '남악 형산'이라는 천상계의 공간이고 반면 '꿈 속'의 공간이 '인간 세상'인 '현실'이라는 점에서 일반적인 몽유소설과의 차이를 갖는다. 또 '꿈 속'의 공간 역시 오롯한 현실의 공간만은 아니다. '양소유'라는 새로운 인물로의 '환생'과 '도사'의 등장, 그리고 꿈속에서도 '용왕의 초대'를 받아 용궁으로 가는 등의 장면들은 현실을 넘어서는 초현실의 세계임을 보여준다. 즉 '꿈 속' 역시 인간의 인지가 가능한 '현실계'가 아닌 '초현실'의 상상세계이다. 게다가 '꿈속으로의 진입' 역시 스승인 육관대사에 의해 조정된 사유[144]란 형식을 빌려 전개되는 체험으로, 주인공이 무의식적으로 잠깐 졸다 진입하는 여타의 몽유소설과는 달리, 인간의 영역을 넘어서는 육관대사라는 초인적 인물의 의도에 의해 몽중세계에 진입하고 있어 초현실적인 모습을 띤다.

　이때 현실의 공간인 성진의 세계가 탈속적이고, 청정한 불교적인 삶을 보이는 것이라면, 꿈속인 양소유의 세계는 부귀공명이라는 세속적 욕망을 추구하는 유가적 삶을 보이고 있다. 즉 작품에서 설정되고 있는 현실인 천상은 불교가 지배하는 곳이고, 꿈인 지상세계는 유교가 지배하는 곳이다. 따라서 이야기는 '현실(천상)-꿈(지상)-현실(천상)'의 순서로 진행되고 있으며, 주제 역시 '불교-유교-불교'의 변화를 보인다고도 할 수 있다.

　이와 같이 「구운몽」은 '현실-꿈-현실'의 구조 전체가 끊임없이 환상성과 연계되어 있고, 작품 전체에서 시공간의 초월성을 담아내고 있어 그야말로 전형적인 '환상소설'이라 볼 수 있다.

　두 번째의 차이점으로는 몽유자의 '이계에 대한 인식'이다. 텍스트의 대상으로 삼았던 대다수의 작품들에서 몽유자들이 꿈속으로 진입하면서 낯선 배경에 호기심 또는 주저함을 보이는 반면, 「구운몽」에서는 '몽유자'의 주저함이 나타나지 않는다. 그 이유는 성진이 인간세상으로 데려가는 사자를 통해 전생의 연분이 있는 인간세상의 양처사 집으로 환생하게 됨을 이미 들었기 때문이다.[145] 따라서 인간세상으로의 적강함에 대해 특별한 주저함이 없고, 인간계에서도 전생의 일을 역력히 기억하나 일정 시간이 지나면서 형산 연화봉의 일은 까마득히 잊어버리고 만다.

---

144) 인식의 방법에 따라 '思惟'는 參禪 속의 의식의 진행이나 의도적인 객체에 의하여 지배를 받는 꿈의 개념으로 파악될 수 있다.
145) 「구운몽」. 염라대왕이 즉시 지장왕께 보고하고 사자 아홉 사람을 명하여 성진과 팔선녀를 이끌고 인간 세상으로 보냈다. …… 한참 후에 사자가 성진의 손을 잡고 말하였다.
　"이 땅은 곧 당나라 회남도(淮南道) 수주(秀州) 고을이요, 이 집은 양처사의 집이다. 처사는 너의 부친이요, 부인 유씨는 네 모친이다. 네 전생의 연분으로 이 집 자식이 되었으니 너는 네 때를 잃지 말고 급히 들어가라."

이로 보면 「구운몽」의 '꿈속 체험'은 그간의 몽유소설과 마찬가지로 액자구조의 '내화'에 해당한다. '주인공=몽유자'로 특별한 변함이 없이 인물이 그대로 유지되던 전대 작품에 비해 「구운몽」은 '주인공=몽유자'이긴 하나 '변신모티프'로 거듭난 '새로운 인물'로서 새 인물 유형이 창출됨을 알 수 있다.

이와 같이 「구운몽」은 선계, 적강, 환생, 도술 등 환상적 모티프의 종합물이라 할 만큼 다양한 설화적 모티프들을 수용하면서 시공간을 자유자재로 넘어들고 있다. 따라서 이를 하나의 '환상 기법' 유형으로 묶어 내기는 쉽지 않다. 그럼에도 본고가 이를 '현실과 초현실의 시간적 차이에 의한 충격 기법' 유형에 포함시킨 것은 「구운몽」의 작가 김만중이 의도한 주제의식과의 긴밀한 연계성 때문이다.

『삼국유사』 소재 「조신전」의 주제가 '현실이 덧없음'을 깨달은 조신의 '종교적 귀의'인데, 이 종교적 귀의를 이끌어 낸 가장 중요한 사건이 바로 '현실'과 '꿈' 사이의 설명하기 어려운 시간적 차이와 그에 따른 충격때문이다. 「구운몽」 역시 성진이 '양소유'라는 인물로 인간 세상에서 부귀공명을 누리며 살았던 세월이 60여 년이고, 꿈을 깨고 나니 결국 짧은 하룻밤 꿈이었다는 것이다. 이에 대한 충격으로 인생의 의미를 곰곰이 생각하게 되고 '종교적 귀의'라는 운명의 지침을 바꾸게 하는 가장 직접적 계기가 된다.

미리 인급했듯 「구운몽」은 '환상성'의 보고라 할 만큼 작품의 부분 부분마다 '환상성'이 내포되어 있어 이를 부분마다 제시하기는 쉽지 않다. 그러나 「구운몽」은 기본적으로 작품 내에서 끊임없이 재현되는 시공간의 초월 기법을 통해 '환상성'이 재현됨을 확일 할 수 있기에 이를 시공간을 나누어 간략하게 분석해 보면[146] 다음과 같이 다섯 개로 구분 지을 수 있다.

1) 하강 전 위부인의 세계 – 옥황상제의 명을 받아 위부인이 다스리는 형산은 신령한 일과 기이한 거동이 일어나는[147] '절대적 천상계'로 볼 수 있다.

2) 형산에서의 성진의 세계 – 이 부분은 시간상 '당나라'라는 점과 '서역 천축국'의 육관대사가 등장하고, 성진 역시 팔선녀를 만난 후 욕정을 극복하려는 모습에서 인간계로 볼 수 있겠으나, 동정 용왕이 법문에 참여하고 위부인이 팔선녀를 보내 정성을 표하는 부분 등은 지상의 우위에 존재하는 모습등에서 현실계를 닮은 '천상적 지상계'로 구분할 수 있다.

3) 양소유의 세계 – 인간으로 환생하여 시련을 겪고 이를 극복하는 과정에서 팔선녀를 만나 부귀영화를 누리는 인간 양소유의 일대기가 전개되는 부분이다. 따라서 이 부분은 절대적 지상계로 해석할 수 있다.

4) 인간인 양소유의 꿈의 세계 – 양소유가 시련을 겪던 중 꿈을 꾸게 되는 '꿈속의 꿈'에 해당하는 부분으로 용궁에 들어 가 동정용왕의 딸 백능파를 만나고[148], 용궁 밖의 연화봉을 수레를 타고 올라갈 수 있는 공간[149]의 묘사 등으로 현실적인 지상계라기보다 양소유라는

---

146) 「구운몽」이 갖는 시공간의 짜임새에 대한 연구는 설성경·박태상 「구운몽에 구현된 사상과 주제」, 『고소설의 구조와 의미』, 1996, 새문사 pp.208-211 참조.
147) 「구운몽」. 천하에 명산이 다섯이 있으니 동쪽은 동악 태산이요, … 오악 중에 오직 형산이 중국에서 가장 멀어 구의산이 그 남쪽에 있고, 동정강이 그 북쪽에 있고, 소상강 물이 그 삼면에 둘러 있으니, 제일 수려한 곳이다.…… 진나라 때 선녀 위부인이 옥황상제의 명을 받아 仙童과 玉女를 거느리고 이 산에 와 지키니, 신령한 일과 기이한 거동은 다 헤아리지 못할 정도였다.
148) 「구운몽」. "龍女는 水府에 있고 나는 세상 사람인데 어찌 가겠는가?"
    여동이 말하였다.
    "말을 陣門 밖에 매어 두었으니 그 말을 타시면 자연 가실 수 있을 것입니다."

지상계의 인물을 기준으로 보면 '지상적 천상계'로 구분할 수 있다.

5) 성진과 팔선녀의 극락세계 - 인생무상을 깨닫고 종교에 귀의한 후 승천(昇天)해 극락세계의 만만세 즐거움을 누리는 공간[150]으로, 여기서 극락세계는 '절대적 천상계'의 공간으로 구분할 수 있다.

이상과 같이 「구운몽」은 복잡한 시공간의 구조를 보여주고 있어 본고가 인용한 '텍스트'의 전개만으로는 작품의 구조를 모두 파악했다고 할 수는 없다. 그럼에도 현실과 초현실이라는 시공간을 끊임없이 자유자재로 넘나들고 있고, 그 속에서 양소유라는 인물을 통해 인간이 갖는 최대한의 욕망을 맘껏 누린다는 점은 심리적 쾌감을 동반한 환상성으로 재현되고 있다. 그러나 「구운몽」의 결말부는 여한없이 살았던 양소유의 60여 년의 인생이 깨어보니 '한낱 꿈'이라는 극적 반전으로 몰고 가면서 성진에게는 물론 독자에게도 정신적 충격을 가하는데, 이는 성진의 인생을 변화시키는 주요한 사건으로 등장한다.

60여 년의 부귀공명이 한순간의 꿈이라는 시간적 탄력성이 연출한 '환상성'은 말로 설명할 수 없는 현실과 초현실의 시간적 거리감을 그대로 재현해 주는 동시에, 이로 인해 한참을 멍해 있었을 성진은 결국 이 정신적

---

149) 「구운몽」. 용왕과 함께 궁문 밖에 나오니, 문득 한 산이 있으되 다섯 봉우리가 높이 구름 속에 둘렀는데 붉은 안개가 사변에 둘러있고 층암절벽이 하늘에 연하였거늘, 상서가 물어 말하였다. "저 산은 무슨 산입니까?" 용왕이 말하였다.
"저 산의 이름은 남악산이라 하거니와 산천이 아름답고 경개가 거룩합니다." …
"날이 저물지 아니하였으니 올라 구경하여도 늦지 않을 것입니다."
상서가 즉시 수레를 타니 벌써 연황봉에 이르렀다.

150) 「구운몽」. "너희들이 진실로 꿈을 알았으니 다시는 망령된 생각을 하지 말라" 하고, 즉시 대경법(大經法)을 베풀어 성진과 팔 선녀를 가르치니 인간 세 상의 모든 변화는 다 꿈 밖의 꿈이요, 한 마음으로 불법에 나아가니 극락 세계의 만만세 무궁한 즐거움이었다.

충격을 통해 인생을 성찰하는 계기를 갖는다. 결국 성진은 '인생=덧없음'을 깨닫고 종교적 귀의를 하게 되는데, 이때 환상성의 문학적 효과는 성진의 인생의 변화를 효과적으로 이끌어 내는 매개체일 뿐 아니라, 독자로 하여금 성진의 운명의 변화를 거부감 없이 수긍케 하는 또 하나의 인과적인 환상기법으로 작용하게 된다.

3. 현실적 인간계와 초월적 선계의 경계 허물기 기법

이는 인간과 신의 영역이 분명 다르게 존재하지만 신의 형상 및 인식체계 역시 인간계와 거의 동일하게 구현된다는 점에서 수반되는 환상성이이다. 따라서 이계와 인간계의 경계가 분명한 흑백논리 및 이분법적인 사고보다는 현실과 꿈이 하나이듯, 인간계와 선계의 경계가 없어지게 된다는 점에서 환상효과를 발휘한다. 이때 작품 속에 재현된 세계는 실제 현실과는 다르면서도 궁극적으로 비슷한 또 다른 현실의 모습을 하고 있다. 이렇게 작품 속에 재현된 환상은 '또 다른 현실'을 전달하는 장치가 된다.

이러한 환상 기법을 끌어 온 작품으로 「남염부주지」·「용궁부연록」·「안빙」·「황릉몽환기」를 들 수 있다. 이들 작품 모두 공히 몽유자가 인간의 세계와는 다른 이계를 방문하나, 이계의 모습이 인간의 현실과 똑같이 재현된다는 환상성이 내포돼 있다. 그리고 이 '환상 기법'을 구체적으로 보여주는 방법론으로 '인신교환'이 수반되는데, 인신교환을 위해서는 일단 이계로의 진입이 필요하고, 이때 수반되는 것이 '공간이동'이다. 특히 15세기 작 『금오신화』의 「남염부주지」「용궁부연록」에서 구현되는 공간이동은 우리나라 소설의 '공간인식'을 대폭 확대했다는 점에서 가치가 인정된다.

먼저 「남염부주지」의 기본 줄거리를 '(1) 입몽 전 (2) 몽중세계 (3) 각몽 후'로 요약하면 다음과 같다.

1) 「남염부주지」

(1) 입몽 전

① 조선 성화 초기 경주에 박생이 살고 있었다.

② 과거에 합격하지 못해 불만을 갖고 있었으나, 뜻과 기상이 매우 고상해 세력에 굴복하지 않았다.

③ 박생은 일찍부터 불교·무격·귀신 등에 의심을 품고 있었으나 중용과 역경을 읽고 세상의 이치는 하나라는 자기의 견해를 믿게 되었다.

④ 스님과 천당·지옥의 설에 대한 문답을 시작하나 의심을 풀지 못한다.

⑤ 박생은 『일리론』이라는 글을 짓고 이단자의 유혹에 빠지지 않으려 힘쓴다.

⑥ 어느 날 밤 박생은 등불을 돋우고 역경을 외다가 베개를 괴고 잠깐 잠이 든다.

(2) 몽중세계

① 꿈속에 염부주에 가 염왕을 만닌다.

② 염라대왕과 염라, 귀신, 천당, 시옥, 윤회설 등에 대해 뮤답하다가 염왕을 탄복시킨다.

③ 염라국의 왕이 되어 달라는 부탁을 받고 이를 승낙한다.

④ 돌아오는 길에 수레에서 넘어지는 바람에 박생도 놀라 꿈에서 깨어난다.

(3) 각몽 후

① 꿈을 깬 후 바로 죽음을 준비하고 죽는다.

② 박생이 염라왕이 될 것이라는 사실이 이웃집 사람 꿈에 알려진다.

이러한 전체 줄거리를 통해 「남염부주지」의 내적 구조를 살펴보면 다음과 같다.

(1) 입몽 전-유생인 박생은 과거에 급제하지 못해 불만을 갖고 있으나 강개한 선비다. -현실의 공간(외화)

(2) 몽중세계- '염부주'를 방문하고 염라대왕과 문답한다. -초현실의 공간(내화)

(3) 각몽 후-꿈에서 깨자 죽음을 준비하고 죽는다. -현실의 공간(외화)

이와 같은 구조의 「남염부주지」는 김시습의 『금오신화』 현존 다섯 편 중 현실-꿈-현실의 몽유구조를 잘 보여주는 대표적 작품이다. 따라서 「남염부주지」의 환상성은 '꿈'이라는 공간에서 실행되는 사건 전개에서 찾아질 수 있겠다.

그렇다면 「남염부주지」의 '환상성'은 어디서 시작되는가?

먼저 『금오신화』의 다섯 작품 중 「용궁부연록」을 제외한 나머지의 작품에서 공통적인 특징으로 발견할 수 있는 작중인물의 결핍과 그에 따른 원망을 주목해 볼 수 있다. 왜냐하면 이 원망과 결핍이 '환상성'을 이끌어내는 중심요소가 되기 때문이다.

「남염부주지」에서 박생은 크게 두 가지의 결핍으로 갈등 상황에 직면해 있다. 첫째가 한 번도 과거에 합격해 보지 못해 늘 불쾌한 감정을 품고 있었다는 것이다. 이는 사회적 요인에 대한 갈등으로 자신을 알아주지 못한 현실체제에 대한 불만이다. 또 하나는 유자로서 '귀신' 과 '무격' 등에 대한 정체에 대한 의구심인데, '귀신' 또는 '무격' 의 존재에 대해 부정적인 그의 견해에 반해 일반적인 사회통념은 '귀신' 의 존재를 믿고 숭앙하고 있기 때문이다.

인간은 갈등요소를 가지고 있을 경우 이를 꿈에서 직면하는 경우가 많다. 박생 역시 갈등 요소에 대한 답을 찾고자 하는 것은 자연스러운 모습이다. 박생이 갈등에 대한 답을 찾기 위한 꿈속의 환상 공간으로 이동한 것이라면 이는 우연이라기보다 필연에 가깝다. 특히 박생이라는 등장인물이 작가 김시습이 의도적으로 자기 의식을 투영한 허구적 대리인이라고 본다면, 박생의 갈등은 작가의 갈등이 된다. 이 때 작가가 갈등에 대한 해소창구를 찾고자 한다면 이는 현실보다 초현실에서 찾는 경우가 많다. 따라서 귀신과 무격에 대한 답을 찾기 위해 지옥의 염려대왕을 만나는 장면의 환상성은 상당부분 필연적 개연성을 갖는다.

또 「남염부주지」는 사랑 이야기가 아니다. 그래서인지 전기류 특징인 '시문(詩文)' 이 나타나지 않고 갈등의 요소 또한 사랑이 아닌 사상의 문제에서 시작하고 있다. 따라서 낭만적이라기보다 사상소설에 가깝다는 평이 일반적이다.

그러면 「남염부주지」의 환상성은 어떻게 구현되는가?

첫째, 「남염부주지」의 환상성은 비로 꿈을 통해 자연스럽게 '공간이동' 을 하게 되고, '염부주' 라는 낯선 곳으로의 인도로 시작된다.

문득 한 나라에 이르니 곧 바다 속 한 섬이었다. 그 땅에는 초목이라고는 나지 않았고 모래와 자갈도 없었다. 발에 밟히는 것은 모두가 구리 아니면 쇠뿐이었다. 낮에는 센 불이 하늘까지 뻗쳐 땅덩어리가 녹아 버리는 듯 했고… 낮에는 피부가 불에 데어 문드러지고 밤에는 추워서 몸이 얼어붙곤 했는데, 사람들은 다만 아침, 저녁에나 약간 기동하며 웃고 얘기하는 것 같았다. 그러나 그다지 괴로워하지도 않았다.

그곳에 이른 서생은 몹시 놀라 머뭇거리고 있으니 수문장이 그를 불렀다.[151]

몽중세계의 진입과, 공간적 배경을 비교적 상세히 묘사하고 있는 장면으로 낯선 곳의 배경묘사부터가 구체적이고 환상적이다. 박생의 목소리를 통해 전달되는 '염부주'의 느낌은 황량하고 춥고 쓸쓸한 곳이다. 한마디로 사람 살 곳이 아니다. 차가운 광물적인 이미지로 점철된 곳이 염부주이기 때문이다. 박생은 그가 도착한 염부주에 대한 인상으로 먼저 '낯섬'을 표현한다. 그가 경험한 꿈속 세계는 구리·쇠·불이라는 물리적 환경을 가진, 지금까지 박생이 경험하고 살아왔던 현실세계와는 전혀 다른 새로운 공간으로 불교를 배격하고 귀신을 믿지 않았으며, 하늘과 땅 밖의 다른 공간을 부정해 왔던 박생에게 그곳은 당연 생경하고 두려운 곳으로 인식된다.

이와 같이 「남염부주지」의 환상성은 작중인물이 몽중세계, 즉 지금까지 경험하지도 못했던 초현실적인 환상 공간, '염부주'로의 진입을 통해서 이루어진다.

---

151) 「남염부주지」. 忽到一國, 乃洋海中一島嶼也. 其地無草木沙礫, 所履非銅則鐵也. 晝則烈焰亘天, 大地融冶, 夜則凄風自西, 砭人肌骨, 吒波不勝. 又有鐵崖如城, 緣于海濱, 只有一鐵門, 宏壯, 關鍵甚固. 守門者, 喙牙獰惡, 執戈鎚以防外物. 其中居民, 以鐵爲室, 晝則焦爛, 夜則凍烈, 唯朝暮蠢蠢, 似有笑語之狀, 而亦不甚苦也. 生驚愕逡巡, 守門者喚之.

박생이 머리를 들고 멀리 바라보니 그 앞에 세 겹으로 된 철성(鐵城)
이 있고, 높다란 궁궐이 금으로 된 산 아래 있었는데, 뜨거운 불꽃이 하
늘까지 닿도록 이글거리며 타오르고 있었다. 길가에 다니는 사람들을
돌아보았더니, 불꽃 속에서 녹아내린 구리와 쇠를 마치 진흙이라도 밟
듯이 밟으면서 다니고 있었다. 그러나 박생의 앞에 뻗은 길은 수십 걸
음쯤 되어 보였는데, 숫돌같이 평탄하였으며 흘러내리는 쇳물이나 뜨
거운 불도 없었다. 아마도 신통한 힘으로 이루어진 것 같았다…….[152]

낯선 곳으로 오게 된 박생의 눈은 관찰자의 시각으로 변하게 된다. 염
라국에 대한 자세한 묘사, 특히 배경과 인물에 대한 자세한 묘사는 가보지
않은 곳이라는 허구적 공간임을 강하게 하는 것과 동시에 세세한 설명은
실제로 눈에 그리듯 사물을 재현하고 있어 마치 현실 속에 있는 어느 공간
인 것으로 착각하게도 한다.

왕성(王城)에 도착한 박생은 아름다운 두 여인의 마중을 받고 임금을
알현하게 되는데, 낯선 곳으로의 유람인지라 관찰자의 시각을 유지하면서
환상적 요소가 곳곳에서 나타난다.

임금이 박생의 소매를 잡고 전각 위로 올라와 특별히 한 자리를 마
련해 주었는데, 옥난간에 놓인 금으로 만든 자리였다. 자리를 잡자, 임
금이 시자를 불러 차를 올리게 하였다. 박생이 곁눈질하여 보았더니,

---

152) 「남염부주지」. 前有鐵城三重, 宮闕嶔嵒, 在金山之下, 火炎漲天, 融蝸蚄勃勃. 顧視道傍人物於火
中, 履洋銅屩鐵, 如蹋寧泥, 生之前路可數十步許, 如砥而無流金烈火, 蓋神力所變爾.火炎漲天,
融蝸蚄勃勃. 顧視道傍人物於火燄中, 履洋銅屩鐵, 如蹋寧泥, 生之前路可數十步許, 如砥而無流金
烈火.

차는 구리를 녹인 물이었고 과일은 쇠로 만든 알맹이였다.

박생이 놀랍고도 두려웠지만 피할 수가 없었으므로, 그들이 어떻게 하나 보고만 있었다. 시자가 다과를 앞에 올려놓자, 향그런 차와 맛있는 과일의 아름다운 향내가 온 전각에 퍼졌다. 차를 다 마시자 임금이 박생에게 말하였다.[153]

박생은 낯선 곳의 염라왕을 알현하게 되고, 그에게서 대접을 받으며 일문일답을 펼치게 되는데, 여기서 염부주의 모습은 의미전환을 이룬다. 겉모습으로 보아 분명 사람이 살 것 같지 않은 차가운 속성을 내포하고 있던 염부주는 알고 보니 정연한 논리와 정도(正道)가 지배하는 곳이며 이는 바로 유자의 이상향이었던 것이다. 이것이 「남염부주지」가 갖는 두 번째 환상성이다.

"검은 종이의 것은 악인의 명부이고, 흰 종이의 것은 선인의 명부입니다. 선인의 명부에 실린 사람은 임금께서 선비를 초빙하는 예로써 맞이하십니다. 악인의 명부에 실린 사람도 처벌하지는 않지만, 노예로 대우하십니다. 임금께서 만약 선비를 보시면 예를 극진히 하실 것입니다."
동자가 말을 마치더니, 그 명부를 가지고 들어갔다……[154]

선, 악이 구별되고 선악의 판단이 분명하며 사물의 이치에 통했던 염라

---

153) 「남염부주지」. 挽袖而登殿上, 別施一床, 卽玉欄金床也. 坐定, 王呼侍者進茶. 生側目視之, 茶則融銅, 果則鐵丸也. 生且驚且懼, 而不能避, 以觀其所爲. 進於前, 則香茗佳果, 馨香芬郁, 薰于一殿. 茶罷, 王語生曰.

154) 「남염부주지」. "黑質者, 惡簿也. 白質者, 善簿也. 在善簿者, 王當以聘士禮迎之, 在惡簿者, 雖不加罪, 以民隸例勅之. 王若見生, 禮當詳悉." 言訖, 持簿而入.

왕이 다스리는 '염부주'는 뜻과 기상이 고상해 세력에 굴복하지 않은 선비 박생을 '예로써 극진히 대하는 곳'으로 박생이 지금까지 꿈꾸던 이상향이 바로 여기에 있었던 것이다.

다시 말해 '현실/꿈'에 대응하는 '현실/이상', '사도/정도(邪道/正道)'의 대립소들이 '염부주'라는 세계가 추구하는 '환상성'을 통해 작품에 고스란히 녹아져 있는 것이다. 주인공 박생이 갖고 있었던 결핍요소 즉, 그는 결코 과거에 급제하지 못했고, 이는 당시 그의 재능을 알아주지 않았던 사회에 대한 부정적 인식과 함께 당시 세조왕위 찬탈사건에 대해 비분강개해 있었던 상황에서 현실에서는 절대 찾을 수 없는 정도의 구현이 환상적 공간인 낯선 곳 '염부주'에서는 이뤄진 것이다.

한편, 현실세계의 입장에서 볼 때 명부인 '염부주'는 환상세계다. 환상세계라고 하면 현실세계와 무관할 듯하나 '염부주'는 그렇지 않다. 현실세계에서 필요하지만 갖추지 못한 요소들까지도 모두 보유하고 있어 '완성된 현실세계'의 면모를 충실히 보여준다.

이렇게 보면 환상 세계인 '염부주'에 대한 시각은 달라져야 할 필요가 있다. 현실세계의 반대편에 위치한다고 할 것이 아니라, 있어야 할 요목을 갖추고 부족하기 그지없는 현실세계에 깊숙이 관여하고 있다고 해야 맞다.[155] 따라서 염부주는 신화 속의 환상세계와 궤를 같이한다고 볼 수 있다. 신화는 현실적으로 투영할 수 없는 가치를 통해 부분적인 삶을 개연성 있는 삶으로 비꾸어 놓고 조가난 세계를 총체적으로 바라보게끔 하기 때

---

155) 박희병, 『한국전기소설의 미학』, 돌베게, 1997, p.160~162.
　　　박희병은 전기소설의 플롯 설정방식이 현실과 환상을 구조적으로 안배하는 것이라고 하면서 현실성이나 낭만성은 현실과 환상이 연결되는 '과정'이나 '방식'에서 찾아야 한다고 했다. 일면 환상세계가 현실성을 지닐 수 있다는 것으로 풀이된다.

문이다. 환언하면 세속적 현실과는 다른 위치에서 세속적 현실에 비전을
제공한다는 말인데, 이 점에서 '있어야 할 현실세계의 비전'을 제공하는
'염부주'는 환상세계에 입각해서 오히려 현실세계의 부정성을 깊숙이 투
사하므로 현실적 성향이 아주 강하다고 볼 수 있다.

또 다른 갈등요소인 '귀신과 불교, 무격'에 대한 일반적 사회이념과 자
신의 견해와의 불일치 해소다.

> 제가 일찍이 불자들에게서 '하늘 위에는 천당이라는 쾌락한 곳이 있
> 고, 땅 아래에는 지옥이라는 고통스러운 곳이 있다'고 들었습니다. 그
> 리고 '명부에 십왕을 배치하여 십팔옥의 죄인들을 다스린다.'고 들었
> 습니다. 정말 그렇습니까?
>
> 또 '사람이 죽은 지 칠 일 뒤에 부처님께 공양드리고 제를 베풀어 그
> 영혼을 추천하고, 대왕께 정성 드리면 지전을 사르면 지은 죄가 벗겨진
> 다.'고합니다. 간사하고 포악한 사람들도 임금께서는 너그럽게 용서하
> 시겠습니까?
>
> 임금이 깜짝 놀라면서 말하였다.
>
> 나는 그런 말을 들은 적이 없습니다. 옛 사람이 말하기를, '한 번 음
> (陰)이 되고 한번 양(陽)이 되는 것을 도(道)라고 한다. 한번 열리고 한
> 번 닫히는 것을 변(變)이라고 한다. 낳고 또 낳음을 역(易)이라 하고, 망
> 령됨이 없음을 성(性)이라고 한다.' 하였습니다. 사리가 이와 같은데
> 어찌 건곤(乾坤) 밖에 다시금 건곤이 있으며, 천지밖에 다시금 천지가
> 있겠습니까?[156]

불교의 윤회를 믿지 않고, 귀신을 믿지 않으며 무격을 배격했던 그의

이기론이 드러나는 장면이다. 음과 양이 하나의 이치로, 귀신의 존재란 따로 없으며, 사람이 죽으며 소멸하고 만다는 것으로 유학사상을 보여주고 있다. 뿐만 아니라 박생은 현실에 대한 강한 비판까지 서슴지 않는다.

인간 세상에서는 어버이가 돌아가신 지 사십구 일이 되면 지위가 높든지 낮든지 가리지 않고 상장의 예를 돌보지 않으며, 오로지 절에 가서 추천하는 것만 일삼습니다. 부자는 지나치게 많은 돈을 쓰면서 남이 듣고 보는 데에서 자랑하고, 가난한 사람도 논밭과 집을 팔고 돈과 곡식을 빌려서 종이를 아로새겨 깃발을 만들고 비단을 오려 꽃을 만들며, 여러 스님들을 불러다 복전을 닦고 불상을 세우며 도사로 삼아 범패를 합니다. 그렇지만 새가 울고 쥐가 찍찍대는 것 같아서 무슨 말인지 알 수가 없습니다.

상주는 아내와 자식들을 거느리고 친척과 벗들까지 불러들이므로 남녀가 뒤섞여서 똥오줌이 널려지게 되니, 정토는 더러운 뒷간으로 바뀌고, 적량(寂場)은 시끄러운 시장바닥으로 바뀌게 됩니다. 또 이르나 십왕상을 모셔 놓고 음식을 갖추어 그들에게 제사지내고, 지전을 불살라 죄를 속하게 합니다.

시왕이 예의를 돌보지 않고 탐욕스럽게 이를 받아야 하겠습니까? 아니면 그 법도를 살펴서 법에 따라 이들을 중하게 처벌해야 하겠습니까?

이것이 세세는 분통 터지는 일이었지만 차마 말하지 못하였습니다.

---

156) 「남염부주지」. "僕嘗聞於爲佛者之徒, 有曰 '天上有天堂快樂處, 地下有地獄苦楚處, 列冥(「名」)府十王, 鞠十八獄囚.' 有諸? 且人死七日之後, 供佛設齋以薦其魂, 祀王燒錢以贖其罪, 姦暴之人, 王可寬宥否?"
　　王驚愕曰 "是非吾所聞. 古人曰 '一陰一陽之謂道, 一闢一闔之謂變. 生生之謂易, 無妄之謂誠.' 夫如是, 則豈有乾坤之外, 復有乾坤, 天地之外, 更有天地乎?

대왕께서는 저를 위하여 말씀해 주십시오.[157]

위 인용문은 박생에게 있어 중요한 논의로서 '귀신이 무엇인가' 하는 문제를 만물의 이치로 해명하면서, 결국 세속적인 사귀의 존재를 부인하는 데 집중되어 있다. 또 무(巫)가 신을 섬긴 중국의 은나라의 무함(巫咸)과 주나라의 공시(公尸)를 예의 제도로 평가하면서, 후세의 무격과 산신과 사신들이 음사로 백성의 가산을 탕진케 할 뿐인 현실을 비판하고 있다. 따라서 사람이 죽어 기가 흩어진 뒤에 저승에 가거나 응보를 받을 어떤 존재가 따로 있는 것이 아님을 뚜렷이 하고 있다.

박생은 무당이 천자가 아니면서 하늘에 제사하고 제후가 아니면서 산천에 제사한다는 문제를 지적하면서 사람이 죽으면 그 목숨이 흩어져 공허함에 돌아가는데, 이런 공허한 존재인 조상이 어떻게 자손들의 제사를 받아먹을 것이냐며 제사의 허례허식을 강하게 비판하고 있다. 그리고 이에 대한 올바른 이념대안으로 박생은 유학의 필요성을 들고 있다.

"주공과 공자의 가르침은 정도로써 사도를 물리치는 일이었고, 석가의 법은 사도로써 사도를 물리치는 일이었습니다. 그러므로 정도로써 사도를 물리친 주공과 공자의 말씀은 정직하였고, 사도로써 사도를 물리친 석가의 말씀은 황탄하였습니다. 주공과 공자의 말씀은 정직하였

---

157) 「남염부주지」. "世俗當父母死亡七七之日, 若尊若卑, 不顧喪葬之禮, 專以追薦爲務. 富者, 糜費過度, 炫燿人聽, 貧者, 至於賣田貿宅, 貸錢賒穀, 鏤紙爲旛, 剪綵爲花, 招衆髡髴梵爲福田, 立壞(「壞」)像爲導師, 唱唄諷誦, 鳥鳴鼠唧, 曾無意謂. 爲喪者, 携妻率兒, 援類呼朋, 男女混雜, 矢溺狼籍, 使淨土變爲穢溷, 寂場變爲鬧市, 而又招所謂十王者, 備饌以祭之, 燒錢以贖之. 爲十王者, 當不顧禮義, 縱貪而濫受之乎? 當考其法度, 循憲而重罰之乎? 此不肖所以憤悱, 而不敢忍言也. 請爲不肖辨之!"

으므로 군자들이 따르기가 쉬웠고, 석가의 말씀은 황탄하였으므로 소
인들이 믿기가 쉬웠던 것입니다."[158]

그러나 유자인 그 역시 인정하는 초현실의 세계가 있었으니 바로 원혼
의 세계이다.

> 귀는 굽힌다(屈)는 뜻이고, 신은 편다(伸)는 뜻입니다. 굽히되 펼 줄
> 아는 것은 조화의 신이며, 굽히되 펼 줄 모르는 것은 울결된 요매들입
> 니다. 조화의 신은 조화와 어울렸으므로 처음부터 끝까지 음양과 더불
> 어 하며 자취가 없습니다. 그러나 요매들은 울결되었으므로 인물과 혼
> 동되고 사람을 원망하며 형체를 가지고 있습니다.
>
> 산에 있는 요물을 초라하고, 물에 있는 요물을 역이라 하며, 수석에
> 있는 요괴는 용망상이라 하고, 목석에 있는 요괴는 기망량이라 합니다.
> 만물을 해치며 '려'라 하고 만물을 괴롭히면 '마'라 하며, 만물에 붙어
> 있으면 '요'라 하고 만물을 미혹시키면 '매'라 합니다. 이들 모두 귀들
> 입니다.[159]

그는 귀신 가운데 원귀의 존재만을 인정하여 소설 작품들에서도 이를
즐겨 다루고 있다. 「만복사저포기」에서는 여주인공이 왜구의 침입에 정조
를 지키기 위해 비명횡사한 원귀로 등장되고, 「이생규장전」에서도 여주인
공이 최랑은 홍건적의 난에 수절 항거하다 피살된 원귀로 등장한다. 더구

---

158) 「남염부주지」. "周孔之敎, 以正去邪, 瞿曇之法, 設邪去邪. 以正去邪, 故其言正直, 以邪去邪, 故
其言荒誕. 正直故君子易從, 荒誕故小人易信, 其極致,"
159) 「남염부주지」. "鬼者, 屈也. 神者, 伸也. 屈而伸者, 造化之神也. 屈而不伸者, 乃鬱結之妖也. 合
造化, 故與陰陽終始而無跡, 滯鬱結, 故混人物寃懟而有形. 山之妖曰魑, 水之怪曰魅, 水石之怪
曰龍罔象, 木石之怪曰夔魍魎, 害物曰厲, 惱物曰魔, 依物曰妖, 惑物曰魅, 皆鬼也.

나 「남염부주지」 속에서는 귀신론, 지옥, 귀신제사 등의 뜻을 비교적 자세하게 다루고 있어 주목된다. 사람이 죽으면 벌써 정기가 흩어져 존재가 없어진다고 단언했던 그가 자기의 소설집 『금오신화』에서는 이렇게 다섯 편의 작품 가운데 세 편에 귀신을 등장시키고, 「남염부주지」에서는 귀신론을 작품에 도입함은 상당히 역설적이다. 이는 김시습에게 유가사상이 삶의 철학으로서 자리매김했던 반면, 불가, 도가사상에도 심취해 있었던 김시습의 폭넓은 사상체계가 수용됐기 때문으로 해석된다.

이와 같이 「남염부주지」의 환상성은 '염부주'라는 환상적 공간을 마련하여 공간이동을 시도한다. 그리고 이곳은 정도로 다스려지는 이상세계이며, 유자인 박생의 철학적 사고가 철저히 인정되는 박생의 이상향이자, 어찌 보면 현실에서 타협할 수 없는 갈등을 해소하는 현실의 도피처가 되는 셈이다.

환상적인 서사세계는 텍스트 외적세계의 기저규칙들의 전도가 나타나기도 하는데,[160] 이는 서사세계가 현실세계와 깊은 연관을 맺고 있음을 보이는 것이다. 외적인 기저규칙들이 자유로운 인간정신에 대한 구속이라 할 때, 이러한 기저규칙들이 대칭적으로 전도되는 환상성 속에는 강한 심리적 도피가 잠복되어 있다고 볼 수 있다. 따라서 환상 문학 안에서 도피는 곧 알려지지 않은 땅, 인간 심성의 깊은 곳에 존재하는 세계에 대한 탐색의 한 방법이기도 하다.

몽중세계인 염부주를 일 만여년 동안 다스렸던 염라왕은 시간의 한계를 느끼며 그 뒤에 염부주를 다스릴 사람으로 박생을 추대하게 되는데, 이를 수락한 박생의 미래는 최고의 권력을 지향하고 있음을 알 수 있다. 이는 꿈속의 환상성을 통해 김시습 자신의 능력에 최고의 점수를 주는 나르

---

160) Eric S. Rabkin, 앞의 책.

시시즘적 면모를 보이는 것이기도 하다. 현실에서 방외인이었던 그는 「남염부주지」를 통해 비로소 순간의 쾌감을 느꼈을 것이다.

이상과 같이 박생의 꿈속 세계인 '염부주'는 현실의 세계와 대극적인 세계이므로 환상성이 존재함은 당연한 귀결이다. 또 이 환상의 세계는 곧 작자 김시습의 이념세계에 의해 위조된 창조세계이기에 갈등 또한 존재하지 않는다. 현실에 대극적인 항으로 존재하는 환상계는 현실보다 월등하게 동경의 대상이 되는 가치를 표상하고, 박생의 몽유는 그래서 기이한 경험의 합리성을 논함이 아니고 고독한 자아가 자기대로의 세계를 개조하려는 투쟁[161]이라는 해석은 타당하다. 현실에서의 갈등과 대립을 해결해 줄만한 초월적인 힘이 현실에서 확인되지 않을 때, 바로 그때 찾아지는 환상적 공간 '염부주'는 작가인 김시습이 현실에서 해결할 수 없는 갈등과 대립을 넘어서기 위해 구현한 문학적 소산물이며, 동시에 문학의 중재적 기능을 취하고도 있다.

다음은 「용궁부연록」으로 기본 줄거리를 '(1) 입몽 전 (2) 몽중세계 (3) 각몽 후'로 요약하면 다음과 같다.

2) 「용궁부연록」

(1) 입몽전
① 송도 천마산 박연에 용신이 산다는 전설이 있었다.
② 고려 때 한생이 문사로 평판이 있었다.
③ 해가 저물 무렵 거실에 편안히 앉아 있던 한생이 잠이 든다.

---

161) 조동일, 『한국소설의 이론』, 지식산업사, 1977, p.234.

⑵ 몽중세계

① 용왕의 초대를 받아 날개 돋힌 준마를 타고 하늘을 날아 용궁에 다
다른다.

② 용왕의 청에 따라 그는 상량문을 지어 준다.

③ 한생은 상량문을 써주고 용왕은 그것을 극찬하며 잔치를 후하게 연다.

④ 잔치가 끝난 후 용왕의 허가를 얻어 용궁을 구경하는데, 그곳은 기
이한 것이 많았다.

⑤ 용왕에게 명주 빙초를 선물로 받고 하직하고 나오게 된다.

⑶ 각몽 후

① 깨어보니 새벽이고, 품속을 더듬어 보았더니 명주와 빙초가 있었다.

② 한생은 세상의 명리를 버리고 산으로 들어가 자취를 감춘다.

　전체의 줄거리에서 알 수 있듯 「용궁부연록」은 「남염부주지」와 마찬가
지로 한생이라는 주인공이 용궁을 체험하다 돌아온 이야기이다. 두 작품
모두 주인공이 꿈을 통하여 자신이 지닌 지적인 능력을 발휘해 보이고 환
대를 받고 돌아왔다는 점에서 구조와 내용에서 많은 유사성을 갖는다. 그
러나 엄밀히 말하면 여기서의 '용궁'과 '염부주'는 성격상 다른 세계로 설
명될 수 있다. 이 둘의 작품을 비교하면서 고찰해 보는 것이 「용궁부연록」
의 '용궁'이 갖는 의미를 명쾌하게 제시하는 방법이 될 것이다.

　먼저 「용궁부연록」에서의 환상성은 크게 두 가지로 나타난다.

　첫째 '용궁'으로의 진입과정과 각몽 전까지 작품 전체에서 표현되는
용궁을 체험하면서 느끼는 환상성이다.

고려 때에 한생이 살고 있었는데, 젊어서부터 글을 잘 지어 조정에
까지 알려지고 문사로 평판이 있었다. 하루는 한생이 거실에서 해가 저
물 무렵에 편안히 앉아 있었는데, 홀연히 푸른 저고리를 입고 복두를
쓴 두 사람이 공중으로부터 내려왔다.[162] …

"박연에 계신 용왕님께서 모셔오라고 하셨습니다."

한생이 깜짝 놀라 얼굴빛이 변해지면서 말하였다.

"신과 인간 사이에는 길이 막혀 있는데, 어찌 서로 통할 수 있겠소?
더군다나 수부는 길이 아득하고 물결이 사나우니, 어찌 갈 수가 있겠
소?"

두 사람이 말하였다.

"준마를 문 앞에다 대기시켰으니, 사양하지 마시기 바랍니다."

그들이 몸을 굽혀 한생의 소매를 잡고 문 밖으로 나서자, 말 한 마리
가 있었다. 금안장 옥굴레에 누런 비단으로 배띠를 둘렀으며, 날개가
돋쳐 있었다. 종자들은 모두 붉은 수건으로 이마를 싸매고 비단 바지를
입었는데, 열댓 명이나 되었다.

종자들이 한생을 부축하여 말 위에 태우자, 일산을 든 사람이 앞에
서 인도하고 기생과 악공들이 뒤를 따랐다. 그 말이 공중으로 올라가
날아가자, 발 아래에는 구름이 뭉게뭉게 이는 것만 보였다. 땅 아래 있
는 것은 보이지 않았다.[163]

---

162) 「용궁부연록」. 前朝有韓生者, 少而能文, 著於朝廷, 以文士稱之. 嘗於所居室, 日晚宴坐, 忽有靑
　　衫幞頭郎官二人, 從空而下.

163) 「용궁부연록」. "瓢淵神龍奉邀." 生愕然變色曰: "神人路隔, 安能相及? 且水府汗漫, 波浪相囓,
　　安可利往?" 二人曰 "有駿足在門, 願勿辭也." 遂鞚躬挽袂出門, 果有驄馬, 金鞍玉勒, 蓋黃羅帕,
　　而有翼者也. 從者皆紅巾抹額, 而錦袴者十餘人. 扶生上馬, 幢蓋前導, 妓樂後隨, 二人執笏從之.
　　其馬緣空而飛, 但見足下煙雲苒惹, 不見地之在下也.

　이와 같이 한생은 용왕의 초대를 받아 푸른 복건자인 이인의 도움으로 길을 나서게 되는데, 날개 달린 아름다운 말을 타고 기생과 악공들까지 뒤를 따르며 융숭한 대접 속에 현실인 땅을 멀리하고 환상공간인 하늘로 오르게 된다. 이는 「남염부주지」의 박생이 역사적 현실에 대해 비분강개하다 잠이 들어 '염부주'로 이동하는 모습과도 상이하다.

　　한생이 용왕의 허락을 받고 문 밖에 나와서 눈을 크게 뜨고 바라보았는데, 오색 구름이 주위에 둘려 있는 것만 보여서 동서를 분별할 수가 없었다.

　　용왕이 구름을 불러 없애는 자에게 명하여 구름을 쓸어버리게 하자, 한 사람이 궁전 뜰에서 입을 오므리며 한 번에 불어 버렸다. 그러자 하늘이 환하게 밝아졌는데, 산과 바위 벼랑도 없고 다만 넓은 세계가 바둑판처럼 보였는데 수십 리나 되었다. 아름다운 꽃과 나무가 그 가운데 줄지어 심어져 있었고, 바닥에는 금모래가 깔려 있었다. 둘레는 금성으로 쌓아졌으며, 그 행랑과 뜰에는 모두 푸른 유리벽돌을 펴고 깔아서 빛과 그림자가 서로 비치었다.[164]

　위 인용문은 한생이 용궁을 둘러보고 아름다운 장관을 예찬하며 기이한 느낌을 표현하고 있는 부분이다. 용궁은 인간이 꿈꾸는 가장 아름다운 세계로 묘사되어 있으며, 거기에는 강의 신, 바람과 구름, 우뢰를 움직이는 신들이 살고 있는 신성한 공간이다. 이는 차가운 쇠붙이의 속성을 내포

---

164) 「용궁부연록」. 出戸肝衡, 但見綵雲繚繞, 不辨東西. 神王命吹雲者掃之. 有一人, 於殿庭, 蹙口一吹, 天宇晃朗, 無山石巖崖, 但見世界平闊, 如碁局, 可數十里, 瓊花琪樹, 列植其中, 布以金沙, 以金墉, 其廊廡庭除, 皆鋪碧琉璃塼, 光影相涵.

한 「남염부주지」의 '염부주'의 모습과도 상당히 대조적이다.

둘째, 결말부에 제시되는 신표의 등장으로 꿈인지 현실인지에 대한 강한 주저를 갖게 하는 부분이다. 꿈을 깬 한생이 꿈인지 생시인지를 의아해하다 꿈속에 용왕이 신표로 준 '빙초와 명주'를 품속에서 발견하는 부분에서 '꿈=현실'이라는 증거물에 강한 망설임이 나타난다.

이와 같이 「용궁부연록」과 「남염부주지」는 내용과 구조면에서 유사한 모습을 보이지만 작가가 추구하는 내면의식이라고 볼 수 있는 환상적인 공간 '용궁'과 '염부주'는 성격적인 면에서 많은 차이를 가진다. 즉 「남염부주지」가 환상공간의 체험을 통해 말하고자 하는 바의 중심이 '이념의 시비(是非)'로 '정도/사도'의 대립을 보인다면 「용궁부연록」에서는 현실과 다르게 아름다운 용궁을 통해 '미/추', '신성/세속'의 대립이 강하게 제시된다.

지금까지 『금오신화』는 작가론적 측면[165], 작품론적 측면[166], 비교학적 측면[167]에서 많이 연구되었다. 이 중 「용궁부연록」에 대한 작품고찰에서 지금까지의 견해는 크게 대별된다. 먼저 매월당 자신의 자전적인 것으로 보는 견해다.[168] 용왕의 부름을 받고 용궁을 다녀오는 한생은 신동이라는 소리를 듣던 김시습이 세종대왕의 부름으로 5세라는 어린 나이에 궁궐

---

165) 정병욱, 「김시습연구」, 『논문집』 7집, 서울대학교, 1958.
　　정주동, 『매월당 김시습연구』, 신아사, 1965.
　　이재수, 「금오신화고」, 『한국소설연구』, 형설출판사, 1969.
　　이 밖에 많은 논문이 있지만 필자견해로 대표적인 논문이라 여겨지는 논문만 언급한다.
166) 임형택, 「현실주의적 성격과 금오신화」, 『국문학연구』 13, 서울대학교, 1971.
　　김일렬, 「금오신화 고찰」, 『조선전기의 언어와 문학』, 형설출판사, 1976.
　　조동일, 「소설의 성립과 초기소설의 유형적 특징」, 『한국학논집』 3집, 계명대, 1976.
167) 박성의, 「비교문학적 견지에서 본 금오시화와 전등신화」, 『문리논집』 3, 고려대 1958.
　　이석래, 「금오신화의 전개적 고찰」, 『이숭녕박사 송수기념논총』, 을유문화사, 1968.
　　한영환, 『금오신화와 전등신화의 구성비교 연구』, 개문사, 1975.

에 들어가 세종에게 총애 받은 모습 그대로인 것이다.

용궁으로 들어간 사실은 세종이 신동인 시습을 궁중으로 불러들인 것과 같다. 또 상량문을 지어 감탄하게 한 것은 삼각산 시를 비롯한 뛰어난 한시를 지어 임금을 놀라게 한 것과 비슷하다. 그리고 빙초를 선물 받은 것은 세종으로부터 명주를 하사받은 것과 비유할 수 있다.

이와 같이 탁월한 재능으로 미래가 보장됐던 김시습은 '단종폐위' 사건으로 현실과 담을 쌓고 방외인으로 살게 되는데, 그런 김시습에게도 순간순간 자신의 재능이 인정받고 빛을 발하는 상상을 했을 것이고, 현실과 차단된 자신만의 세계에서 김시습은 '아름다운 유토피아'를 꿈꾸며 세계와의 집요한 내면적 갈등에서 위로를 얻으려 했을 것이다. 이 위로의 공간이 바로 '용궁'이라는 환상적 공간임은 두말할 나위가 없을 것이다. 따라서 「용궁부연록」의 '용궁'은 재능 있는 자가 인정받고 환대받는 김시습이 꿈꾸는 가장 아름다운 이상세계이며 그래서 살만한 가치가 인정되는 가장 인간다운 세상이 되는 것이다.

3) 「안빙몽유록」[169]

「안빙」은 기재 신광한의 작품이며, 『기재기이』에 실려 있다. 그동안 학계에 소개되었던 작품의 대본은 서울대 규장각본을 대상으로 하고 있으

---

168) 이가원, 『역주금오신화』, 통문관, 1959.
　　　정주동, 『김시습연구』
　　　이재수, 『한국소설연구』
169) 소재영, 「신광한과 기재기이」, 『숭실어문』 3, 숭실대 국문과, 1986. 『기재기이연구』, 고려대 민족문화연구소, 1990 참조. 「안빙」은 일찍이 한글본만 소개되었다가, 소재영에 의해 『기재기이』가 발굴·소개됨으로써 본격적인 연구 발판을 마련된 가운데 「안빙」의 작자는 신광한이며, 夢遊錄史의 초기적 작품으로 평가받기에 이르렀다.

며, 고전소설전집과 한국한문소설집에 소개된 작품도 규장각본을 대본으로 하였음을 알 수 있다.[170] 이밖에 이본으로 일본의 천리대본이 소개되었는데, 소재영은 이를 통해 작가가 신광한임을 확인했다.[171] 한편 최승범은 이보다 앞서 한문본을 번역, 필사한 한글본을 학계에 소개하기도 했다.[172]

「안빙」에 대한 연구는 그간 구성면에 있어서 예외적인 혹은, 이색적인 작품으로 주로 언급되어 왔다.[173] 16세기 시작된 몽유록의 생성의 경로와 양식사적 특성을 규명하기 위해, 이전의 두 서사유형인 전기와 가전을 주목할 수 있는데, 이 두 유형의 모습을 모두 보이는 작품이 바로 「안빙」이기 때문이다.

본 작품은 현재 소개된 몽유록 작품 중 「대관재몽유록」과 함께 조선전기에 창작된 작품으로, 사물을 의인화한 '가전' 의 양식에 역사적 사실을 표현하려는 의도의 산물인 17세기 몽유록의 초기 유형의 모습을 보이며, 입몽부분에서 등장하는 '남가일몽' 의 표현은 당의 이공좌의 작품인 「남가태수전」의 몽중세계 경험과의 유사성을 아울러 지니고 있어, '전기' 를 모태로 하고 있다는 것도 부인할 수 없다. 따라서 「안빙몽유록」은 전래 장르

---

170) 김기동, 『필사본 고전소설전집』 3, 아세아문화사, 1980. 이는 규장각본을 영인한 작품이다.
　　임명덕, 『한국한문소설집』 3, 동서문화원, 1986. 역시 규장각본을 영인했음을 알 수 있다.
　　「안빙몽유록」에 대한 본고의 원문인용은 임명덕의 編主를 근거로 한다.
171) 소재영, 위의 논문.
172) 최승범, 「안빙몽유록에 대하여」, 『국어문학』 24, 전북대 국어국문학회, 1984.
173) 차용주, 위의 논문, pp.144~148. 서울대본 안빙몽유록을 처음 소개힘으로써 연구의 발판을 마련한 논문으로 「안빙몽유록」의 구성형식과 꽃을 의인화한 이색적인 작품임을 지적하였다.
　　김기동, 『한국고전소설연구』, 교학사, 1983, pp.111~112. 김기동은 「안빙몽유록」이 꽃을 의인화한 몽유록의 독창적인 수법상의 가치를 인정하고 있으나, 주제의식이 미약하다는 차용주의 견해에 동의하였다.
　　신해진, 『조선중기 몽유록의 연구』, 박이정, 1998, pp.103~105. 신해진은 차용주, 김기동 등 선행연구자들을 중심으로 주제의식이 미약하다는 견해에 대해, 신광한이 出仕했던 경험을 바탕으로 꽃의 의인화를 통해 당대 정치현실이 갖고 있는 부조리한 다양한 실상을 요약적으로 투영시킨 작가의식이 내변된 작품으로 보았다.

의 변이양상과 유형적 특성에 따른 소설사적 상호연계성을 파악할 수 있는 자료로 가치가 인정되는 작품이기도 하다.

한편, 「안빙몽유록」의 기본 줄거리를 '⑴ 입몽 전 ⑵ 몽중세계 ⑶ 각몽 후'로 요약하면 다음과 같다

⑴ 입몽 전

① 안빙은 과거에 누차 응시했으나 낙방했다.

② 남산 한적한 곳에서 화초를 가꾸면서 시나 읊조리며 한가로이 지낸다.

③ 화원을 거닐다 괴안국의 이야기가 허탄하다고 생각하면서 잠이 든다.

⑵ 몽중세계

④ 안빙은 나비를 따라 동구에 이르러 청의동자와 시녀의 안내를 받는다.

⑤ 안빙에게 여왕이 배례를 베풀려 하고, 여왕은 도당 요임금의 아들 '단주(丹朱)'의 후예로 여왕에 추대됨을 알게 된다.

⑥ 안빙은 시녀들을 따라 조한전에 이른다.

⑦ 시녀 수백인의 옹위를 받고 여왕이 등장한다.

⑧ 여왕은 이부인과 반희, 세 은자, 옥비, 부용성주 주씨를 합석시킨다.

⑨ 기녀들이 가무를 연행하자 좌정한 사람들도 돌아가면서 시를 읊는다.

⑩ 연회가 파한 뒤 여왕은 안빙에게 각종 비단과 금은보화를 선물로 준다.

⑪ 안빙이 나오면서 한 미인을 만나, 당에 오르지 못하는 사연을 듣는다.

⑶ 각몽 후

⑫ 우레 소리에 놀라 꿈에서 깬다.

⑬ 꿈을 깬 후 후원에 나가보니 모란 한 떨기가 비를 맞아 땅에 떨어져

있다.

⑭ 주위에 배꽃, 복숭아꽃, 매화꽃, 연꽃, 국화 등이 있으며, 출당화 한 그루가 떨어져 있는 것을 보고 후원의 형상이 꿈속에서 체험한 것과 같음을 알게 되었다.

「안빙」 또한 '현실-꿈-현실'의 몽유구조가 여실히 드러나는 작품이다. 일차 서술 세계라 할 수 있는 전반부는 현실의 공간으로서, 주인공이자 몽유자인 안빙에 대한 등장인물 소개가 이루어진다. 주인공 안빙 역시 누차 과거시험에 낙방의 쓰라림을 겪은 인물로, 결핍의 요소를 갈등인자로 내포하고 있다. 그는 아예 과거시험을 포기하고 자신만의 공간인 화원에 칩거, 결핍요소와의 정면대결을 피하며 현실에서의 불만족을 안위하려는 인물이다.

그가 화원을 걸으며 괴안국의 이야기를 떠올리는 것은[174], 괴안국의 주인공인 순우분을 통해 자신의 불만족을 해소하려는 안빙의 의도가 강하게 작용하고 있음이다.[175]

처음에는 크기가 박쥐만한 호랑나비가 코끝에서 훨훨 나는 것을 깨

---

174) 이공좌, 「남가태수전」, 『태평광기』 475. 「남가태수전」은 주인공 순우분이 꿈에 괴안국에 가서 국왕의 딸과 결혼하고 南柯郡 태수가 되어 영화롭게 살았는데 꿈을 깨고 보니 괴안국은 바로 집 앞 홰나무 아래에 있는 개미집이었고 국왕은 바로 큰 개미였다고 하는 이야기이네, 이 「남가태수전」의 결말은 「안빙몽유록」의 결말부분에서 후원의 화초들의 영령들이 꿈속에 등장한 인물이었음을 확인하는 단락과 유사하여 구조적 영향을 입었음을 보여주는 사례다. 자세한 언급은 뒤에서 제시한다.

175) 문학이 작가의 의도를 형상화한 예술양식이라고 볼 때, 대다수의 작품이 그러하듯 주동인물인 안빙은 작자가 내세운 허구적 대리인으로, 작가는 안빙의 사유체계를 통해 작자의 의도를 반영한 것으로 해석할 수 있다.

닫자, 선비는 괴이하여 나비의 뒤를 따르니 나비는 혹 가까이 혹 멀리 하면서 마치 인도해 가듯이 했다. 몇 리쯤 가자 한 마을 입구에 이르렀 는데, 복숭아, 오얏꽃이 난만하게 피었고 그 아래에는 좁은 길이 있어 방황하다 돌아오려 하자, 따라오던 나비가 또한 보이지 않았다. 좁을 길 사이에서 나이 십 삼사 세 된 청의동자를 만났는데, 손뼉을 치며 앞 에서 웃으며 말하기를,

"안공께서 오신다."하고, 인하여 달려 사라지니 그 걸음이 날 듯 했다.[176)

꿈속으로의 진입 매개체가 되는 것은 호랑나비로, 작품의 환상성을 부 추기는 요소의 첫 등장이라 하겠다. 안생을 인도하는 듯한 호랑나비의 모 습은 일면 낭만적이기도 하며, 기이한 느낌을 동시에 주는 요소다. 지금까 지 살펴 본 다른 작품들이 유인책 없이 바로 꿈속으로 진입하거나, 이계에 서 온 시복을 따라 들어가는 모습에 비해 호랑나비라는 보조물을 통한 이 계진입 매개체의 등장은 작중인물의 이계 진입을 자의화시키고, 앞으로 펼쳐질 꿈 속 여행의 환상성을 보다 미화시키는 작용을 한다.

안생을 인도한 곳은 도처가 화사한 꽃이 피어있는 마을로, 화원국임을 넌지시 제시한다. 이곳에 당도한 안생은 처음 가보는 낯선 장소에 순간 당 황하다 돌아가려는 모습을 보인다. 이는 현실이라는 가시적 공간에만 익 숙한 독자에게도 동시에 망설임으로 다가온다. 왠지 현실계가 아닌 듯한, 그래서 더 이상 깊숙히 가기가 주저스러운 작중인물의 내면의식의 표출

---

176) 「안빙몽유록」. 初覺有彩蝶 大如伏翼 翩翩翻於鼻端 生怪而逐之 蝶或近或遠 若導而行 行數里許 抵 一洞口 桃李滿開 其蹊彷徨欲回 向來所逐蝶 倏亦不見 蹊間遇靑衣童子 年可十三 拍手前笑曰 "安公來矣." 仍趨而去 其行若飛.

은, 여타의 작품들과 마찬가지로 독자에게도 환상계의 진입을 주저케하는 망설임으로 다가오게 하는 유인책이며, 동시에 현실성을 부여해 독자에게 작품 속으로의 몰입을 한층 가속시킨다.

채색나비를 따라 이르게 된 동구는 배꽃 복숭아꽃이 난만히 피어있다. 이윽고 한 집에 이르니 환하게 칠한 분장이 둘러있고 붉은 추녀와 푸른 기와가 산곡 사이에 빛나는데, 자못 인간제도가 아니다. 바깥문으로 조금 따라 들어가니 화려하게 채색된 중문들이 일제히 열렸다. 조금 있으려니 한 시녀가 나왔다. 붉은 입술 푸른 소매에 자태가 매우 아름다웠다. 곧바로 안생에게로 다가와서 미소를 지으며 고개를 숙이는데, 오래전부터 서로 잘 아는 사이인 것처럼 하였다.
"과군께서 공의 우활한 도를 듣고 매우 기뻐하여 장차 공을 공경히 맞이하여 만나고자 하시니 잠시만 기다려주십시오."
안수재께서 여길 어떻게 오셨습니까? 아는 분을 우연히 만났으니, 어찌 행운이 아니겠습니까?[177]

이계의 배경과 인물의 등장이다. 여기서 안생에게 이계는 분명 처음 가본 생소한 곳이지만 그 곳의 사람들은 안생을 아는 듯한 모습이다. 뿐만 아니라 이계의 방문이 우연성이 아닌 이계의 초대에 의한 것으로 이생에게는 낯선 곳이시만 이계의 사람들은 안생 그를 모두 수재라 찬양하며 그

---

177) 「안빙몽유록」. 遂尋蹊而入 見一屋宇 繚以粉牆 朱甍碧瓦 輝映山谷 殆非人間制度 稍進外戶 彩齊開 俄有一女侍出 絳唇翠袖綽約多姿 直至生前 含笑低垂 頗若舊相識者
"寡君 聞公迂道 甚喜 將欲分庭設拜 且可小住"
"安秀才何得到此 邂逅識面 豈非幸歟 生尤怪之 不覺其由."

에 대해 익히 알고 있다. 안생과 독자 모두에게 환상적으로 다가온다. 이는 이계가 현실 공간과는 다르면서 분명 현실이라는 공간에 대해 속속들이 꿰고 있다는 측면에서 일면 현실이라는 공간보다 수직적 위치에 놓인 이계의 설정으로 환상성을 일으키는 두 번째 요소가 된다. 인간 제도가 아니라고 느끼며 주저함이 지속되는 부분으로, 생소한 장소에 도달한 안생은 연이어 기이한 체험을 하게 된다.

> 과군의 성씨는 도당이요, 요임금의 맏아들 단주의 후손입니다. 그 조상 가운데 우나라와 하나라의 목민관이 된 분들이 많았는데, 백성을 잘 다스려 공을 세워 왕의 칭호를 갖게 되었습니다. 끊이지 않고 대를 이어 내려왔는데, 후사가 번성하지 못하여 아들이 없게 되자 여러 신하들이 함께 의논하여 정치를 하면서 종성의 여자 가운데서 문덕이 있는 자를 가려 왕으로 세웠습니다. 목덕과 화덕을 섞어 썼으며 무릇 위의와 제도에 있어서 청색과 적색을 숭상했습니다.[178]

망설이는 안생에게 시녀가 이계에 대한 설명을 해주는 대목이다. 여기에 등장하는 인물들은 과거 한때 생존했던 역사상 실제 인물들로 설정되어 있어, 역사적 사실에 대한 선이해가 수반돼야 할 필요성을 갖는다. 이것은 몽유록계 양식의 특성이기도 하다. 특히 「안빙」은 역사적 인명의 거론과 함께 꽃의 색상의 의미를 적절히 고려하여 인물설정과 유기적 관계를 맺고 있음을 알 수 있다.[179] 또 나무와 꽃의 색상인 푸른빛과 붉은빛을

---

178) 「안빙몽유록」. "寡君 氏陶唐 堯之子丹朱苗裔也 其先多爲虞夏羣牧 因牧有功 遂有王號 綿歷世代 繼嗣不繁 羣臣共和 擇宗姓女有文德者 立之 雜用木火德 凡威儀制度 尙淸赤."

숭상하여 목덕과 화덕을 섞어 나라를 다스려 온 것으로 표현, 화원국임을 거듭 암시하고 있다.

이러한 역사적 사실을 토대로 하여 구축된 환상계는 현실과 확연한 거리가 느껴지는 이계로서가 아니라, 현실과의 관계 하에 존재의 여지가 인정되는, 그러나 완벽하게 현실성을 가진 왕국이라고는 단언하기 어려운 세계로 자리 잡는다. 한 무제의 반첩여와 한 성제의 이부인, 당의 양귀비, 송나라 석개선생, 은 시대의 백이·숙제의 은거지인 수양산을 연상케 하는 수양처사, 진나라 도연명의 「잡시」를 연상케 하는 동리은일 등 역사적으로 유명한 인물들이 한자리에 모이고 있음은 시간성을 초월한 비현실적 모임으로 강한 환상성을 갖게 한다. 작중인물로 등장하는 아홉 명의 인물들은 따라서 모두 작품에 역사적 현실을 투영한 것으로 현실과 비현실의 경계 허물기를 시도하는 장면들로 해석될 수 있고, 각각의 인물묘사도 병행되어 있어 소설로서의 진면목을 보여주고 있다.

> 화장을 엷게 하였고 걸음걸이가 사뿐하고 유연하였으며 옥이 곱고 구름이 아름답게 빛나는 것과 같았다.[180] – 이부인의 외양
>
> 토실토실한 아름다운 얼굴은 발그레한 모습이었으며, 푸른 눈썹은 산을 모은 듯하며, 농염한 아름다운 바탕은 붉은 비단보다 훨씬 나았다.[181] –반희의 외양

---

179) 지칭하는 꽃에 대해서는 차용주, 『몽유록계 구조의 분석적 연구』, 창학사, 1981, pp.146~147. 최승범, 「안빙몽유록에 대하여」, 『국어국문학』 24, 1984, p.147. 유종국,『몽유록소설 연구』, 아세아문화사, 1987, pp.107~108. 참조.
180) 「안빙몽유록」. "靚粧飾淡 步履輕軟 貌若玉妍珠塋."
181) 「안빙몽유록」. 丰容徵酡 翠眉蹙山 纖穠麗質 遠勝紅錦.

작품으로 미루어 여왕은 모란을, 이부인과 반희는 각각 오얏꽃과 복숭아꽃을 염두에 두고 표현한 것임을 알 수 있다. 또 뒤를 이을 후사가 없게 되자 추대된 인물인 여왕의 모습 속에는 '중종반정'의 역사적 사실을 반추케 한다. 모란은 미색이 뛰어나고 가무를 잘한 중국 한나라 무제의 총애를 받았던 총첩을, 반희는 한 성제의 총애를 받았지만 조비연이 총애를 받으면서 영락한 신세가 된 반첩여를 염두에 두고 한 말로 해석할 수 있다. 이러한 역사적 사실을 인지해 낸 독자라면 「안빙」은 사물의 특징을 의인화하는 가전의 양식에, 역사적 사실을 환몽구조에 실어 형상화한 것임을 알 수 있다. 가전과 몽유록의 양자를 복합적으로 계승한 몽유록 초기작임을 보여주는 대목이다. 「안빙」의 이러한 작품구조의 특징등은 소재영[182]을 비롯한 유종국[183], 차용주[184], 신재홍[185] 등 많은 학자들에 의해 진행돼 왔다.

> 안생이 급히 나아가 뜰에서 절하고자 하니, 왕은 앞전의 두 시녀로 하여금 그것을 만류케 하면서 말했다. "오래도록 맑은 덕행을 마음에 두어 사모하여 우러러 보기를 진실로 힘썼었고, 또한 공을 직접 다스린 바가 없었으니, 堂에서 내려가 서로 만나겠소. 행여 그렇게라도 하지 마시오." 안생이 감히 그렇게는 할 수는 없다고 대답하고 마침내 두 번 절하니 답배했다……[186]

---

182) 소재영, 「신광한의 「기재기이」」, 『숭실어문』3, 숭실어문학회, 1986.
183) 유종국, 『몽유록소설 연구』, 아세아문화사, 1987, p.104~116.
184) 차용주, 『한국한문소설사』, 아세아문화사, 1989, p.146~151.
185) 신재홍, 『한국몽유소설연구』, 계몽문화사, 1994, p.80~83.
186) 「안빙몽유록」. 生遽趍進 欲施拜于庭 王令向者二女侍止之日 "久揖淸芬 景慕良勤 又無統攝 下堂相見 幸勿爾也" 生答以不敢 遂再拜 王亦答拜.

“오래전부터 조래선생, 수양처사 동리은일과 더불어 만나기로 약속을 했었는데, 이분들께서 마침 오신 것입니다. 제가 일찍이 빈객으로 대우했었으니 앉아서 기다려서는 안 되겠습니다.” 하고는 드디어 전을 내려섰다. 세 사람이 통성명을 하고는 각각 차례로 들어오는데, 왕은 용모를 단정히 하고서 기다렸……. 세 사람은 들어와서 길게 읍만 하고 절은 아니 하고 말하기를 “저희들은 성품이 속되고 게을러서 예법을 잘 알지 못합니다.” 하였다. 왕은 더욱 자신을 낮추어 그들을 예우하였다.[187]

위의 단락들을 통해서도 이계의 환상성을 볼 수 있다. 이곳에서는 왕과 안생, 그리고 좌객들 사이의 수직 서열이 존재하지 않는 사회이다. 현실계가 위, 아래의 수직 서열이 칼날처럼 존재하는 곳이라면 이곳은 현실과는 완전히 다른 차원의 곳이다. 수직 서열보다는 다만 예로써 사람을 대하는 평등사회가 구현되고 있기 때문이다. 게다가 남녀가 한데 어울려, 자신의 심회를 털어 놓고, 참석한 사람들이 읊조리는 시의 내용을 보면 사랑, 이별, 그리움과 고독, 지조 절개 등 인간의 다양한 정서를 서슴없이 보여줄 뿐 아니라, 전대의 작품에서는 찾아볼 수 없는 시기와 질투도 동시에 존재하는 공간으로[188] 그야말로 감정에 막힘없는 공간의 화원국이다. 남녀가

---

187) 「안빙몽유록」. “久與徂來先生 首陽處士 東籬隱逸約會 此輩適來矣不穀 嘗徒之以賓 未宜坐竢.” 遂下殿立 三人者 既通名 各以次入 王斂容而竢 … 三人至則長揖不拜曰 “等野性疎懶 未諳禮法” 王俞禮下之.

188) 몽유자인 안빙을 두 시녀인 안유와 강씨가 ‘조한전’에 인도하는 장면에서 안유가 먼저 “무슨 비밀스런 이야기가 있길래, 사람을 보자 바로 그치는 것입니까?” 하고 강씨에게 묻자 강씨가 비웃으며 “마침 귀한 손님을 맞아 겨우 통성명을 했을 뿐인데 무엇을 그리도 의심합니까.”라는 대화를 통해 주된 인물이 아닌 부수적 인물들의 사사로운 감정들도 여과 없이 그대로 보여지는 모습은 소설적 특성을 보여주는 대목으로, 위엄 있고 절도와 예법만이 부각되는 궁중의 모습과는 다른 모습이다.

유별한 유교성향이 강하게 자리잡은 당대의 현실 속에서, 그것도 임금을 알현하는 엄숙한 자리임에도 불구하고 감군은을 읊기보다 감정을 읊어내는 데 충실한 화원국은 언로가 열린 낭만적 환상세계임이 틀림없다. 게다가 왕의 시에 화답한 안생의 시에 대해 좌객들이 극찬을 아끼지 않는 모습은 현실에서 인정받지 못한 안빙의 원망이 비로소 실현되는 곳으로 안빙이 평소 꿈꾸는 이상세계인 것이다. 즉, 현실계에서 계층·신분·가치관 때문에 세상으로부터 제대로 평가받지 못한 안생의 능력을 이계에서는 아무런 선입견 없이 재능만으로 인정하고 있다는 사실과 작중인물들이 쏟아내는 시와 노래는 현실계에서 감히 상상 못할 정도의 자유스러움을 지니고 있는 열린 세계다. 이것이 환상성을 일으키는 네 번째 요소라 하겠다.

그렇다면 이러한 환상계의 도입을 통해 작자가 노린 문학적 효과는 무엇일까?

우선 현실계와 다른 이계 사회인 '조한전'의 모습은 감정의 표현이 막힘없고 자유분방하다는 점에서 쾌감을 증가시킨다. 뿐만 아니라, 현실과는 이질적인 낯선 공간의 묘사에서 연출되는 색색의 화려한 사물의 등장과 배경의 아름다움은 이를 보는 몽유자와, 몽유자의 시각을 통해 감정 이입되는 순수 독자의 시각과 청각을 자극하면서 미감이라는 쾌감을 맛보게 한다. 또 아름답고 기이한 현상만이 존재하는 것이 아니고, 차별과 분별이 존재하지 않고 자유롭게 감정을 토로할 수 있는 공간으로 어떤 대상이든 선입관 없이 동등한 위치에 놓일 수 있다는 것은 현실에서 존재하는 제약과 불평등이라는 경계를 모두 허물어 버리는 절대적 가치관의 공간으로 자리잡는다. 따라서 환상계를 겪는 몽유자나 독자는 닫힌 공간, 제한공간이라는 두터운 경계를 허물고, 비로소 진정한 감정의 자유를 찾는 기쁨을 찾게된다. 따라서 「안빙」이 갖는 환상성이 갖는 문학적 효과는 희극적 쾌감으로 독자를 이끌고 있음이라 할 수 있다.

4) 「황릉몽환기」[189]

최근에 발견된 작품으로 몽유록 유형에 해당하는 「황릉몽환기」를 들수 있는데, 작자미상의 작품이다. 구성을 보면, 1책의 국문필사본으로서 현재 고려도서관에 소장되어 있으며, 책의 표지에 '잡기휘집 경안재 수필(雜記彙集 慶案齋 手筆)'이라고 적혀 있고, 「황릉몽환기」와 함께 국문으로 적힌 「퉁목공신도비명」(忠穆公神道碑銘)이 수록되어 있다. 「황릉몽환기」가 22면, 「퉁목공신도비명」이 14면의 분량이다.[190]

조선의 두 선비 계암과 경암이 소상팔경을 유람하던 중 '황릉묘'에 이르러 쉬다가 꿈을 꾸게 되는데, 여기서 죽은 네 여자들과 만나 각각 그들의 인간적 삶의 애환과 몽유자 자신의 비애를 털어 놓고 잠에서 깬다는 이야기이다. 특히 작품의 절반분량을 할애하는 이비에 대한 비판적 경향은 당대 세인들의 평가와 엇갈려 있어 상당히 특이한 모습이라 하겠다. 그러나 이 작품을 완벽하게 해석하기 위해서는 '이비 전설'과, 「투색지연의」, 장편소설 「여와전」, 여성들이 주된 향유층이었던 장편 국문소설 「유효공선행록」등의 내용을 꿰뚫고 있어야 서사전개를 정확히 이해할 수 있다. 왜냐하면 이들의 정체에 대해 작자는 「황릉몽환기」에서 구체적으로 전혀 다뤄주지 않고 있기 때문이다.[191] 이는 이들 인물에 대해 당시 사람들이 모두 알

---

189) 장효현, 「「황릉몽환기」에 대하여」, 국어국문학회 전국대회 발표요지, 고려대학교, 1995. 「황릉몽환기」는 지금까지 조사된 바로는 5편의 이본의 있는데, 본고는 고려대 소장본을 텍스트로 하고 있다.

190) 장효현, 「황릉몽환기」에 대하여, 『한국고전소설사연구』, 고려대 출판부, 2004, p.140.

191) 「여와전」과 「투색지연의」, 「황릉몽환기」 작품 관계에 대한 자세한 고찰은 지연숙, 『장편소설과 「여와전」』, 보고사, 2003 참조.

고 있을 것이라는 전제하에 가능할 것인데, 이들 인물의 정체성은 거론한 작품들 속에서 찾을 수 있다. 따라서 이들 작품이 모두 당대 베스트셀러 수준급 대중성을 갖고 있지 않았나 하는 생각을 가져보게 한다. 특히 이비는 선궁에서 천자의 딸인 성녀로서 성은을 입어 천하 음교로 선궁을 다스리게 되는데, 노혼하여 당 위지정의 첩 자운의 감언미설에 넘어가 벌인 '투색창업연'의 실수 대목 운운은 「여와전」과 「투색지연의」에서 공통으로 다뤄지는 대목으로, 「황릉몽환기」는 이 사건의 후일담형식임을 알게 한다. 따라서 「황릉몽환기」만으로는 이 작품에 대한 독자의 완벽한 이해를 구하기가 어려운 형식이다. 또 몽유록에서 보여지는 공식과 같은 '좌정'이 이미 이루어진 것 등은 기존의 작품이 이미 존재해, 이에 대한 후속편임을 확인케 한다. 또 이 작품 이해를 위해 기본적으로 알아야 할 배경지식이 '이비전설'로 굴원[192]의 구가에서부터 그 기원을 찾을 수 있다. 굴원이 초王에게 창오란 지방으로 추방되어 원상, 동정 일대에서 활동하게 되는데, 그 곳의 「파릉현지」에 따르면, 그 곳 무당들의 노래 속에 실려 전해 내려오던 아황, 여영의 전설을 추방중인 굴원이 연구하여 순과 이비의 생리사별적 비극에 대한 무한한 동정으로 그 내용들을 '상부인'이라 하여 시와 노래로 지어 「구가」에 전하게 된 것임을 알 수 있다.[193] 두 선비가 마지막으로 만나는 정씨 역시 「여와전」에서 문창의 추천을 통해 황릉묘에 영입되어 최고의 위차를 얻었고, 그 결과 황릉묘에 거주하게 된 것으로,[194] 「여와전」과 「황릉몽환기」「유효공선행록」은 서로 창작 시기상 전편, 후편, 또는 속편의 양상을 띠는 관련성을 갖고 있는 작품임을 보여준다.

---

192) 屈原(紀元前 339~278), 戰國時期的 楚國 詩人, 政治家.
193) 禹快濟, 「二妃傳說의 小說的 수용고찰」, 「고소설연구」 1, 한국고소설학회, 1995, p.269.
194) 지연숙, 위의 책.

따라서 「황릉몽환기」의 특징이라면 먼저 몽유자가 2인이라는 점과, 몽유공간에서의 주요 인물이 모두 여자라는 점, 이 점은 「강도」에서 언급했듯 작품 전개의 필요에 의해 작품에 여자를 배치하던 기존의 서사유형의 틀에서, 몽유록류에서는 유일하게 「강도」에서 14명의 여인 대거 등장한 후, 정치현실에 대한 자신의 견해를 당당하게 주장하는 모습을 보여 주목되는데, 이후 18~19세기에 들어와서는 소설작품에 있어 여성의 진출은 활기를 띠는 추세를 보여준다. 그 중 「부벽」과 「황릉몽환기」가 대표적이라 하겠다. 이는 작품에 여성이 주요인물로 부각되면서, 전면에 배치하게 됨은 조선 후기 들어 방각본 등의 인쇄술 발달로 독자의 대중성에서 비롯된 것으로 보이며, 이때 여성독자층이 두텁게 자리 잡은 연유로 풀이된다 또 하나는 이미 좌정이 이루어진 후 몽유자가 연회에 참여하게 된다는 점 등을 꼽을 수 있다.

「황릉몽환기」의 전체 줄거리를 살펴보면 다음과 같다.

(1) 입몽 전

① 대명 숭정년간 영남의 선비 경암과 호서의 선비 계암은 집안 대대로 잠영거족이나 이름을 감추고, 부귀공명을 구하지 않으며 은둔하면서 지기로 지낸다.

② 어느 날 소상팔경을 유람하다가 황릉묘에 이르러 이비 이황과 여영에 관해 쟁론하다 꿈속으로 들어간다.

(2) 몽중세계

① 청의여동의 인도와 선녀의 영접으로 둘은 황릉묘상선관에서 이비를 알현케 된다.

② 이비는 서생에게 직언할 것을 권유한다.

③ 서생은 자신의 생각이 선인들의 판단과 다르다며, 창오에서 崩하신 순임금의 뒤를 좇아 소상강가에서 순절한 이비의 절사는 부당하다고 직언한다.

④ 이비는, 선궁에서 자신이 노혼한 탓에 실수를 범해 여왜낭낭에게 화를 입은 사실을 이야기하고, 인간세상에서 겪었던 비애를 얘기하며, 정말 복 많은 사람은 주 문왕의 비인 태사라고 한다.

⑤ 태사가 이비의 말을 듣고 자신 또한 슬픔이 있다며 비애를 말한다.

⑥ 이비와 태사의 비애를 듣던 계암이 평소 자신이 품은 원한을 이비 앞에 털어 좋는다

⑦ 이비는 계암에게 세상사가 변화무쌍하니 자중할 것을 당부하며, 적덕행인하라고 한다.

⑧ 이비를 하직하고 나오던 중 명나라 때 효문공 유연의 부인을 만나 인간세상의 평가가 얼마나 왜곡될 수 있는가 하는 것을 개탄하고, 서생은 평소 부인에 대해 괴이하게 여겼는데 곡절이 있었음을 알겠다고 말한다.

(3) 각몽 후

① 이때 진주발이 일시에 내려지는 소리에 꿈에서 깬다.

② 깨어보니 효월은 더욱 밝고, 심사가 자못 처창하여 물색관경의 뜻이 없어, 집으로 돌아와서도 근심이 가시지 않는다.

부귀공명을 진토같이 더럽게 여기는 은일지사 경암과 계암이[195] 황릉묘에 이르러 이비의 행적에 대해 쟁론하던 두 선비가 몽중세계로 진입, 이

비가 사는 선궁으로 연결됨은 자연스런 여정이라 하겠다. 그러나 현실에서 몽중세계로의 진입에 대한 정확한 경계는 텍스트에 나와 있지 않다. 다만 각몽 부분의 "진주발의 소리에 놀라 깨어 보니⋯⋯"라는 표현으로 몽중세계와 각몽이 구분돼 몽유형식을 차용하고 있는 작품이다.

「황릉몽환기」에서는 크게 두 가지의 환상성을 추출해 낼 수 있다. 첫째로는 몽유자인 계암과 경암이 소상팔경을 찾아 꿈 속 진입을 통해, 선궁을 방문한다는 이계 체험이고, 둘째로는 이계에서 만난 등장인물들이 선녀이지만, 그러기 전에 인간 세상을 살다 죽은 네 명의 여인들이기에 '인귀교환' 모티프를 차용하고 있다는 점이다.

> 홀연 청의여동 혼 빵이 압히 니르러 비 왈, "낭낭이 이위선생을 청 흔시더니다." 공이 답왈, "낭낭은 뉘시며 어디 계시뇨?" 녀동 왈 "낭낭은 유우씨 양비시니 가시면 아르시리라." 양인이 의혹흐나 마디 못흐여 쌀와 십여리눈 니르니, 상운서애눈 반공에 어리엇고 옥곳흔 돌과 구슬 모리눈 ᄯ히 골녀시니, 불이 엄엄하고 긔운이 축척흐야 유유주저흘 소이 녀동이 간 바롤 모르니 더욱 의황흐야 진퇴부득이러니 홀연 무수 선아 자하의롤 부치며 운무상을 쓰을고 금패롤 가져 니르러 양인을 마즈니, 냥인이 이에 무지게 드리와 구롬 서인 골을 말미아마 혼 곳의 니르니, 주궁패궐은 반공의 넘니흐고 두 ᄶ 주문은 홍옥이 령령하고 청류리 현판의눈 황릉묘상선궁이라 제익흐엿더라.

<hr>

195) 「황릉몽환기」. "디명 슝명년간의 녕남션비 경암과 호셔션비 계암은 셰디명문이오, 좀영거족이라. 일죽 성명을 곱초고 낙낙흔 뜻이 고운야학 굿흐여 속졀업시 속셰말속의 힝혼 비 업슨디라. 봉황의 샹셔롤 알월 곳이 업고 긔린의 새 아니 바롭셔 구체의 먹기롤 탐흐야 엇디 문을 빗나디 아니흐며 회음의 부귀롤 구흐여 유확의 핑혼롤 감심흐리오?"

여선의 인도ᄒ믈 조차 듕듕한 문과 겹겹한 누각을 디나 정전의 니ᄂ
리 유리 기둥의 빅옥누ᄂ 운간의 표묘ᄒ고 홍운ᄌ긔ᄂ 전각을 둘럿ᄂ
디…….[196]

　위 인용문은 두 선비 앞에 홀연히 청의여동이 나타나 아황·여영 이비
가 찾는다며 선궁으로 이끄려 하자, 의아해 하며 마지못해 따라가는 대목
이다. 특히 낯선 세계의 공간적 배경묘사가 환상적이다. 도착한 선궁에 대
한 묘사도 많은 부분이 할애되어 소개되는데, 별유세계 바로 그곳이 선궁
이었다. 녀동과 선녀의 인도를 받아 선궁에 도착해 보니 이비를 비롯해,
주실 삼모, 위나라 장강, 한나라 반희 등 고인들이 먼저 질서에 따라 이미
자리를 잡고 앉아있는데, 이 역시 기존의 몽유록과는 차이가 있는 부분이
다. 전기의 몽유록에서는 으레 '좌정' 부분이 공식처럼 삽입되고, 초대된
손님들의 질서에 따른 '좌정'의 방법을 통해 작자의 역사와 현실에 대한
인식을 유추할 수 있었던 점에 비춰, '좌정' 부분의 생략은 역사와 현실에
대한 고발적 성향이 그만큼 반감하는 추세를 보인 것으로 해석된다. 뿐만
아니라 『금오신화』에서 이계에 대한 공간적 배경 묘사가 제법 치밀함을
보이다 조선 전기 16~17세기 몽유록에 들어와서는 현실공간적 요소가 강
해지는 속성에 따라 이에 대한 표현이 약해지다, 조선 후기 들어와서 배경
묘사가 다시 상당부분 할애되고 있는 것으로 보아, 조선 전기 현실고발적
인 목적의식의 몽유록에 비해 18~19세기에는 작품에서 점차 서정성과 여
유로움을 찾아가고 있는 모습으로 해석할 수 있다.
　한편 중심인물인 이비는 대화를 통해 알고 보니 선계의 인물로, 이비의

---

196) 「황릉몽환기」.

입을 통해 원래가 천자의 딸로 땅과 하늘의 기운이 쇠하고 실수를 범하기도 한 인물로 전달되는데, 천상의 인물인 이비가 왜 인간 세상으로 적강했는지에 대한 구체적인 설명이 없고, 인간세상에서 인간사의 비애를 겪은 인물이라는 점이 부각되어 한 인간적 이미지로서 이비에 대한 평가가 이 작품의 관건이라 하겠다. 따라서 적강과, 인귀교환 두 모티프를 함께 수용하고 있으나, 작품의 전개방식상 천자의 딸로서 자격이 중시되기보다, 순임금의 아내로서의 효와 절에 초점이 맞춰지고, 그녀들이 죽은 후의 그들에 대한 세인의 평가에 오해의 소지를 밝히며, 이에 대한 옳지 못한 평가를 삼가라는 요지의 이야기이기에 '적강' 모티프의 의미는 약화된다.

다시 말해 꿈속의 공간적 배경은 분명 선궁이라는 환상적인 이계이지만, 여기서 거론되는 이야기는 이들 인물들이 살아생전 겪은 행적을 고스란히 담아내고 있어, 텍스트를 통해 독자에게 인식되는 공간은 다분히 '현실적 공간'의 느낌이 강하다. 게다가 명 문왕 태사의 비애와 함께 집으로 돌아가는 두 선비의 발길을 잡은 유연의 부인 정씨는 「유효공선행록」에서 제시된 허구적 인물로, 이 또한 「황릉몽환기」가 갖고 있는 문학적 속성이 '환상성' 보다는 소설적 '허구성'이 독자에게 인지되고 있음을 보여준다. 이러한 점을 종합해 보면, 작가의 소설적 취향이 『금오신화』에서와 같은 전기적 환상성은 점차 위축되고, 소설적 허구성으로 전환되는 인식의 변화를 알 수 있다. 여기서 소설적 허구성이란, 미루어 짐작할 때, 당시의 작자에게도 독자에게도 동시에 적용되는 소설에 대한 인식으로, 이계의 방문을 통한 귀신과의 사랑이나 하늘나라 선녀의 적강 등에 주력하는 이야기는 당시에도 현실성이 떨어져 구시대적 산물로 인지되었을 것이라는 판단이다.

따라서 환상적 모티프를 차용하되, 이는 호기심을 유발하기 위해 사용된 소설이라는 허구성의 속성이 발휘된 것이고, 이를 시발점으로 전개되는 작품은 '일상적 삶을 근거로 하는 보다 '현실적 이야기'가 형상화된 것이라 하겠다. 따라서 환상성은 이 시점에서 소설적 특성인 '허구성'에게 자리를 넘겨주면서 서사성이 강해지는 역할을 하고 있다고 볼 수 있다.

Ⅳ. 환상성을 통해 본 작가와 독자의 내재적 의식체계

소설은 장르론적 입장에서 볼 때, 작중인물인 주체의 의식과 그를 에워싼 환경으로서의 세계가 상호 힘을 발휘하면서 갈등하는 세계다. 이 갈등은 주체로서의 자아와 객체로서의 세계가 서로의 진실성을 추구하면서 지속적인 분열과 조화를 보이므로, 그 분열과 조화의 양상 자체가 주요한 서사적 의미를 지닌다. 이와 같은 갈등의 분열과 조화의 전개라는 논리적 서사구조 위에서 주인공과 그 대역적 인물을 비롯한 부수적 인물의 성격이 실현되고, 소설의 주제와 사상도 형성된다.[197] 이러한 맥락에서 소설은 작가의 정신적 산물임을 보여준다.

필자는 몽유소설 중 10편을 중심 텍스트로 삼아 작품에서 나타나는 '환상성'을 고찰해 보았다. 그 결과 '환상성'은 주로 작품을 통해 작가가 이야기 하고자 하는 작가의 현실인식을 투영하거나, 주제를 살리기 위해 독자의 감정 효과를 부각시키기 위한 의도된 문학 장치로 사용했음을 알

---

197) 설성경·박태상, 『고소설의 구조와 의미』, 새문사, 1996, p.8.

수 있었다. 중세 질서 사회에서 가해지는 억압과 금기의 현실에 서 있는 인간이면 본능적으로 갖게 되는 저항의식을 지식인인 작가는 어떤 식으로든 표출하고 싶었을 것이고 표출 방법으로 작가는 문학을 선택했던 것이다. 문학은 현실에서 일어날 수 없는 초현실적 환상을 다루면서 현실을 교묘하게 형상화시킨 시대의 산물인 것이다. 따라서 환상성을 따라가다 보면 그 깊은 곳에는 감춰둔 현실이 고스란히 모습을 드러내고, 그로 인해 독자는 현실에 대한 새로운 인식을 하게 되는데 이것이 곧 주제로 연결되는 것이다. 그러므로 '환상성'을 통해 작가의 의식체계를 살펴볼 수 있음은 타당한 말이다.

이에 본고는 Ⅲ장의 연속선상에서 작가가 현실에 대해 어떤 태도를 견지했으며, 텍스트에는 현실이 어떤 모습으로 표출되었는지를 살피는 것을 Ⅳ장의 목적으로 한다. 아울러 독자 역시 문학 속에서 재현된 '환상성' 속에서 무엇을 찾고자 했으며 어떤 기대효과를 갖게 되었는지를 살필 것이다. 이는 문학이 생산되는 필요조건에 독자의 욕구의식이 작용하고 있음을 염두에 둔 고찰로 앞장에서 언급한 '기대지평'이 여기에 해당한다 하겠다.

한편 작가의 내면을 파악하기에는 작가의 사상과 작가가 처한 현실상황 인식이 중요하다. 왜냐하면 작가의 의식체계란 곧 작가가 세상을 보는 관점과 동일선상에 위치해 있기 때문이다. 본고가 텍스트 대상으로 삼은 작품 중 「황릉몽환기」와 「운영전」를 제외하고는 모두 작가가 밝혀진 작품이다. 물론 작가 시비가 있는 작품도 있지만 작가의 내재적 의식체계를 살피는 데는 무리가 없을 것으로 보인다. 구체적인 방법론으로 위에서 언급했듯, '환상성'이 작가의 의도 하에 표출된 문학적 장치로서 주제의식과 맞닿아 있다는 점에 착안해 주제의식을 살펴보고 이에 따른 작가의 체계를 유추해 보는 것이다.

1. 욕망과 세계와의 갈등 해소를 위한 작가 의식체계

1) 「조신전」의 일연

먼저 「조신전」의 경우다. 일연의 『삼국유사』 '탑상' 편에 실린 「조신전」에서 찾아지는 환상성은 초월적 시간과 현실적 공간의 충격적 기법을 통해 '욕망=헛된 것'이라는 인생무상을 보여 주고 종교적 깨달음으로의 귀결을 타당화시켜 낸 장치다. 꿈을 꾸기 전 사랑하는 여인과의 결혼을 강렬히 원했으나 이루지 못한 현실의 욕망이 몽중세계에서는 완전히 충족되게 된다. 그러나 그렇게 원했던 사랑하는 사람과의 결혼생활이 가난고로 고통 받고 큰아들은 배가 고파 죽음에 이르는 등 그야말로 처참한 모습을 이어간다. 이러한 처참함은 세속적 욕망을 강하게 느꼈을수록 대비적 성향을 띠게 되는데, 궁극적으로 제시될 '새로운 인식'으로의 안착을 효과적으로 이루게 한다. 결국 꿈을 깬 후 머리가 세어 버린 자신의 모습을 발견하고 충격에 쌓인 조신은 큰아들을 묻었던 자리에서 '돌미륵'을 발견하게 된다. 그리고 세상의 이치를 깨닫는 새로운 인식에 눈을 뜬다. 즉 세속적 욕망은 허망하다는 불교적 '幻'을 이끌어 낸 것이다. 이것은 「조신전」이 『삼국유사』 '기이' 편에 실리지 않고 '탑상' 편에 실린 연유이기도 하다. 다시 말해 일연은 「조신전」을 기이한 이야기에 넣지 않고 '탑상' 편에 넣어 정토사의 건립과 조신의 불교 귀의를 인과적으로 형상화해 낸 것이다. 따라서 「조신전」은 승려 일언이 포교를 위해 쓴 작품으로 해석되는데 일연의 문학적 역량이 유감없이 발휘된 작품이다.

한편 「조신전」에서는 당대의 관점에 비춰 '불가능한 상황이 존재한다'는 현실을 인식한 작가의 인식이 두드러진다. 이는 「조신전」이 현실적으로 불가능한 상황을 비로소 '꿈'을 통해 해소한다는 '꿈'의 수용에서 설명

된다.

기존의 신성성이 유지되던 신화시대에는 주인공이 초월적인 능력을 가지고 뜻한 바를 모두 이뤄낼 수 있어 소망충족이라는 공간 설정이 따로 필요치 않았으나, 신화시대가 끝이 나고 작가의 의식이 현실화되면서 문학적 제재를 현실에서 취해야 했고, 그러다 보니 그만큼 불가능한 상황이 많아졌음은 두말할 나위가 없다. 작가는 이 불가능한 상황을 타개할 무엇인가가 절실했고, 이 대리기능을 바로 '꿈'이라는 장치가 실현시켜 주게 되는 것이다. 결국 '꿈'은 현실에서 소재를 찾다보니 현실을 그대로 드러내지 못할 경우나, 불가능한 상황을 대리 충족시켜주는 하나의 장치로 대두된 셈이다. 그렇다면 '꿈'이라는 환상적 공간은 작가의 현실적 인식으로 비롯된 것이고, 작품의 개연성을 높이는 인과적 장치인 것이다.

2) 『금오신화』의 김시습

『금오신화』의 환상성은 귀신과의 사랑을 다루는 「이생규장전」·「만복사저포기」·「취유부벽정기」와 '꿈'을 통해 이계를 진입하는 「용궁부연록」·「남염부주지」로 요약된다. 이들 작품 공히 현실에서 이룰 수 없는 체험을 다룬 것이고, 이 환상적 체험을 한 작중인물들은 하나같이 죽거나 후일을 알지 못한다는 열린 구조로 끝을 맺는다. 그러나 이 환상성은 작품 속에서 단순한 환상지향적이기보다 현실의 모습을 암묵적으로 드러내며, 이에 대한 비판을 담아내는 몸짓으로 현실에 대한 체제 전복적이고 나르시시적인 작가의 내면의식이 그대로 반추된다.

「이생규장전」에서의 이생과 최랑은 그 둘의 못다한 사랑을 위해 치열하게 저항한다. ①부모님의 반대 ②난리로 인한 최랑의 죽음 ③삶과 죽음을 가르는 冥府의 법칙이 이 둘의 사랑을 방해하는 시련으로, ①의 시련의 근간에는 당대의 모순된 신분구조를 우회적으로 드러낸다. 텍스트에는 여인 최랑의 적극적인 의지로 시련을 극복하나 현실적으로는 감히 꿈꿀 수조차 없는 체제 전복적 사고를 수반하고 있다. ②의 시련은 홍건적의 난을 통한 최랑의 '죽음'으로 이 역시 시련의 기저에는 당대에 발생했던 '잦은 전란'의 그대로 나타난다. 그러나 사랑을 잊지못해 찾아온 귀신 최랑의 등장이라는 환상성 재현을 통해 역시 시련은 해결된다. ③은 인간의 한계로는 뛰어 넘을 수 없는 生死가 분명한 이승과 저승의 경계에 대한 시련이다. 그러나 역시 이생은 '죽음'이라는 '초월적'이고 한편으로는 '극단적'인 방법으로 그 한계를 또 과감히 뛰어 넘는다. 이 장면은 「취유부벽정기」의 홍생의 모습과 닮아 있다. 선녀 기씨녀를 잊지못해 병이 들고, 결국 그녀를 따라 죽음을 선택하는 홍생의 죽음과 이생의 죽음의 원인이 같은 선상에 있기 때문이다. 이들의 죽음은 단순한 죽음이 아닌 살아서 이루지 못할 사랑을 천상에서 이루겠다는 의지의 산물로, 죽음은 또 하나의 아름다운 만남을 위한 예비된 전주곡이며 독자로 하여금 소멸의 아름다움을 느끼게 한다. 「만복사저포기」에서도 조실부모하고 장가도 들지 못한 채 만복사에서 불우하게 살아가는 양생을 통해 자질을 지녔음에도 과거에 등용되지 못하는 모순적 현실을 드러내면서 역시 불우함을 귀신과의 사랑이라는 환상성으로 풀어낸다.

『금오신화』는 세 편 모두 이야기의 흐름상 귀신과의 사랑 설정이라는 무리수를 두었음에도 기이하다는 생각에 잊서 낭만적이고 신비적 색채가 강하게 풍긴다. 이러한 색채 속에는 유불도 3교사상이 융합되면서 발하는 환상성이기도 하다. 그러나 작가는 이 환상성 속에 허구적 대리인인 '이생', '홍생', '양생'을 통해 자신들의 사랑을 좌절시키려는 주변과 세계, 즉 현실적으로는 뛰어 넘을 수 없는 현실의 횡포와 모순 속에서 저항하는 모습을 보여준다. 그러나 결국 이생과 홍생은 죽음으로, 양생은 지리산으로 들어가 후일을 알지 못하는 것으로 막을 내린다. 이러한 결말은 김시습의 짙은 절망의식을 담아내는 것으로 모순된 현실을 초월하고자 하지만 두터운 현실의 벽을 실감하고는 산산이 깨어져 돌아오는 모습으로 독자에게 이미지화 된다.

꿈속에서나마 그가 갖고 있는 초월의식을 풀어 헤쳐 보고자 했던 김시습은 그런 연유로 그가 언급했듯 인간 세상에서는 볼 수 없었던 책『금오신화』를 창작했을 것이고[198] 결말 역시 비극적이고 은둔적 색채이다.

환상성 재현의 방법에서 세 작품과 이질적인 「남염부주지」와 「용궁부연록」은 꿈을 통해 이계를 진입하게 되는데, 「남염부주지」에서 '염부주'는 작자 김시습이 갖고 있는 음양오행과 귀신설 등 해박한 지식과 함께 현실에 대한 비판적 칼날을 과감히 세우며 염왕과의 문답을 통해 자신이 옳음을 이끌어 내고 후일 '염부주'를 이끌 차세대 주자임을 극명하게 보여준다. 이 역시 그야말로 체제 전복적이고 거침없는 직접적 화법이라 하겠다. 다만 「남염부주지」에서 말하듯 유교적 인식이 강하던 그가 귀신을 부정하면서도 귀신을 소재로 한 기이한 작품들을 썼음은 아이러니 하다. 이는 그가 극복하고자 하는 현실이 결코 현실에서 이루어질 수 없다는 절망적인 한계인식으로 귀신을 끌어왔으리라는 유추와 함께, 유자이지만 도교에도 심취했었던 그이기에 초월적 색채로서 현실에 대한 일탈을 꿈꾸었을 것으로 보인다. 「용궁부연록」에서도 한생으로 등장한 몽유자는 용궁으로 가서 자신의 기량을 맘껏 발휘하고 그에 합당한 극찬과 함께 인정을 얻고 돌아온다는 이야기다. '한생'과 '홍생' 역시 작가 김시습의 허구적 대리인

---

198)『매월당집』권6, 「題金鰲新話」, "閑著人間不見書"

으로서, 이 역시 이상과 현실의 모순 속에 심각한 갈등을 겪으며 소외와 고독으로 일관했던 김시습이 제대로 평가받지 못한 자신의 능력과 가치를 절대 평가하는 모습 속에서 작가 김시습의 나르시스즘적 면모를 보인다. 자신 스스로가 사회와 담을 쌓고 자신만의 세계를 구축했던 김시습 그에게도 자신의 능력을 알리고 싶은 욕망은 본능적이었을 것이었으나 현실에서 이뤄질 수 질 수 없음에 대한 안타까움으로 김시습 그는 대안으로 『금오신화』를 창작한 것이고 이를 통해 그는 일시적이나마 위안을 얻을 수 있었을 것이다.

3) 「안빙몽유록」의 신광한

몽유록 초기작으로 인정되는 「안빙」에서 몽유자로 등장하는 안빙은 입몽 전의 서사구조를 통해 과거에 낙방한 쓰라린 경험을 안고 자신만의 공간인 별장을 두고 사회와는 거리를 두고 살아가는 방외인형의 인물이다. 이러한 안빙의 모습은 사실 또 신광한(1484~1555)과 동일한 모습이다.

1484년에 태어나 1555년인 명종 10년 72세의 일생을 마친 기재 신광한은 4대사화(四大士禍)가 일어난 정치적 혼란기의 정점에 서 있었던 인물로 부침을 거듭했었던 인물이다. 따라서 이 작품은 '안빙' 이라는 허구적 대리인의 관찰자적 시점을 통하여 그가 정치일선에서 바라본 당대의 정치현실을 우회적으로 표현한 작품이라는 해석이 가능할 것으로 보인다. 4대 사화의 정점에 서 있있던 그가 영성과 퇴락을 거듭하며 보내다 은둔기에 자신의 의사가 전달되지 않는 사회현실에 대한 갈등, 당시의 사회와 합일할 수 없는 방외인으로서 취할 수밖에 없는 고립감은 이상향을 꿈꾸게 하고, 이에 대한 해소창구로서 꿈은 갈등의 해결장소로 제공되고 있다.

기존의 논의에서는 「안빙」의 주제를 인생무상으로보거나[199], 작품의 초점을 미인의 읍소에만 맞춰 "시비가 분명히 밝혀지지 않은 불확실한 사유에 희생되어 오랫동안 냉대와 차별을 받게 되는 인간사회의 부조리를 우의한 것"[200]이라거나, 선비로서의 몸가짐과 독서정신을 권장한 것으로 보기도 했다. 그러나 이러한 설명만으로 「안빙」의 의미를 파악하기에는 미흡한 면이 있고, 이는 본 작품이 지니고 있는 몽중세계의 구체적인 성격 내지 의미를 제대로 규명하지 않음에 따른 것으로 생각된다. 그러므로 이에 대한 해명을 위해 몽중세계에 대한 심층적 고찰이 우선돼야 할 것으로 보인다. 이는 역사적 사실과 그것에 대응하는 작자의 현실인식, 그리고 이것들을 하나로 이어주는 당대 상황문맥 등을 파악하여 작품 의미를 산출해야 한다는 신해진의 관점에 동의하는 것이기도 하다.[201]

신광한의 「안빙」은 '화원국'이라는 환상적인 이계의 방문을 통해 현실과는 구별되어지는 생소한 세계를 경험케 하고 있다. '화원왕국'의 독보적인 특징은 무엇보다 거리낌없이 감정을 표출하고, 여왕 역시 일관성을 갖기보다 그때그때의 상황에 따라 판단의 기준이 다르게 적용되는 비일관적 모습을 보인다. 또 등장인물들의 하고 싶은 말을 그대로 표출하는 언로의 개방은 당시의 상황에 비추어 이질감이 느껴질 만큼 이상적 세계를 구축한다 할 수 있겠다. 그러나 Ⅲ장에서 이미 살펴보았듯 작중인물의 갈등 양상으로 고찰해 본 「안빙」의 화원국 이면은 환상 속에 감추어둔 정치현실의 모순과 당시 지배세력의 갈등의 양상을 여실히 꼬집고 있어 현실의 모습을 생성시켜 내고 있다. 따라서 '화원국'이라는 환상계는 단순한 비현실성으로 환치되는 것이 아니라 현실모순을 드러내는 문제의식의 차원

---

199) 김기동, 『한국고전소설연구』, 교학연구사, 1983, p.112.
200) 차용주, 『몽유록계 구조의 분석적 연구』, 창학사, 1979. p.148.
201) 신해진, 앞의 책, p.64.

에서 현실세계의 연장 위에 놓이며, 현실문제를 간접적 또는 역설적으로 제시해 주고 있어 「몽유록」의 전형적인 작품이라 할 수 있다.

이와 같이 신광한의 「안빙」속 화원국의 공간은 당시의 모순된 정치현실을 그대로 투영해 낸 공간으로 당시의 정치현실에 대한 강한 '대립감'이 느껴지는 공간으로서의 기능을 하고 있는 것이다. 그러나 각몽 후 독서에만 전념하는 '안빙'의 모습을 통해 부조리한 현실을 고발하기는 하되, 더 이상 그 곳에 발을 담지 않겠다는 지식인의 냉소의식이 담겨있는 것으로 풀이할 수 있어 『금오신화』의 '한생'이나 '박생'의 모습과 많이 닮아 있음을 발견하게 된다.

즉, 「안빙」의 서두와 결말에서 작중인물인 안빙이 불만족스러운 정치현실에서 적극적인 의사소통을 원치 않고, 오히려 현실과는 동떨어진 자신만의 세계를 구축하며 현실과는 격리되고 소외된 그 속에 몰입하려는 소극적 인물유형을 발견할 수 있는데 이는 『금오신화』의 주인공들이 시를 읊조리거나 달밤에 혼자 독백의 화술을 구사하는 모습과 일맥상통한다는 점이다. 또 남산에 자기만의 공간을 두고 화원을 가꾸고 시를 읊조리는 모습으로 하루를 소일하는 안빙의 모습은 현실의 모습에서 좌절하거나 방외인적 삶의 모습을 표상하는 것으로, '고독한 존재들'이라는 점에서 공통분모를 갖고 있다.[202] 물론 「안빙몽유록」의 안빙은 『금오신화』의 속 다른

---

202) 『금오신화』중 「이생규장전」·「만복사저포기」·「취유부벽정기」에서 작중인물이 鬼女인 상대에게 쉽게 애정을 느끼고, 귀신임을 알고도 그녀를 잊지 못하는 모습은 이성적이라고 보기 어렵다. 「만복사저포기」의 양생이 불좌 밑에서 숨어있다가 축원문을 바친 여인을 보고 갑자기 뛰쳐나와 말을 건넨다든가, 「이생규장전」에서 이생의 최씨녀의 시를 듣고 머뭇거림없이 바로 답신하는 모습, 「취유부벽정기」에서 홍생이 홀로 흥취에 젖어 시를 짓고, 눈물을 흘리는 모습에서 이러한 일면은 찾아진다.
이에 대해서는 박희병은 앞의 책 『한국전기소설의 미학』(돌베게, 1997)을 통해 감성적인 인간형을 전기소설의 전형적인 인간상으로서 해석한 바 있다.

주인공들에 비해 이성적인 편이다. 괘안국의 이야기를 괴이하다고 느끼는 모습 등 비현실을 인정하지 않는 유학자의 모습을 쉽게 읽어낼 수 있다. 그러나 안빙 역시 현실에 대한 갈등의 폭이 컸던 인물이었고 그에 대한 욕구의 타개책으로 만들어 낸 것이 화원국이라고 보았을때 이성과 감성이 교묘히 교차하는 모습을 발견할 수 있다. 순우분의 이야기를 믿지 않으려는 모습에서 비현실을 인정치 않으려는 이성과 '화원국'이라는 새로운 세계를 동경하는 감성적인 모습이 교차되는 안빙을 보며 현실과 이상의 괴리에서 느끼는 방황하는 지식인의 모습을 쉽게 확인해 볼 수 있음이다.

4) 「원생몽유록」의 임제

「원생」은 물론 텍스트만으로는 배경과 등장인물의 신분이 밝혀지지 않기 때문에 그들이 누구를 말함인지는 분명히 말하기 어렵다. 다만 작자와 작품과의 관계를 조망해 볼 때, 작가가 닫혀진 세상에 대해 이야기 할 열린 창구가 필요하다면, 이 창구의 역할은 당연히 '작품'이 하는 것이고, 작품은 현실에 대한 작자의 의식을 소통하는 비상구의 역할을 하는 것이다. 작가가 임제, 임호 설 등 분분하지만 이들 모두 '세조 왕위찬탈'이라는 역사적 사실에 비분하는 지사형 실존인물이고 보면, 이에 대한 토로의 공간이 어떤 식으로든 필요했을 것으로 보인다. 이것이 「원생」의 꿈 속 체험으로 형상화되었다는데 반론의 여지는 없다. 전 봉건시대의 성군 요·순·탕·무의 네 성군이 선양을 빙자해서 찬탈의 선례를 역사에 남겼다고 적시하는 발언에서 이 역사적 사실이 기실은 단종을 치고 체제전복을 시도한 '세조찬탈'의 우의적 표현임은 두말할 나위 없다.

따라서 의리를 아는 강개한 선비로 불의한 세상에 원망을 품고 있던 원자허가 몽유를 통해 진입한 세계는 '몹쓸 신하들이 어진 임금을 치고도 요

·순·탕·무를 빙자하여 자신들의 행동을 정당화하는' 부조리한 현실을 들춰내며 울분으로 가득 차 암울하고 참담한 분위기를 보인다.

결말인 각몽 후에서도 원자허의 꿈 얘기를 들은 해월거사 역시 "우주는 막막한데 한갓 뜻있는 선비의 슬픔을 자아낸다."[203]고 하늘에 대해 원망하며 비극적인 분위기를 이어간다. 이 또한 작자의 심리를 드러내는 것이다. 꿈속에서 부조리한 현실을 우의적으로 비판해 보지만 귀환한 현실은 미동도 하지 않는 암담한 세계이고, 결국 하늘에 대한 원망은 현실을 초월하지 못한다는 작가의 우울한 세계관이 스며들어 있는 것이다.

그러나 '세조왕위찬탈' 이라는 역사적 사실 자체가 금기로 다뤄졌던 당시의 정황에 비춰 보건데, 이러한 '꿈' 이라는 매개적 장치를 사용해 이를 문학적으로 수용해 내는 작가의식은 '현실고발' 이라는 강경한 의지로 표현될 수 있을 것이다.

5) 작자미상의 「운영전」

「운영전」을 통해 작가가 의도했던 것은 무엇이었을까? 「운영전」의 작가 역시 현실에 대한 암울한 모습을 그대로 담아내고자 했었던 것으로 보인다. 그에 대한 방법론으로 작가는 두 남녀의 비극적 사랑을 표현했다. 이 둘의 사랑은 죽음 외로는 다른 대안이 존재하지 않을 만큼의 절망적인 중세 사회의 봉건적이고 불평등한 신분제도의 모순을 극명하게 보여 준다. 또 여기에 인격체라기보다 감정까지를 서당집히며 살아야 했던 비인격적인 궁녀 운영의 모습을 통해 비틀리고 부조리한 신분제도의 모순을 중첩하여 그 암울함을 배가시켰다.

---

203) 「원생몽유록」, "宇宙悠悠, 徒增志士之悲也."

또 작자는 이 중세 봉건의 차단되고 폐쇄적인 현실의 모습을 그대로 '수성궁' 과 '안평대군' 에 대입시켜 문학적 형상화를 이뤄 내고 있다.

까마득히 높고 아득한 그리고 맑은 안개가 항상 둘러 있어 아침·저녁으로 고운 자태를 자랑하는 별유천지승지인 '수성궁' 은 겉모습만 보아서는 무릉도원이다. 그러나 작품을 읽어 갈수록 '수성궁' 은 안평대군이라는 한 인간의 지휘 하에 오직 차가운 지식만이 존재하며, 규제 속에서 일체의 감정의 표현이 차단된 일종의 절름발이 무릉도원임을 깨닫게 한다. 여기서 작가는 겉으로만 보아서 무릉도원같은 수성궁을 당대의 가시적인 현실의 모습으로 투영한 것이고, 일체의 감정을 차단시킨 채 이 수성궁에 군림하는 안평대군의 모습은 중세사회의 모순된 사회의 가려진 두 얼굴로 투영한 것임을 알 수 있다. 이 높고 아득한 높이의 수성궁에서 작가는 그러나 남녀의 사랑을 싹틔운다. 이는 '인간의 본능을 막을 수는 없다' 는 작가의 의도적 메시지로 풀이된다. 온기 없는 이 수성궁에서 싹트는 두 남녀의 사랑은 그러니만큼 위태하고, 비극적으로 끝날 수밖에 없다. 이 모순에서 벗어나 사랑을 선택하기 위해 '도망' 을 꿈꾸며 저항하는 운영은 결국 발각이 되고, 이에 죽음으로써 후일을 기약한다. 김진사 역시 사랑하는 여인을 따라 같이 죽는다. 모순된 현실과 비극적 사랑이 교차하며 비감을 자아내는 장면이다. 현실은 역시 절망적이며 대안이 없는 불모지임을 작가는 여실히 보여준다. 그리고 여기서의 '죽음' 은 『금오신화』의 홍생, 이생의 죽음과도 일치한다. 움직일 수 없는 거대한 현실을 다시 한 번 실감한 후 느끼는 이중의 좌절감을 또 한번 느끼게 한다.

그러나 「운영전」은 『금오신화』와는 다른 새로운 가능성을 모색하고 있다. 바로 '환상성' 의 효과를 통해 비극적 주인공이던 이들이 알고 보니 하늘나라 선녀였다는 사실을 드러낸다. 이로 인해 두 사람의 비극적 사랑은 비로소 절망감이라는 비극을 벗어 던지게 되고 오히려 슬프지만 아름답다는 미감을 자극하는 효과를 자아낸다. 이 역시 작가의 의도적인 반전이리라 생각되는데, 암울한 현실 속에서 찾아내는 한줄기 빛처럼 작가는 현실에서 숨통 찾기를 원했던 것 같다. 그러기 위해 작품에 '환상성'을 끌어와 절박한 현실을 벗어 내는 방법론으로 도교적 색채를 수용한 듯하다. 이때 도교적 색채는 주로 실재의 현실에서는 이룰 수 없지만 가능성조차 부인하기 싫은 경우 꿈꾸는 유일한 출구역할을 하는 경우가 많다.

궁극적으로 작가의 현실에 대한 인식은 모순되고 불평등하다. 그러나 작가는 이 암울한 현실을 그대로 재현하기보다 현실에서 찾아지는 절망감을 아름답게 윤색시키고 싶었던 것이다. 그러다보니 작가는 현실에서 불가능한 도교적 환상성을 가미했음이다. 이는 작가 자신을 위한 것일 수도 있고 독자를 위한 것일 수도 있다. 절망스러운 현실에 대해 의도적으로 거부하는 몸부림일 수도 있지만, 이 속에서 작가는 새로운 소통 출구를 발견하기 때문이기도 하다. 그리고 이는 작가, 독자 모두에게 통용되는 모순 해소의 대안이 된다.

6) 김만중의 「구운몽」

「구운몽」은 성진과 양소유를 통해 상반되는 두 삶의 지향을 대비시키면서 불교와 유교가 갖는 상반성을 병립적인 구조로 극명하게 보여준다. 따라서 두 세계 중 어니에 무게를 두는지에 대한 독자의 판단에 따라 「구운몽」은 불교적 의미로도 읽히고 유교적 의미로도 읽힐 수 있다. 불승인 성진의 모습을 통해 재현되는 세계는 '현실=헛되다'는 '환'의 의미를 형상화한 세계로 탈속적인 초월의 삶을 제시하려 했던 것이고, 유자인 양소유라는 인물을 통해서는 유자가 추구하는 입신양명과 부귀공명이 갖는 유토피아적 삶을 제시하고 있다. 그리고 이 둘의 삶의 모습 배면에 용해된 도교적 색채는 그 각각의 종교가 추구하는 이상적인 아름다움을 극대화하고 있다.

이처럼 이 두 종교의 모습은 마치 동전의 앞 뒤면과 같아 어느 쪽이 앞면이고 뒷면인지의 우위를 구분할 수 없고, 이는 또 마치 각각의 세계가 현실과 꿈이라는 시공간성 속에서 나름의 세계를 각각 긍정하기도 하면서 부정하기도 한다.

물론, 작품은 성진과 팔 선녀의 '불교에의 귀의'라는 것으로 막을 내린다. 그러나 「구운몽」에서 표출되는 사상성이 단순하지 않음이듯, 이러한 해석은 불교적 성향만은 아니라고 해석할 수 있다. 즉, 이는 모든 종교가 지향하는 보편적인 성향일 수 있다. 현세의 삶이 허망하다는 관념은 종교 일반에 공통된 현상이며,[204] 또 대부분의 사람들은 물질적 삶보다 정신적 삶이 더 가치 있고, 따라서 그런 삶을 살아야 한다는 생각을 하고 있기 때문이다.

그렇다면 이러한 모습은 자신이 갖고 있는 지식체계와 당대 사회의 일반적 지식체계와의 불일치에 따른 것으로 해석할 수 있다. 그리고 이 해석은 김만중 당대의 현실 속에서 찾아진 답이다.

김만중(1637~169)이 태어난 때는 유득 당쟁이 극심했던 시대로 28세에 문과에 장원 급제한 이후 대사간·도승지·대제학·대사헌·의금부판사까지 요직을 두루 역임하지만, 거듭 유배를 가게 되고, 유배 중 어머니 윤씨 부인 마저 시름 속에 사망하는데 서포는 유배지의 병상에서 장례마저 못

---

204) 기독교 역시 현세의 삶은 일시적이고 비본질적인 것이니 예수를 통해 내세의 영생을 구하라고 하듯이, 대부분의 종교가 내세우는 내세에서의 구원이나 영생의 약속은 기본적으로 현세의 삶이 허망하다는 인식을 전제하고 있다.

치르고 통곡하다가 결국 56세로 일생을 마치게 된다. 이렇듯 공명과 퇴락의 인생을 반복했던 김만중은 유배살이 과정에서 학정과 빈궁에 시달리는 백성들의 고통과 당대의 모순된 현실의 실체분명히 알게 되었으며 동시에 그가 인생의 영화부귀와 이것이 다했을 때 오는 허무감을 다 맛았을 것이다. 「구운몽」은 그의 이러한 인생의 축소판이라 할 만큼 닮아있다. 따라서 「구운몽」에는 그의 인생이 담아 있고 그가 살아 온 인생의 의미가 고스란히 담겨져 있다고 볼 수 있다.

물론 「구운몽」의 창작동기가 사상이나 소신의 피력을 위한 집착 때문이 아니라 홀로 계신 모친의 심심파적에 놓여져 있었음은 널리 알려진 대로이다.[205] 그러나 이 일차적인 이유 외로도 앞서 언급했듯 인생에서의 영욕과 퇴락을 거듭 하면서 진정한 삶의 의미가 무엇인지를 성찰했던 것으로 보인다. 그 결과 그는 「구운몽」을 통해 불교와 유교를 긍정하는 한편 부정하는 모습을 보이는데 이는 인생의 의미를 편협한 종교성에서 찾는다기보다 독자에게 진정한 삶의 의미를 심사숙고하게 하기 위함이라 보여진다. 즉 선택 가능한 삶의 두 지향만 제시하고 독자들이 속물적 세속주의나 값싼 탈속주의로 쉽게 빠져들지 못하게 하는 한편 독자로 하여금 자신의 삶을 진지하고 심각하게 반성하게 하는 것으로 최종 선택은 독자들의 몫으로 남겨 놓은 연유일 것이다.

7) 작자미상의 「황릉몽환기」

「황릉몽환기」는 역사적 인물들인 이비, 태사, 정씨 그리고 몽유자 등이

---

205) 西浦年譜. 丁卯 府君五十一歲……旣到配 値尹夫人生朝 有詩曰 遙想北堂思子淚 半緣死別半生
離 又著書寄送.

한자리에 앉아 지극히 인간적인 비애를 털어 놓는다는 구성으로 환상성이 강하다기 보다 오히려 사실적이고 대중적인 모습을 띤다. 이는 기존의 작가인식과는 성격이 다른 현실인식으로, 소설이 갖는 주제의식의 변화를 실감하게 한다. 그간의 작품들에서 나타나는 주제의식이 주로 사회적 현실에 대한 불만을 해소하거나 투영하는 시대적 산물이었다면 「황릉몽환기」는 작가의 관심사가 개인사의 비애를 다루는데 초점이 맞춰져 있어 서사적인 담론으로서의 시대 반영물적 성격이라기보다 보편지향적 인간의 정서를 추구하는 서정적 산물로 변화하는 모습을 보여주기 때문이다. 이같은 주제의 변화 추세는 Ⅱ장에서 언급했듯 18~19세기 당시 고전문학사에 일고 있는 변화 모습을 보여주는 양상이기도 한데, 이는 여성 독자층을 흡수하려고 했던 작가의 의도적이고 의식적인 개입을 보여주는 사례로 작가는 여성 인물을 작품의 전면에 등장시키고 당대의 여성들이 갖는 불평 불만에 대한 목소리를 주시하고 있다 그만큼 여성 독자층이 세를 형성하고 있음을 묵시적으로 보여주는 예이기도 하다.

그렇다면 「황릉몽환기」를 통해 작가는 무엇을 말하려 했음인가? 작가는 작품을 통해 크게 작중인물들인 여인들이 갖는 현실에 대한 불만적 목소리를 담아내는데, 이는 한편으로 작가가 당시의 지배적 독자였던 여성의 취향에 민감하게 반응하는 모습으로 독자의 중요성을 인식하는 작가의 의식변화를 느끼게 한다.

이비와 정씨, 태사 이 여인들의 불만의 핵심은 모두 알고 보면 세인들의 평가와는 달리 기구한 그들의 사정을 갖고 있다며 자신들의 입장과 속내 사정을 털어놓고 신세한탄을 한다. 그러나 역시 일생일사와 화복수요(禍福壽夭)는 성인도 어쩔 수 없는 것이니, 어진 행실과 효절이 드러나 후세에 모범이 된다면, 한이 없는 삶이 아니겠느냐는 원론적인 이야기로 서로를 위안한다.

　한편 이비의 폄하에 이비의 저간 사정과 신세한탄을 듣던 몽유자 계암 역시 자신 또한 비운의 사람이라며 자신의 신세를 털어 놓고 이비에게 자신을 써 달라고 부탁하는 모습에서 지금까지의 은둔지향적 '고고한 선비형'과는 확실히 다른 모습을 보이는데, 기존의 몽유록에서 몽유자들은 꿈속의 공간에서 사회를 비판하거나, 또는 자신의 재능이 인정되는 환상적 공간을 구현해 내지만, 결국 현실과 타협할 수 없는 한계의식을 절감하고, 세상과 절연하는 모습이 지배적인데 반해, 「황릉몽환기」에서의 계암의 적극성은 상당 폭의 인물의 변화를 실감케 한다. 자신의 재능이 썩혀짐이 아깝고, 자신의 재능을 발할 시기와 기회가 주어진다면 그것을 잡고자 감히 부탁하는 모습에서 어찌 보면 전대의 몽유자들에 비해 자신들의 願望에 충실한, 그래서 '적극적 인물형'이라 할 만큼 변화가능성을 추구하는 현실지향형 인물로 기존의 막연한 이상추구형과는 본질적으로 다르다. 이 또한 조선후기 평민의식의 성정과 경제력 등의 향상, 실용위주의 사고방식 등에 의한 사회적 저변요소들을 통한 신분제 동요의 인식이 작품에 반영된 것이 아닌가 한다. 결국 몽유자는 꿈속의 공간을 통해 대립성향보다는 순응형, 즉 화해의 손길을 내미는 출세지향형의 원망을 가진 인간적인 모습을 보여준다. 그러나 이비에게 자신의 재능을 풀어 쓸 기회를 부탁하지만, 이비의 '때를 기다리고 저덕행인하라'는 말에 실망하며 돌아서는 길에 만난 징씨가 '효절을 지기니 한이 없더라'는 말을 통해 결국 '효절을 덕으로 삼으면 세인의 평가에 상관없이 자신은 원없는 인생을 살 것이다'는 자기 위로의 지혜를 터득하고 삶의 방향을 결정하게 된다. 다시 말해 「황릉몽환기」는 보편적이고 대중적인 사건전개를 통해 당대의 독자가 갖는 소설적 취향을 그대로 보여주며, 독자의 중요성을 인식하는 문학으로의 변이양상을 분명히 보여주는 작품이다.

이와 같이 작가는 문학을 통해 작가가 갖는 현실에 대한 작가의 의식을 투영한다. 그리고 이러한 작가의 의식을 독자가 보다 확실히 인지하게 하기 위한 문학적 효과를 장치하는데, 이것이 바로 '환상성'이라는 매개물이다.

환상성은 이미 언급했듯, 독자 또는 작중인물이 갖는 주저함으로 이 주저함이 강할수록 작품구성은 팽팽해지며 새로운 결론, 즉 작중인물에게 부여되는 '새로운 인식'으로 전환되는데, 이 새로운 전환을 독자에게도 작중인물에게도 무리 없이 안착하게 하는 인과적 방법이 바로 '환상성'인 것이다.

실제로 지금까지 본고가 고찰한 11편의 작품 모두에 '환상성'이 재현됨을 인식할 수 있는데 이 환상성 끝자락에 주인공의 운명이 변화되고 자신의 지향 길을 모색하게 될 결정적인 '새로운 인식'이 이끌어 짐을 알 수 있다. '각몽 후'의 인물의 변화를 작품별로 살펴보면 「참조 1」과 같다.

「참조 1」 각몽 후의 몽유자의 인식 변화

1) 「조신전」 – 조신은 인생무상을 깨닫고 불교에 귀의.

2) 「만복사저포기」 – 지리산으로 잠적.

3) 「이생규장전」 – 죽은 아내를 따라 죽음.

4) 「취유부벽정기」 – 사랑하는 여인을 따라 죽음.

5) 「남염부주지」 – 꿈을 깬 후 얼마되지 않아 죽음.

6) 「용궁부연록」 – 명리를 버리고 입산.

7) 「안빙몽유록」 – 화원에 칩거하고 세상과 등짐.

8) 「원생몽유록」 – 충신과 임금의 죽음에 하늘을 원망한다.

9) 「운영전」 – 명산을 찾아다니다 마친바를 알수 없다.

10) 「구운몽」 – 인생무상을 깨닫고 불교에 귀의.

11) 「황릉몽환기」 – 세상 유람에 뜻이 없어짐.

　위 「참조 1」을 통해 얻을 수 있는 결론은 두 가지인데, 첫째는 주인공의 의식 변화이고, 두 번째는 작품 모두 결말이 비극적이라는 점이다. 텍스트의 대상 모두 주인공이 '꿈'을 통해 환상성을 체험하고 각몽 후 현실로 돌아와서는 주인공 모두 '죽음' 또는 현실을 떠나 '종적을 감춘다'는 비극적 색채로 마무리되고 있다. 이러한 비극적 색채는 꿈이라는 환상 체험을 성공리에 끝마친 후 주인공이 느끼는 '새로운 인식'에 따른 것으로 이는 '현실'과 '꿈'의 요원한 거리를 실감했기 때문일 수도 있고 '절대 이뤄질 수 없다'는 거대한 현실의 벽을 실감했기 때문일 수도 있다. 이러한 주인공의 새로운 인식을 교감한 독자에게 비극은 강한 자극으로 다가오게 하는데, 작품 속에서 재현된 '환상성'을 통한 쾌감의 감도가 강할수록 현실과의 거리는 현격한 정서적 거리로 다가오기 마련이고 현실에 대한 욕망이 강할수록 '환상성'은 초현실을 구체화 시키며 이상향적인 모습을 띠게 된다. 따라서 현실로 돌아와서 느끼는 현실과의 괴리감은 비관적이게 되고 이는 주인공의 운명의 지침을 돌려놓기에 충분하다. 작가는 이를 통해 모순되고 갈등의 골이 깊은 현실의 모습을 역설적이게도 한층 부각시키는 문학적 깊이를 담아내고 있는 것이다. 따라서 '환상성'은 작가의 주제의식을 담아내기 위한 의도적 장치물이라는 점을 명백히 할 수 있다.

2. 욕망과 세계와의 보상 심리를 위한 독자 의식체계

고전 소설은 중세 문학 가운데서 상업적 출판 유통을 통해 대중화를 이룬 유일한 장르다. 또 방각본 출판이라는 상업적 유통과정을 통해 남녀와 신분을 뛰어 넘는 넓은 독자층을 확보하면서 대중적 장르로 성립되었다. 굳건한 신분제 차별이라는 중세 사회 속에서 고전 소설이 이러한 기능을 담당해 올 수 있었던 것은 그만큼 독자의 욕구를 충족시켰다는 말로도 설명할 수 있다.

이러한 독자층의 형성은 15~16세기까지만 해도 작가나 작품이 그랬듯이 독자 또한 많지 않았던 것으로 보인다. 문헌에 구체적으로 나타나는 이 시대의 소설 독자는 김시습과 이황으로 김시습이 『전등신화』를 읽었고, 이황이 『금오신화』를 읽었던[206] 정도로 파악되는데,[207] 독자층은 주로 양반 남성이었던 것으로 보인다.

독자층의 확대는 고려 후기부터 나오기 시작한 패설집이 크게 성행하면서로 보이는데 조선 성종 무렵에는 특히 많이 쏟아져 나왔고 중국의 『태평광기』 같은 중국의 패설집은 크게 성행하면서 독자층의 확대를 가져오는 역할을 하는데 조선 후기의 소설에 대한 인식의 변화도 이에 큰 몫을 한다.

대체로 이 책(삼국지연의)이 처음 나오자 주상께서 우연히 말씀하신 것인데, 고봉이 아뢰었으니 체통을 얻었다고 할 수 있겠다. 오늘날 이 책

---

206) 김시습, 『梅月堂集』, 「題金鰲新話後」.
　　　이황, 『退溪先生文集』33, 「答許美叔」.
207) 김일렬, 『고전소설신론』, 새문사, 1994, p.49.

이 널리 인출되어 집집마다 통독되어 과장의 시제로 삼는다. 이러한 행위
가 계속되어도 부끄러움을 알지 못하니 세상의 변화를 느낄 수 있다.[208]

이와 같이 독자층의 확대는 '소설의 인식' 변화에 따름을 기반으로 확
산됨을 알 수 있다. 그러나 무엇보다 작품에서 찾아지는 무언가가 '작품'
을 통해 '독자의 기호'를 만족시킨다는 점을 무시할 수 없는데, 독서를 통
해 독자가 느끼는 '쾌감'에서 우선 찾아질 수 있겠다. '쾌감'은 문학이 독
자에게 주는 재미로 풀이할 수 있는데, 이는 당시의 독자들로서 알고 싶어
하는 대중적 욕구 또는 현실로서는 이룰 수 없는 이상과 원망 또는 억압과
폐쇄된 사회를 벗어 던지고 정신적으로 자유스러울 수 있는 어떤 기능을
문학적으로 재현해 내면서 독자의 욕구를 '대리 만족'토록 했다는 데서
찾아볼 수 있다. 특히 현실에서 불가능한 것을 이루기 위해서는 현실을 초
월할 수밖에 없음인데, 그러다보니 이 '대리만족'의 저변에는 현실을 벗
어난 초현실적이라는 '환상'이 당연 내포되어 있음이다. 즉 고전문학사의
주요 특성인 '환상성'은 폐쇄된 사회가 독자의 욕구가 만들어 낸 하나의
'대안'이었던 것이다.

이와 같이 고전문학 작품에 면면히 '환상성'이 이어져 올 수 있는 가장
큰 이유로 여러 가지가 작용하겠지만 무엇보다 독자의 기호성을 맞추며
'대리만족'으로 기능케 했다는 점에서 찾음은 무리가 아닐 것으로 보인다.

독자의 욕구를 충족시키는 문학의 이러한 기능은 17세기 들어 작가 및
작품의 수의 증가와 더불어 독자의 수도 현저히 증가하며 주요 독자층으

---

208) 이익, 『성호전집』, 盖此書 始出而上偶及之 高峰之啓 眞得體矣 在今印出廣布 家戶通讀 試場之
　　中 擧而爲題 前後相讀 不知愧恥 赤可以觀世變.

로는 한문소설을 읽어 내는 양반 남성과 이 당시 통용되던 국문소설의 창
작으로 인한 여성 독자층 역시 부쩍 늘어났다. 17세기 초부터는 또 4대 기
서라는 별명이 붙은 「삼국지연의」·「서유기」·「수호지」·「금병매」 등의 중국
소설이 들어와 성행하고 있었는데, 특히 「삼국지연의」는 간행이 되어 널
리 보급되었으며 집집마다 그것을 외고 심지어는 과거 시험의 제목으로
까지 등장했다고 했으며, 홍만종 역시 이에 대해 "오래된 소설 가운데 뛰
어나 일컬어질만한 것으로 「서유기」·「수호지」 외에 列國 東西漢 製 魏 五
代 唐 南北宋 같은 것이 각각 演義가 있어 모두 세상에 유통되어 왔다"[209]
고 한 바 있다.

　　이러한 독자층은 소설의 성행기라 볼 수 있는 18~19세기에는 마침내
명실공히 형성되었는데, 양반, 부녀자뿐만 아니라 평민 부녀자들까지 끌
어들였던 것으로 보인다.

　　요즈음 규방에서 서로 다투듯 능사로 삼는 것은 패설을 읽는 일이
　　다. 패설의 수가 날마다 늘고 달마다 붙어서 그 수효가 천백 권에 달하
　　게 되었다. 거간꾼들은 이런 책을 깨끗이 필사하여 빌려 주고는 그 값
　　을 받아 이익을 취한다. 부녀들은 견식이 없는 터이라, 비녀나 팔찌를
　　팔거나 빚을 얻어서라도 그 책을 빌려와 긴 날을 소일하기도 한다.[210]

　　이처럼 소설을 읽기 위하여 비녀나 팔찌를 팔 뿐 아니라 빚을 얻어서까

---

209) 홍만종, 『순오지』 하권, "古說之表表可稱者, 西遊記水滸傳外, 列國東西漢製魏五代唐南北宋,
　　各有演義, 皆行於世.
210) 蔡濟恭, 『女四書序』, 近世閨閣之競次爲能事者 推稗說是崇 日加月增 天白其種 僧家 以是淨寫
　　凡有借覽 輒收其直而爲利 婦女無識見 惑賣釵釧 惑求債錢 爭相貰來 以消永日.

지 소설을 읽으려 했다는 말은 여성 독자의 형성층의 기반이 얼마나 단단하고 튼실한지를 입증해 준다. 이러한 여성 독자층의 세력을 업고 인기를 구가했던 것이 있었으니 바로 '여성 영웅소설'이다. 여성이 주인공이 되어 활약하는 이 부류의 소설들은 명백히 여성 독자들을 겨냥하여 창작되었다고 하겠는데[211] 이 경우 작품들은 여성들의 기호나 정서, 怨望 등을 충분히 수용하여 창작한 것으로 볼 수 있다. 따라서 이러한 소설에는 봉건적인 가족제도, 여성 차별 등의 모순을 겪고 있는 여성독자에게 주는 위안의 기능과 함께 이러한 질곡으로부터의 해방을 꿈꾸고 해소할 수 있는 해소 창구의 기능을 한 것으로 이러한 욕구의 충족은 기실 오늘날의 여성 독자도 꿈꾸는 현실이기도 한다.

이와 같이 여성의 독자층이 튼실해 질 수 있는 근간에는 중세사회 속에서 여성의 지위와 위치가 남성보다 저급했고 그만큼 차단당하고 억눌려 살아왔던 층이기도 했기에 이에 대한 출구로서의 '소설'의 기능이 무엇보다 주효했던 것이다. 이로 인해 독자층은 두터워질 수 있었을 것이고, 그만큼 탄탄했을 것이라 생각된다. 그리고 이러한 연유들로 문학은 '환상성'과 밀접하게 연계되어 있었을 수 밖에 없었다. 이는 소설이 기본적으로 '갈등 구조'의 문학이기 때문이기도 하다. 즉 현실에 대한 억압과 모순이라는 갈등을 문학은 암암리에 드러내거나 이를 극복하려는 의도를 갖는데, 이리한 대안을 현실에서 직접적으로 찾기는 무리이다. 현실에서 찾을 수 있는 대안이라면 원천적으로 갈등의 골이 깊지 않고 자연 갈등은 약화될 수밖에 없다. 이에 따라 작자는 독자의 욕구를 충족시키는 쉬운 방법으로 현실 밖의 초현실을 끌어오는 것이다. 여기에 '환상성'의 문학적 매력

---

211) 이상택, 『한국 고전소설의 이론』, 새문사, 2003, pp.47~53.

의 있는 것이다.

이러한 초현실로 무장된 작품들은 또 남성독자를 끌어들이는 주요한 배경이 된다. 남성들이 당대에 갖는 갈등으로 중세 시대 문학의 목적이 '교훈'이라는 가치에 맞춰진 만큼 일반적으로 갈등은 군신갈등, 부자갈등, 옹서갈등 등을 보편적으로 다루었겠지만 틈새 사이사이 지배질서, 신분체제, 도덕률에 대항하는 이념적 갈등을 표현하려 했음도 당연했을 것이다. 이러한 갈등은 폐쇄되고 차단된 중세사회에서 감히 언급할 수 없는 '금기'와 같은 영역으로 그만큼 갈등의 골은 깊고 요원했다. 이에 대해 작가들은 문학적 매개물로 '꿈'을 설정하고 '환상성'을 장치로 우의적 현실과 이상향을 그대로 담보해 내었고 이러한 방법론은 설령 현실을 날카롭게 비판하고 재단해도 현실이 아닌 상상의 이야기라는 측면에서 안전성을 부여받았다. 독자 역시 이러한 작품을 통해 여러 가지의 반응을 보일 수 있었음인데, 어떤 독자에게는 비로소 현실을 새롭게 인지하는 '정보'로서의 기능과 함께 자아와 현실을 되돌아보는 '자기성찰'의 기회로도 작용했을 것이며, 어떤 독자에게는 자신이 현실에 대해 갖고 있는 불만족을 과감히 비판해 준다는 점에서 '통쾌감'과 함께 '연대감'으로도 작용했을 것이며 지배질서의 중심에 있는 독자에게는 그야말로 배격해야할 '금서'이기도 했을 것이다. 따라서 '환상성'을 무기로 이념과의 갈등을 다루는 작품들은 독자들의 뚜렷한 양태를 보이며 대중성을 높여 갔을 것인데, 소설에 대한 배격론은 이러한 '중세적 질서와 이념에서 벗어난다.'는 점을 지적하는 문인들의 시각에서 일어난 것이기도 하다.

이처럼 문학에서의 '환상성'은 정치 현실에 대한 이념의 성향을 담기 위한 방법론으로 재현되며 대중적 지지를 얻었는데, 특히 남성 독자에게 효과적으로 작용했을 것이다.

따라서 문학에서의 '환상성'은 현실에서 극복하지 못하는 대안을 제시하는 창구로서의 기능인데, 이러한 '환상성'은 '단순 공상'이 아닌 현실에 대한 인식에서 시작된 것으로 현실의 끈을 따라가다 보면 그 지점 어디선가 '환상성'이 발견되는 것이다. 환언하면 문학에서의 환상은 현실을 이어내는 상상적인 끈이라는 말이다. 이러한 인식은 중세시대에도 이미 존재해 있었다.

> 또 하물며 어진 지어미가 모함을 입고도 끝내는 그 이름을 날리게 되고, 간사한 무리들이 어진 사람을 모함하고는 마땅하게도 죽음을 당했으니 복선화음의 이치는 믿지 않을 수 없다. 다만 꿈에 감응을 받았다는 이야기는 자못 弔詭에 치우친 것이고, 기이한 만남의 이야기는 사실 꾸며낸 것 같다. 그러나 이 또한 살아가노라면 있을 법한 일이니 어찌 소설 고담이라 하여 맹랑한 것으로 치부해 버릴 수 있겠는가, 매월당의 시에 "말이 세상 교화에 관계되면 괴이해도 무방하고, 사건이 사람을 감동시키면 허탄해도 기쁜 것이라고 했으니 이를 두고 말함인가.[212]

소설에서 구현되는 복선화음의 이치는 곧 세상살이의 이치라 보는 견해이데, 이는 허구성이 현실의 반영이라는 인식이 존재했었음을 보여 주고, 또 작품 속에 나타나는 몽조나 기이한 만남이 허황한 것이라기보다 있을 법한 일, 곧 삶의 개연성과 관련된다고 적극적으로 인식하고 있었으니, 이는 당대의 세계관에 기인하는 현실에 대한 인식을 전제로 한 것임을 보

---

212) 李養吾, 『磻溪先生文集』, 又況賢婦之見誣 卒得揚其名 奸徒之陷人 適足戕其身 福善禍淫之里 不可以不信野 但夢感之說 頗涉弔詭 奇遇之事 果似敷演 然此赤人事之惑然者也 豈可以小說古談 而歸之孟浪 每月堂詩曰 語觀世敎怪不妨 事涉感人誕可喜 其是之謂乎.

여주는 말이다.

다른 한편, 정치 이념과는 거리를 두고 해석하는 독자도 있을 수 있는데, 작품에서 재현되는 환상성은 현실에서 결코 이루어질 수 없는 불로장생, 아름다운 여인과의 사랑, 기막힌 선계의 모습, 환생, 도술 등 초현실적인 모습을 다루면서 막연한 유토피아를 그리거나 이룰 수 없는 자신의 욕망이 자유롭게 표출되는 모습을 통해 독자들은 쾌감을 느끼며 꿈을 꾸듯 이러한 문학에 도취될 수 있음이다. 이러한 모습을 통칭해 '대리만족' 이라 할 수 있는데 특히 여성의 경우 이러한 모습은 강하게 나타난다.

이와 같은 기능을 「구운몽」을 통해 대표적으로 살펴볼 수 있는데, 이는 「구운몽」이 남녀노소를 막론하고 당대의 가장 인기리에 보급되었던 작품이라는데, 분석 의의가 있을 것이다.

먼저 「구운몽」의 인물을 통해서 본다면, 꿈속이라는 공간에서 '양소유' 라는 인물을 통해 보여지는 모습은 이상소설로 유형화해도 될 만큼 당시 남성들의 소망이라고 할 수 있는 입신출세 과정이 순탄하게 펼쳐지고 그 명예에 걸맞는 미인들과의 혼사가 큰 장애 없이 성취됨을 다루고 있다. 이는 남성독자가 바라보는 시각에서 상상할 수 있는 가장 이상적인 삶이라 해석될 수 있다. 게다가 「구운몽」에 그려진 등장인물들 모두 동경하는 인물들이고 자신의 삶과 대응시키고픈 환상적 삶으로 점철되어 있는 모습으로 이는 여성 독자를 포함해 남녀 독자 모두의 마음을 설레게 한다. 특히 「구운몽」에서의 여성 등장인물인 팔선녀는 모두 빼어난 미모에다 고귀한 신분의 여덟 여인들로 인물이 배열되고, 한 지아비를 두고 모두 갈등과 마찰 없이 양소유와의 결혼을 행복하게 이끌어 가는데, 이는 의식적이든 무의식적이든 젊은 청춘 남녀가 일반적으로 지니게 마련인 욕망을 완벽히 구현한 것이라 할 수 있다. 게다가 「구운몽」은 신성한 분위기와 장엄하게 연출된 배경 등 그야말로 환상적인 배경을 자락에 깔고 그야말로 유토피아를 구가하는 배경묘사를 보인다.

이러한 인물과 배경의 설정으로 「구운몽」은 각 계층의 폭넓은 호응을 받으며 읽혀질 수 있었는데, 근원에는 '인간적 욕구'를 무리 없이 가장 완벽하게 실현해 주었던 것이 원인으로 작용했을 것으로 보인다.

「구운몽」은 남성 독자의 꿈을 양소유란 비범한 인물을 통해 간접적으로 투사함으로써 독서적 흡입력의 강도를 높일 수 있었고, 또 팔 선녀는 좋은 가문에 빼어난 미모와 능력 있는 남자와의 자유스러운 연애를 통해 당대의 여성들이 꿈꾸는 가장 이상적인 모습으로 여성독자를 대리 만족시키며 대중적 생명력을 유지해 올 수 있었을 것으로 보인다.

물론 金台俊은 이러한 모습을 특질로 들어 「구운몽」이 '일부다처주의의 합리화'라고 지적[213]하기도 했으나 아름다운 여인과 한 영웅적 남성과의 연애와 결혼은 그런 세계를 동경하는 여성들이 분명 존재했을 것이고, 그리고 이는 지금 현실의 여성 독자에게도 여전히 유효한 것으로 이는 「구운몽」의 열풍을 이어나가는 주요한 이유가 되었을 것이다.

---

213) 김태준, 「증보 조선소설사」, 학예사, 1939, p.116.

V. 환상적 모티프의 문학사적 기여도

　본고는 한국 몽유소설 중 일부를 텍스트로 삼아 Ⅲ·Ⅳ장을 통해 환상성을 일으키게 하는 환상 기법과 환상성이 끊임없이 이어져 올 수 있었던 원인으로서의 작가와 독자의 내면 의식을 고찰해 보았다. 그 결과 환상성은 작가와 독자가 현실에 대해 갖고 있는 심리적 욕망인 모순 또는 갈등을 드러내고 해소하는 창구로 사용되는 동시에 아이러니하게도 환상성은 간접적이지만 치열한 '현실적 대안'으로 형상화되었음을 알 수 있었다. 그리고 그 이면에는 당대의 세계관이 녹아들어 있었음을 확인할 수 있었다.

　본고는 또 몽유소설에서 찾아지는 '환상성' 외에 또 다른 특징을 발견할 수 있었는데, 바로 '설화적 모티프'와의 접목이고 이를 통해보다 환상성이 증폭된다는 점이다. Ⅲ장에서 세 분류로 나누어 살펴 본 '환상 기법'은 작품마다 공히 인신·인귀·적강·환생 모티프 등의 다양한 소재가 수용되어 있음을 알 수 있는네, 이러한 모티프의 수용은 다음 세 가지의 측면에서 문학적 가치를 갖는다.

　첫째로 '환상기법'을 보다 구체화시키는 객관적 사물이 된다는 점이다. '환상 기법'이 시공간을 초월하는 기법 이론이라면, 이 이론을 보다 구체적인 증거물로 들이 대는 것이 바로 '환상적 모티프' 214)인 것이다. 따라서 이러한 모티프의 수용은 환상 이론을 보다 객관화시키며 설득력 있는 체험으로 이끌어 가는 힘이 된다.

둘째 이러한 '환상적 모티프' 의 출발은 설화시대로부터 이어져 온 것으로 작자나 독자 모두에게 오래되고 친근한 소재이다. 따라서 이러한 모티프의 작품화는 무엇보다 손쉽게 '대중적 환상성' 을 구현해 낸다.

셋째로 이러한 모티프의 수용은 설화의 계보를 그대로 이어내는 한편 변이되는 고전문학사의 면면을 고스란히 보여주는 역사적 산물로, 문학은 끊임없이 변화하는 동적 구조임을 보여주는 사례가 된다.

이러한 가치가 인정되는 '환상적 모티프' 의 접목은 작품 속에서 다양하게 찾을 수 있다. Ⅲ장에서 살펴볼 수 있었던 주요한 모티프로는 인신·인귀·적강·환생 모티프 등이다. 작품마다 각기 다양한 양상으로 수용되며 변이양상을 보여주고 있었음을 알 수 있었다. 그렇다면 이러한 모티프의 연원은 어디서 찾을 수 있는 것인가? 우선은 원시종교사상의 신앙적 중추가 되는 영혼불멸사상에서 연원을 찾아볼 수 있다. 영혼불멸사상에 대해 학자들은 애니미즘의 입장에서 이를 해석하는 경우가 많다. 자연물에서도 정령이 있듯 인간에게도 영혼의 존재가 없겠는가라는 믿음에서 출발된 이론이라 할 수 있다. 따라서 영혼불멸사상은 죽음을 체험하지만 그것은 단순한 육신의 끝일 뿐이다. 영혼은 멸하지 않고 이승과 저승의 중간 세계나 혹은 저승에서 삶을 누리게 되기도 하고, 원귀는 그 망령의 억울함을 보상받기 위해 인간 세상에 재생하기도 한다. 그러므로 영혼불멸사상

---

214) '환상적 모티프' 는 인귀·인신교환, 적강, 환생, 변신 등 다양한 양상을 보이는데, 본고는 이러한 모티프들의 기능이 '환상 기법' 이라는 문학적 이론 하에 '환상성' 을 보다 구체적인 형상물로 인지하게 하는 객관적 사물임을 들어 이들을 '환상적 모티프' 라 통칭한다.

은 이원론적 세계관을 기반으로 하고 있으며, 이러한 세계관을 지닌 민족이라면 보편적으로 나타나는 신앙이라고 할 수 있음이다.

한편, 영혼불멸사상에 따른 재생설화에 나타나는 영귀는 여러 가지 모습으로 형상화된다. 현세에 나타나는 성격에 따라 크게 이혼형, 재생형, 환생형, 환생형, 공창형 등으로 나눠볼 수 있다.[215) 그리고 이는 앞서 언급하였듯 원시종교사상과 유불도 사상이 습합되어 형성된 것임을 알 수 있다. 이를 간단히 정리해 보면, 첫째 '이혼형'으로 이는 인간이 영과 육체로 성립되고 따라서 분리도 가능하다는 인식이다. 이로 인해 죽음이 갖는 의미는 육체가 소멸되는 것이지 영은 여전히 살아서 활동을 한다는 생각이다. 그러므로 세상에서 선행을 하고 죽으면 신선이 되거나 극락으로 가지만, 억울한 한을 품고 죽으면 원귀가 되어 살아있는 자에게 여러 가지 화를 끼치는 모습으로 구현되기도 한다. 이러한 모습의 설화가 바로 '원귀설화'라고 할 수 있다.

둘째로 재생형인데, 이는 원한을 품은 망령이 억울함을 보상받기 위한 방법을 모색한 끝에 인간 세상으로 다시 나타난다는 인식이다. 또 환생형(還生型)과 환생형(幻生型)을 생각해 볼 수 있는데, 세 가지의 모습이 모두 차이를 가지고 있다. 재생형은 죽었던 사람이 다시 살아나 이승에서 그 생명을 계속하는 것을 말하는 반면, 환생형(還生型)은 완전히 새로운 인물로 다시 태어남을 의미하고, 환생형(幻生型)은 죽은 사람이 생물체가 아닌 신, 징령, 신신등으로 되기나 승천하는 등외 몇 가지 양시으로 나타난다.

마지막으로 '공창형(空唱型)'은 인격적 형상을 빌지 않고 '공창'이라는 모티프를 통해 으로 인간에게 계시 내지 예시하는 등으로 나타난다.

---

215) 박용식, 「한국설화의 영혼불멸사상」, 『학술지』 28, 건국대학교, 1984. pp.31~55.

이상과 같은 영혼불멸사상은 고전서사문학에서 가장 보편적인 소재로 자리 잡으면서 상호 접목되거나 변이되면서 다양한 양상을 보이며 이어져 왔다. 뿐만 아니라 이는 '환상성'을 구체화시키는 주요인자로 등장하게 된다. 따라서 본고의 텍스트 대상인 몽유소설에서도 대표적으로 찾아지는 인귀교환, 인신교환, 적강, 환생 등의 기반에는 이 '영혼불멸사상'이 자리 잡음이다.

이 네 가지의 모티프가 작품에서 구현되는 양상들 중 먼저 '인귀교환' 모티프를 살펴보면, '인귀교환'은 현실 세계에 살아있는 사람과 죽은 사람의 영혼이 서로 교구한다는 '이혼형' 형태로 동서양을 막론하고 세계적인 전승 양상을 보이며 오래 전부터 이어져 온 영혼불멸의 사후관이 문학적으로 구현된 것이라 하겠다. 학계에서는 이러한 유형의 설화를 인귀교구, 인귀교환, 시애설화, 명혼설화 등으로 불려지고 있다. 이에 대한 연구가 본격화된 것은 장덕순의 「시애설화와 소설」[216]로 보이는데, 장덕순은 이 연구에서 인귀교환 모티프가 수용된 설화를 '시애설화'로 명명하고 이에 따른 동서양간의 개관 설명과 함께 개념과 범주 설정, 그리고 이 설화와 전기소설과의 관계를 작품을 통하여 검토하였다.

차용주 역시 「쌍녀분설화와 유선굴과의 비교연구」[217]라는 논문을 통해 두 작품의 내용과 문체를 중심으로 비교하여 이들이 시애설화로서의 내용, 문체 구조면에서 공통성을 지니고 있음을 밝혔다. 또 「수삽석남설화의 비교연구」[218]를 통해 중국 『수신기』[219] 소재 설화들과 당대 전기소설들과 비

---

216) 장덕순, 「屍愛說話와 小說」, 『한국설화문학 연구』, 서울대 출판부, 1978.
217) 차용주, 「쌍녀분설화와 유선굴과의 비교연구」, 『어문논집』 23집, 고려대, 1982.
218) 차용주, 「수삽석남설화의 비교연구」, 『민속어문논총』, 최정여박사송수기념논총편찬회, 1983.
219) 『수신기』. 중국 東晉(4세기경) 시대 역사가인 干寶가 편찬한 소설집.

교하여 우리나라 인귀교환설화 유형의 창작에 중국 지괴류 설화와 당대 전기소설의 영향이 컸음을 밝혔다. 이 두 학자들의 연구는 인귀교환 설화의 문학사적 위상을 정립하는 계기로 작용하였고 이 밖에도 이에 대한 연구는 다양한 연구결과물을 얻어 왔다.[220] 라인정[221]은 또 인귀교환 설화를 수록하고 있는 문헌을 조사하기도 하였는데, 『삼국유사』, 『파한집』, 『태평통재』, 『대동운부군옥』, 『어우야담』, 『청구야담』, 『동야휘집』과 설화 채록집인 『한국구비문학대계』(전국편 총 115권), 『한국의 민담』[222] 등의 문헌을 제시한 바 있다.

구체적인 사례로는 고전문학으로 도화녀라는 아름다운 미망인이 죽은 왕의 혼백과 사랑을 나누고 비형랑이라는 아들을 낳았다는 『삼국유사』 소재 「도화녀비형랑」을 시작으로, 살아 있는 여자가 죽은 애인과 교류를 하던 중 슬픔이 극에 달한 순간 애인이 살아났다는 「수삽석남」, 신라 후기의 문인 최치원이 두 여자의 혼백과 사랑을 나누었다는 「쌍녀분」 등의 전기소설에서 많이 발견된다. 이후 후대의 소설, 『금오신화』의 「만복사저포기」·「취유부벽정기」·「만복사저포기」, 죽은 사람이 다시 살아난 것을 소재로 한 「양산백전」, 이밖에 몽유록류, 몽유 장편류 등으로 이어지고 있다. 뿐만 아니라 현대에 와서도 문학의 소재로도 많이 쓰이는데, 변태적인 성격을 가진 사람의 사랑행위를 소재로 한 작품들이 모두 이런 범주에 들어가

---

220) 이에 대한 대표적 논문으로는 최래옥, 「枯木生花說話의 성격」, 『관악어문연구』 2집, 서울대 국어국문학과, 1977과 소재론적인 면에서 인귀교환을 다룬 주종연, 「금오신화에 대한 일고찰」, 『논문집』 2집, 국민대 어문학연구소, 1982. 손길원, 「고전소설에 나타난 영혼관 연구」, 『논문집』 7집, 인천전문대학, 1986. 임형택, 「나말여초의 전기문학」, 『한국한문학연구』 5집, 한국한문학연구회, 1980 등을 들 수 있다.
221) 라인정, 「인귀교구설화 연구」, 『어문연구』 24집, 충남대학교 문리과대학 어문연구회, 1993.
222) 최윤식 편저, 『한국의 민담』, 시인사, 1987.

는데, 김동인의 「광염 소나타」에서 주인공 백성수가 죽은 여인의 무덤을 파헤쳐서 시신을 희롱하다가 범하는 것 등은 시애설화의 수용으로 볼 수 있다.

이와 같이 '인귀교환' 모티프는 고대로부터 이어져 온 뿌리 깊은 문학적 산물로 현대에도 작가들의 즐겨 차용하는 소재다. 이러한 인귀교환 모티프는 우리 민족이 갖고 있는 원시신앙을 모태로 하고 있음을 알 수 있는데, 모든 곳에는 '靈'이 존재한다고 믿어 왔으며, 죽은 사람에게도 영혼이 있어 그것에 대한 외경심을 가졌고 이러한 신앙적 체계가 하나의 서사적 구조나 체제를 지닌 어떤 양식으로 나타나게 되었을 것이라는 해석이다. 이에 김미란은 '인귀교환'을 포괄적인 개념인 '이류교구'에 포함시켰는데, '이류교구'란 인간이 같은 영역의 존재인 인간과 교합하는 개념이 아닌 동물이나 사자의 혼령과 교환하고 때로는 자식도 낳는 것을 의미한다 하였다.[223] 여기서 '이류교구' 중 '인귀교환'은 특히 인간과 동물과의 결합보다는 죽은 사람이기는 해도 같은 영역에 존재해 있었기에 동물과의 관계보다는 윤리적인 측면에서도 거부감을 덜 느낄 것이고 또한 생자와 사자의 교환이라는 모티프는 재생의 의식이 깔려 있다고 보아 죽은 사람에게 잠시나마 생명을 불어 넣어 생자와 교환하고 또 거기서 자식을 낳는다는 것은 영원한 생명에 대한 염원에서 기인된 모티프로서 이인로와 여귀[224] 이산해 어머니와 아버지의 魂과의 교환[225] 등도 모두 이러한 모티프를 지닌 이야기라 하겠다.

---

223) 김미란, 『고대소설과 변신』, 정음문화사, 1984. p.125. 김미란은 '이물교구'가 영역이 다른 존재끼리 교환한다는 것이 서로 각자의 영역을 일탈함으로써 가능하다는 전제를 들어 이를 '변신' 모티프의 범주로 해석하였다.

224) 최현, 『보한집』下.

225) 『한국구비문학대계』1-1, 한국정신문화연구원, 1981, p.740.

따라서 '인귀교환' 모티프에 대한 서사물의 연구는 그 자체에 대한 단순한 연구라기보다 인간이 그것을 발생시켰을만한 문학적, 사회적, 종교적인 면까지를 포함하는 종합적인 연구가 되리라는 견해는 설득력 있다.[226]

한편 장덕순[227]은 죽은 시체를 사랑한다는 이야기를 '시애설화'로 명명하며 이를 4가지로 유형으로 분류하였는데, 첫째가 사랑하던 연인이 죽었을 때 그 비통을 참지 못해 묘를 파헤치고 시신을 애무하는 이야기, 둘째로 이미 죽은 연인의 혼백이 나타나서 산 사람과 동거 혹은 동침하는 이야기, 셋째 우연한 기회에 망인의 혼백과 함께 놀다가 그의 유물을 신물로 받는다는 이야기, 넷째로 변태적인 인간들이 묘를 파헤치고 시신을 꺼내서 농락하는 설화로 나누었다.

이러한 시애설화는 앞에서도 언급하였듯 한국은 물론 전 세계적으로 널리 알려져 있는 설화유형이다. 동양에서는 유득 불경에 많이 실려 있는데, 비구승이 죽은 여인을 범했다는 류의 이야기가 양적으로 많다. 중국 시애설화의 대표적인 작품으로는 『후한서』[228]·『열이전』[229]·『료재지이』[230]

---

226) 라인정, 앞의 논문, p.3.
227) 장덕순, 앞의 논문, p.207.
228) 『後漢書』, 남북조시대 송나라의 范曄이 저술한 책. 『후한서』에 익하면 赤眉라는 도적이 주로 여러 능을 파헤쳐서 보취하는 것을 업으로 삼았는데, 漢高祖의 妃 呂后의 능을 파고 그 여후의 시신을 범했다는 설회가 있다.
229) 『列異傳』. 육조시대의 魏나라 文帝 曹丕의 저작으로 알려져 있다. 神鬼奇怪한 것을 기록한 설화를 모은 것으로 원래 3권으로 되어 있었다고 하나 원본은 일찍이 망실되었는데 여기에 漢나라 桓帝의 憑夫人歿後 칠십여년이지난 쥐 賊徒들이 빙부인의 사체를 찾아내 서로 다투어 간통하다가 마침내 상살했다는 이야기가 실려 있다.
230) 『聊齋志異』. 중국 淸初에 나온 문어체의 怪異 소설집으로 작자는 蒲松齡. 『聊齋志異』에는 28세의 처녀가 아버지의 원수를 갚기 위해 姣童의 복장을 하고 아버지의 원수의 침실로 들어가 그 원수를 죽이고 자기도 자결하는데, 이 시체를 지키던 한 노복이 그녀를 범하려다 졸도하여 죽었다는 이야기가 전한다.

등에 실려 있는데, 무덤을 도굴하다가 죽은 여인이 너무 아름다워서 범한 이야기들이 주류를 이룬다. 일본의 시애설화 역시 『우월물어』·『천심명직』 등에 실려 전하는데, 시신을 범하다 벌을 받는 이야기가 상당하다. 서양의 경우 그리스 문화권에서는 오래전부터 시신을 범하는 일이 있었음이 헤로도토스의 사서 기록을 통해 알 수 있다.

이와 같이 '인귀교환' 모티프의 문학적 수용은 역사가 오래 되고 당대의 세계관을 기반으로 하고 있어 그만큼 대중적이고 친근하다. 그러나 이 '인귀교환' 모티프 역시 공통된 구조적 특징은 한마디로 '모순 어법'을 통한 '신이 세계' 구성으로 '환상적 모티프'로 거듭난다. 왜냐하면 동시에 성립 불가능한 상호 모순적인 두 개의 항이 공존하기 때문이다. 즉 삶과 죽음은 동시에 성립 불가하다는 모순적인 관계의 이해에서 출발하는데, 상호 모순적 존재인 인간과 귀신이 한 공간에서 동시에 재현됨은 일반적 인식을 엎는 것으로 '신이성'을 일으키게 된다. 죽음의 공간이라는 존재성을 믿고 안 믿고를 떠나 삶과 죽음은 분명 시공간적으로 다른 방식이고, 이 두 개의 항은 동시에 같은 시공간에 존재할 수 없기 때문이다.

이러한 인귀교환 모티프는 시공간의 경계를 과감히 허물어 버리는 '환상 기법' 하에 수용되어 신이성을 창출하게 되는데, 여기서 '신이성'이 곧 '환상성'으로 연결되면서 '환상 기법'을 보다 구체적이고 실감나게 재현하는 방법론으로 모색된다.

특히 '불가능성의 극복'으로 모색되어지는 인귀교환 모티프의 문학적 특징은 작품 속에서 또 하나의 공통적인 속성을 갖게 되는데, 작품구조를 통사론적으로 살펴보면, 한 인물이 최초의 상황에서 환상적인 사건을 경험하고 수정된 상황으로 이동하는 것이다. 이들의 각 항목을 살펴보면 각 텍스트마다 상황의 구체적인 자질들은 다르지만 인물이 처한 최초의 상황은 공통적으로 '결핍과 상실'의 상황이라는 징표를 지닌다. 따라서 인물은 이러한 결핍과 상실을 충족하고자 하는 욕망을 지닌 인물이다. 이러한 욕망은 환상적인 사건을 통하여 충족되고 그로 인한 희극성을 맛보게 하는 쾌감을 연출하게 된다.

그러나 이러한 허구적 수법이 왜 16세기인 사대부지식인들에게 유효하며 중요한 표현의 도구로 취택되었는가는 되짚어 볼 필요가 있다. 왜냐하면 16세기 서사문학사의 중요한 양식인 몽유록이라는 서사문학의 작자층이 모두 사대부이고, 이들 사상의 핵심이 유가사상이라는 점 때문이다. 몽유록에 와서도 '꿈'을 매개로 한 '인귀교환', '인신교환' 등은 분명 '환상성'을 형식으로 한 탈유가적 인식론에서 출발한다고 볼 수 있기 때문이다.

특히 귀신이야기는 조선 전기 주도적 담론으로 자리 잡기 시작한 유가적 인식론에 개념적인 혼란을 야기하여 유가적 주체의 구성에 균열을 일으키기 충분하며, 주인공이 귀신에 미혹되는 혹귀담 유형의 귀신이야기는 인간을 미혹한 존재로 인식하고 있어 무속이나 불교의 귀신을 부정하고 그 부정위에 구축하려고 한 유가적 주체를 정면에서 반박하게 된다. 그럼에도 불구하고 이 시기 귀신이야기는 설화에서 소설에 이르기까지 다양한 서사양식으로 표현되고 있을 뿐만 아니라 귀신이야기가 다루고 있는 귀신의 문제는 이 시기의 중요한 정치적 논란거리였으며 이와 관련하여 유가귀신론의 긴요한 철학적 탐구의 대상이기도 했기 때문이다.

물론 그렇다고 이 시대의 몽유록류가 전대의 진기류 만큼이나 귀신이 주가 되며 심화된 '환상성'을 보이는 것은 아니다. 그러나 이 시기 유자인 작가들이 '귀신'을 끌어 와 수용하고 있음은 사실이고, 그만한 이유가 있을 것으로 생각된다. 그렇다면 이유는 어디서 찾아볼 수 있는 것인가? 미시적 입장이지만 두 가지 측면에서 이에 대한 해답을 찾아볼 수 있겠다.

첫째가 ‘몽유록’ 의 작가층이 갖고 있는 당대의 현실에 대한 ‘반감’ 의 표현으로 끌어 왔다는 것이다. 조선시대의 사상적 기반을 이루는 유가사상이 옹호될 수 있었던 기저에는 당대의 지배적 질서를 확립하기 위한 도구로서의 역할을 톡톡히 수행해 왔음을 무시할 수 없다. 그러나 몽유록류의 주제의식을 살펴보면 공통적으로 당대의 현실에 대한 불만과 모순을 드러내고 비판하고 있다. 즉 지배체제에 대한 반감을 몽유록이라는 양식으로 풀어 낸 것이다. 그러기에 당대의 지배체제의 전복적 사고로서, 그리고 전대를 풍미한 유행 소재로서 ‘귀신’ 을 끌어 오는 것이 작가에겐 의도적이고 편한 방법이었을 것이라는 해석이다.

둘째로 ‘몽유록’ 에서 다루고자 하는 현실이 함부로 드러낼 수 없는 역사적 사실이라는 점이다. 몽유록은 문학이라는 양식에 앞서 당대의 현실 인식에 대한 당대인들의 담론으로서 비극적인 역사 사실을 담보로, 그것을 비판하는 출구로 작용해 왔다. 그러기에 이 사실을 안전하게 감싸줄 보호 장치가 필요했을 터인데, 이때 귀신을 끌어오는 환상성은 겉으로 보기에 현실적인 이야기가 아니라는 점에서 지배계급의 비판에서 피해갈 수 있었을 것이다.

한편, 인간과 신의 교류로 설명되는 ‘인신교환’ 역시 ‘인귀교환’ 과 마찬가지로 이계의 존재를 인정하는 데서 출발한다. 이때 이계는 神이 존재하는 공간으로, 현실과의 비교학적 관점에서 신성성을 우위로 하게 된다.

---

231) 『삼국유사』 권1, 고조선조. ‘昔有桓因(謂帝釋也)庶子桓雄 數意天下 貪求人世 父知子意 下視三危太伯可以弘益人間 乃授天符印三箇 遣往理之 雄率徒三千 降於太伯山頂(卽太伯今妙香山)神壇樹下’ 의 내용에서와 같이 신의 아들인 ‘환웅’ 이 인간 세상으로 내려와, ‘雄乃假化而婚之 孕生子 號曰壇君王儉’ 에서와 같이 인간이 된 곰과 교류하게 되어 아들 ‘단군’ 을 낳는다는 내용은 ‘인신교환’ 이 수용된 예라 하겠다.
232) 『東明王篇』.

이러한 '인신교환' 모티프의 문학적 수용은 「단군신화」[231]를 시작으로 천
제의 아들 해모수와 하백의 딸 유화의 교합으로 태어난 「주몽신화」[232] 등
우리나라의 영웅담의 많은 부분에서 신과의 교류 또는 교환을 통해 이루
어짐을 볼 때 '인신교환'은 설화적 모티프로서 가장 오래되고 친숙한 모
티프라 하겠다. 그러나 건국신화를 통해 재현되는 '신'의 공간 영역은 언
제나 천상에서, 그리고 인간보다 우위에서 신성성과 영웅성을 보장되는
수직적 공간으로 위치해 있었다. 그러다 신화의 세계가 끝이 나면서 신의
영역이 갖는 신성성은 점차 사라지게 되고 인간과의 거리 개념에서 점점
좁혀지면서 '존재 공간'과 '성격'에서도 다양화되고 많은 변화를 보인다.

특히 『금오신화』를 통해 신의 공간은 용궁, 염부주 등에서 찾아볼 수
있듯 다양한 공간으로의 확대와 동시에 신성성이 조금씩 약화됨을 알 수
있다. 그러다 몽유록류에 와서 타계는 신성한 공간으로서의 존재가치 보
다는 현실에서의 가치관이 그대로 통용되는, 즉 道와 文이 인정되는 儒者
의 理想鄕으로 변모하면서 타계의 공간은 현실과의 비교라는 연계선상에
서 존재가치가 인정되는 이계로 변이된다.

『금오신화』의 「용궁부연록」과 「남염부주지」에서 이미 현실과는 이질된
공간의 개념이 작품에 수용되어 있음은 살펴본 바 있다. 그러나 「운영전」
에서 갖는 '천상'의 의미는 특별함을 갖고 있다. 「용궁부연록」과 「남염부
주지」에서 공간배경으로 작용하는 '용궁'과 '염부주'가 작자 김시습 자신
의 하고 싶은 말을 자유롭게 표출하기 위한 공간을 의도적으로 설정하다
보니, 낯선 공간인 제3세계, 즉 '용궁'과 '염부주'가 생성된 것이고, 이곳
을 방문한 몽유자들도 이 낯선 세계에 대한 의구심을 쉽게 풀지 못하고 있
다. 따라서 '용궁'과 '염부주'에 대한 공간묘사가 현실과 다른 면에서 장
황하게 묘사되는데, 이는 작자가 만들어 놓은 낯설고 신기한 세계인 '용

궁’과 ‘염부주’에 대해 독자들이 당황하지 않고 마치 최면처럼 작품에 빠져들게 하기 위한 전략적인 방법인 셈이다. 그러나 「운영전」에서 다뤄진 ‘천상’이라는 공간배경은 현실과 바로 연결되는 통로로 무엇보다 인간들에게 가장 쉽게 인지가 가능한 현실에 가까운 공간이 된다.

이와 같이 기존까지 신성 또는 외경의 공간으로만 여겨지면서 차단되고 이질화된 층위의 공간인 이계로서의 기능을 하던 신의 공간의 의미는, 문학에 수용되면서 더 이상 인간들에게 방관의 공간이 아닌, 그 세계의 참여자로 등장케 하면서 인간 세계와 동질성을 추구하는 공간이 되기 시작한 것이다. 또 신과 신선과 귀신과 동식물 등과 시를 주고받고 대화를 나누고 감정을 토로하고 사랑과 교감을 즐기는 공간으로 전이되면서 독자들에게 열린 공간으로 다가오는 변화를 겪는다. 이는 환상성의 서사화 경향이 갖는 가장 차별화된 지향세계이며, 여기 동참하는 작자와 인물, 그리고 독자는 이 공간에서 자신들의 삶의 모습이나 이상을 그리거나 꿈꾼다.

이상에서와 같이 ‘인신교환’ 모티프는 기존의 수직적 공간으로서의 틀을 깨고 시간이 흐르면서 많은 변이 양상을 보이는데, 인간 세상의 모습과 혼합된 양상을 띠고 있음이 두드러진 특징이다. 즉 신이 존재하는 이계는 표면적으로 여전히 현실의 우위에서 신성성을 갖는 수직적 구조로 작가의 ‘이상향’이 된다. 구체적인 사례로는 「남염부주지」의 ‘염부주’와 「안빙몽유록」의 ‘화원계’가 그러하다. 道를 숭상하며 재능이 있는 자를 인정하며 우대하는 사회가 구현되고 있기 때문이다. 그러나 이들의 이계가 구현하는 평등과 道가 중시 되는 사회는 당대의 현실이 그렇지 못함에 대한 대안적 세계로서 현실에서 요청되는 모습을 문학을 통해 형상화한 것이다. 이때 이계는 현실이라는 존재를 이계에 그대로 투영하면서 생겨난 것으로 신의 공간인 이계와 현실은 경계가 와해된 일치된 세계로 구현된다.

　　반면 '적강' 모티프는 '인신교환'과 마찬가지로 수직적 구조에서 이뤄지는 개념으로 이계와 현실계를 주인공이 자유자재로 넘나든다는 점에서 동일한 환상적 모티프이나 약간의 차이를 갖는다. '인신교환' 모티프의 문학적 수용양상이 전반적으로 현실과의 가치선상에서 상대적 가치관을 제시한다는 점에서 현실과의 연장선상에서 해석된다면, '적강' 모티프는 그야말로 절대적 가치관을 그대로 유지하는 수직적 공간으로서 이때 신의 공간은 건국신화에서 재현되는 신의 공간이 갖는 신성성이 여전히 유효하게 재현된다는 차이점을 갖게 된다.

　　이와 같이 '환상적 모티프'의 문학적 재현은 '환상성'을 구체화하는 방법론으로 사용되며, 작자의 주제의식을 문학적으로 형상화해 내는 기능을 수행하게 되는데, 이러한 환상적 모티프의 문학적 연계의 근원에는 인간의 심리적 욕망이 자리하고 있음이다. 따라서 현대에 와서도 이러한 인간의 심리적 욕망이 본능으로 작용하는 한 초현실을 부르는 '환상적 모티프'의 수용은 시대의 흐름을 타며 정도의 변화와 변이 양상을 보이고 있지만 변함없이 사용되는 모티프가 된다. 뿐만 아니라 이러한 작품 속에서의 모티프의 기능과 의미는 다른 모티프와의 조합과 연결, 그리고 인물과 상황에 부여된 여러 가지 자질들, 텍스트의 구조 속에 차지하는 모티프의 위치에 따라 다양한 의미를 형성하며 부단히 변화하는 문학의 동적 구조의 기본 요소로 작용한다.

　　실제로 최근 들어 이러한 '환상적 모티프'의 수용은 현실의 문화 곳곳에서 수용되어 있음을 쉽게 찾아볼 수 있다. 대표적인 작품 몇 가지를 간추려 보면 소설에서 양귀자의 「천년의 사랑」, 영화로는 '은행나무 침대' '귀천도'가 큰 인기를 모았고 텔레비전에서는 '전설의 고향'이 부활하고 '8월의 신부'라는 드라마를 만들어 냈다. 또 「김영우와 함께하는 전생여

행」, 「전생요법」, 「죽음 저 편에서 나를 보았다」, 「삶 이후의 삶」등이 출판
되고 '천상유애', '귀천도애' 등 가요가 인기를 끌기도 했다.

　이처럼 급물살을 타듯 번져지는 '환상적 모티프로의 회귀적 경향'에
대해 여러 가지의 해석을 해 볼 수 있겠지만, 이에 대한 해답은 고대나 중
세 그리고 현대에 와서도 변하지 않는 의식에서 찾을 수 있으리라 생각된
다. 즉 예나 지금이나 '현실에 대한 욕망' 또는 '현실과 이상과의 괴리'에
서 느끼는 정신적 공백을 메우기에는 이 초현실이라는 '환상성'이 일면
간접적이지만 효과적이었다는 점이다.

　따라서 이러한 '환상적 모티프'의 문학적 수용 궁극적 의미는 문학의
기능으로서의 환상성을 실현하기 위한 구체적 방법으로 인간의 비현실적
사고가 만들어낸 단순한 상상의 일탈행위가 아닌, 이상향을 그리는 인간
의 본능적 행위 하에 모색되어진 결과물로 해석된다. 그리고 이러한 이상
향의 추구는 당대의 현실이 갖는 한계에 따른 것으로 그만큼 현실에서의
갈등과 욕망은 '환상적인 꿈'으로 해소할 만큼 견고하고 억압된 사회였음
을 간접적으로 보여준다. 그리고 이러한 모습은 오늘날에 와서도 여전히
채워지지 않는 정신적 공백을 메우는 주요한 문화적 색인임을 인정해야
할 것이다. 따라서 '환상적 모티프'가 갖는 이러한 면모는 '환상성'의 구
체적 인자로서 갖는 문학적 가치로 연결될 수 있음이다.

Ⅵ. 결론

본고는 지금까지 몽유소설을 중심으로 '환상성'의 정의와 꿈과 환상성이 갖는 문학적 기능, 그리고 환상성이 작품으로 수용되는 양상으로의 고찰로서 문학적 재현기법을 살펴보고, 문학에서의 '환상성'이 창출될 수 있었던 원동력으로서의 작가와 독자의 내적 의식을 살펴봤다.

각 장별로 이를 간단히 언급해 보자면 다음과 같다

Ⅰ장에서는 고전과 현대를 잇는 연결고리로서 '환상성'을 들고 '환상성'이 갖는 문학적 의미에 대한 다각적인 고찰이 선행되어야 할 필요성을 들었다. 이에 대한 문학적 접근을 위해 먼저 연구 대상을 몽유소설로 범주화하고 시대별로 작품을 나누어 개괄적으로 살펴본 후 집중적으로 다루게 될 텍스트를 발췌해 보았나.

Ⅱ장은 '환상성'에 대한 실실석인 문학직 접근을 시도한 장으로, 동서양의 '환상성'에 대한 개념 및 종류를 알아보고, 여기서의 접점을 찾아 고전문학에서의 '환상성'을 규정해 보았다. 그 결과 '환상성'은 현실에서 이루어질 수 없는 비현실 또는 초현실에 대한 사건을 체험하면서 작중인물 또는 독자가 갖게 되는 '주저함'이 작용하는 것으로, 이는 작가가 의도하

는 주제의식을 담아내기 위한 문학적 방법론임을 유추해 낼 수 있었다.

다음으로 '환상성'이 고대로부터 현재에 이르기까지 지속적인 생명력을 이어낼 수 있었던 존재의 가치와 기능을 살펴보았는데, 먼저 텍스트 대상인 몽유소설에서 '꿈'이 갖는 문학적 기능과 여기서 재현되는 '환상성'의 기능을 살펴보았다.

또 이를 통해 '꿈'이 갖는 문학적 기능을 다음의 세 가지로 정리해 볼 수 있었다. 첫째로 꿈이 갖는 속성인 시공간에서 자유로움이다. 이는 작가에게 문학적 소재의 개방적 시각을 확보하게 하며 무한한 상상력을 자극하는 원동력이 된다는 점이다. 둘째, '꿈'은 독자에게 '진실성'으로 다가가게 하는 매개물이며, 동시에 독자의 의식과 결부된 기능을 갖는다는 점이다. 꿈속의 사건에 대해 독자는 그것을 사실인지 아닌지 재단하고 평가하지 않는다. 독자의 관심은 오직 꿈이 갖는 상징적인 의미 파악에 모아지기 십상이기 때문이다. 물론 이는 '꿈'이라는 것이 작가의 의도된 장치라는 전제를 먼저 수긍한 후 작품을 읽어 나가기에 가능한 것이다. 이때 꿈의 해석으로 모색되는 작품에서의 상징적인 의미는 주로 작중인물의 꿈꾸기 전 현실과는 전혀 다른 새로운 인식을 이끌어 내기도 한다. 이 또한 작가의 의도가 내포되어 있기 때문이다. 마지막으로 '꿈'은 또 첫 번째의 기능과의 연계선상으로 해석할 수 있는데, 시공간의 자유스러운 넘나듦으로 인해 어떤 매개물보다 '환상성'이 가장 안전하게 착지할 수 있는 문학적 기반으로 작용한다는 점이다.

다음으로는 이러한 꿈이 갖는 문학적 기능을 통해 재현되는 '환상성'이 역사적 산물이라 할 만큼 생명력을 유지하는 이유에 대해 고찰해 보았다. 여기에는 작자와 독자의 필요충분요건이 만족될 수 있었음을 근거로 제시할 수 있었다. 작자에게는 현실에서 갖는 욕망과 갈등에 대한 해소창구로, 독자에게는 작품을 통한 대리만족의 쾌감으로 '환상성'은 문학의 기능 측면에서 매우 유효한 장치로 자리매김할 수 있음을 알 수 있었다.

Ⅲ장에서는 이러한 '환상성'이 구체적으로 작품에서 어떻게 드러나는지에 대한 고찰을 시도한 장으로, '환상성의 문학적 수용과 기법'에 대한 연구가 목적이었다. 이는 '환상성'이 주로 현실에 반하는 비현실적 성격인 시공간의 초월성에서 빚어진다는 점을 우선하여 크게 3가지 유형으로 나누어 살펴보았다.

첫째, '초월적 공간과 현실적 공간의 수평적 기법'으로 천상과 지상, 혹은 지상과 수궁계 등으로 현실과는 분리되는 또 다른 세계가 있을 것이라는 이분법적 사고에서 출발하는 개념이다. 서로 다른 이 두 개의 공간의 층위가 명백히 구분됨에도 이계를 현실의 공간에서 다가가면 닿을 수 있는 연장선상에 있는 것으로 보는 인식으로 「만복사저포기」·「이생규장전」·「취유부벽정기」·「운영전」·「원생몽유록」 등의 작품을 들 수 있었다.

둘째, '초월적 시간과 현실적 시간의 충격적 기법'으로 현실적 시간과 꿈속 시간의 현격한 차이를 실감하면서 느끼는 정신적 충격에서 기인하는 환상성인데, 「조신전」과 「구운몽」 등에서 확인할 수 있었다.

셋째 '현실적 인간계와 초월적 선계의 경계 허물기 기법'으로 초월의 공간인 신의 공간이 인간세상의 모습과 동일하다는 점에서 빚어지는 환상성이다. 인간과 신의 영역이 엄연히 다르지만 인간과 신의 형상 및 인식 체계가 거의 동일하게 서용되어 이분법적 사고보다는 현실과 꿈이 하나이듯 경계가 없어지는 경험을 갖게 한다. 「남염부주지」·「용궁부연록」·「안빙몽유록」·「황릉몽환기」 등이 이에 포함되는 작품임을 알 수 있었다.

그러나 위 세 가지의 기법을 통해 재현되는 환상성은 시공간의 초월성을 통한 것으로, 궁극적으로 민간신앙과 함께 습합되며 형성된 유불도교의 사상체계를 기저로 깔고 형성된 정신적 산물임을 보여 주었다.

Ⅳ장에서는 '환상성을 통해 본 작자와 독자의 의식체계'를 살펴보는 장이었다. 환상성이 오랜 세월을 이어오며 대중화될 수 있는 있는 이유를 작가와 독자의 의식 체계에서 찾아보고자 하는 시도였다. 그 결과 '환상성'은 작가와 독자 모두의 심리적 욕망을 담아내고 해소할 수 있다는 점에서 유효한 문학적 장치였음을 확인할 수 있었다.

Ⅴ장에서는 '환상 기법' 속에서 수반되는 '환상적 모티프' 즉 '인신교환' '인귀교환' '적강' 모티프에 대한 문학적 기능과 문학사적 기여도를 살펴보는 것으로 이들의 모티프가 갖는 가장 주요한 기능은 대중적이고, 친근한 소재임을 들 수 있었다. 대중성을 업고 있는 설화에서부터 기원을 찾아볼 수 있는 이들 모티프의 차용은 '환상 기법'이라는 이론적 틀에서 '환상성'을 본격적으로 구체화시키는 객관물로 등장할 뿐 아니라 당대의 독자와 작가 모두에게 그만큼 친숙하고 대중적인 소재로, 작품에서 찾아지는 현실과의 거리감을 대폭 완화시키는 기능을 수행하고 있음을 밝혀낼 수 있었다.

Ⅵ장인 결론에 와서 본고는 이상과 같은 고찰을 통해 '환상성'에 대한 이론을 새롭게 정립해 볼 수 있었다. 정리해 보자면 문학 속에서 형상화되는 환상성은 크게 네 가지의 공통점으로 묶어낼 수 있음이다.

첫째, 현실인식이라는 기반 하에 출발하는 현실 전제적 개념이라는 것,

둘째, 따라서 현실적 사유에 대한 시각을 담아내는 우의적 기법으로 사용되었으며,

셋째, 환상공간이나 환상물에 대한 기존의 외경스러운 개념을 문학에 끌어들이면서, 환상성은 보다 독자에게 친근하게 다가가는 요소로 변이되고, 호기심과 대중성을 확보하는 생명력을 지니게 되었다.

넷째, 이러한 환상성의 표출 근간에는 부조리한 현실 또는 만족하지 못하는 세상에 대한 작자 자신의 투쟁의지를 보여주는 자기 확신의 문학으로서 또는 이상향을 추구하는 출구로서 작용함을 알 수 있었다.

이러한 네 가지 측면에서 찾아지는 문학에서의 '환상성'은 작가와 독자의 욕구를 상호 충족시키면서 고전에서 현대문학에 이르기까지 대중성과 비판성을 함유하고 끊임없이 이어져 왔는데, 이는 '환상성'이 문학의 출발에서부터 작동되어 온 상상력의 적극적인 활동이자, 세계를 새롭게 인식하는 또 하나의 능동적인 창작의 소산물임을 입증하는 사례이기도 하다.

그런고로 서사문학에서의 환상성은 특정한 시대의 산물이라기보다는 현실을 재현하는 소설적인 방식의 하나로 해석 가능하고, 문학의 본질적 충동의 하나로 받아들인 흄의 견해는 이 지점에서 강한 설득력을 갖는다.

이와 같이 작품에서 내포하는 '환상성'의 주요한 기능이 작품의 주제의식과 연계되는 하나의 기법적 측면으로 단순히 공상적인 초현실의 세계만을 지향하는 것이 아니라, 오히려 현실과의 긴밀한 상관관계를 유지하고 있음을 결론으로 제시할 수 있었는데, 이는 당대의 사회가 억압되고 차단될수록 이를 해결하는 양상으로 '초현실성'인 '환상성'의 기능은 역으로 더욱 빛을 발할 수밖에 없기 때문이기도 하다. 환언하면 '환상성'은 당대의 시대적 현실과 작가와 독자의 욕구가 만들어 낸 시대적 창조물인 것이다. 따라서 환상성은 현실초월적인 공상이나 망상이라기보다, 현실과 상상 사이의 어디쯤에서 찾을 수 있는 것으로 현실이라는 대비의식이 없으면 존재할 수 없는 문학의 성립 근거가 되는 것이고, 환상적 소재의 형상화는 아리스토텔레스가 언급한 미메시스와 궤를 같이하는 본능적 충동이라는 흄의 주장은 강한 설득력을 갖게 된다.

문학의 장르란 부단히 변화하는 유동적 산물로 일단 형성되면 부단히 자기를 갱신하면서 외연을 확장하고 내포를 심화한다고 한다. 하나의 역사적 장르가 탄생하면 역사적 장르는 그것대로의 관습과 규범을 지니며 문학사 속에서 끊임없이 자신의 관습과 규범을 발전시키고 변형시키며 재창조한다는 말이다. 고전문학에서 몽유소설이 그러하다. 시대의 변천과 함께 내용과 형식 역시 안팎으로의 변화를 꾸준히 보이며 변화하게 되는데 여기에는 당대의 가치관과 세계관의 변화가 이러한 변이를 수반하게 하는 주요 요건이기도 하다. 그러나 이러한 변화 속에서도 움직이지 않는 가치의식 하나를 발견해 낼 수 있었으니, 시대를 막론하고 소설이라는 장르는 인간의 삶 속에서 존재하는 모순과 갈등을 직접적으로, 또는 우의적으로 드러내 보여주는 장르이고, 이 장르의 중심부에 당대의 세계관을 극명하게 드러내는 '몽유소설'이 존재한다는 점이다. 특히 중세적 질서와 이념 속에서 갈등하는 지식인들의 언로의 출구로서 의식 지향적 모습을 보인 것이 바로 몽유소설이었음을 살펴보았을 때, 이러한 작품에서 구현되는 '환상성'은 현실성이라는 대비 인식하에 주제의식을 형성하는 역설의 문학임을 실감할 수 있게 했다.

따라서 꿈속에서 형상화되는 이계의 체험 등의 다양한 소재적 환상성은 그것의 서사 공간화를 통해 무엇보다 당대 문인들의 확대된 사고 지평의 결과물로 자리매김하게 하고, 실로 삼라만상의 모든 類들을 이야기할 수 있다는 가능성을 시사하기도 한다. 그리고 이러한 모든 것을 끌어들이는 근저에는 당대인들의 의식, 곧 거대한 자연 속에서의 공간적인 사고의 확대, 곧 문인들의 확대된 시각과 정신적인 지평, 그리고 다양성이 인정된, 지상과 천상을 아우르는 통합된 세계라는 종교적이고 문화적인 성격이 중요한 작용을 하고 있다고 봐야 할 것이다.

문학을 포함한 무릇 예술행위는 기본적으로 인간의 욕망에서 출발한다. 채워지지 않는 것에 대한 충족요구일 수도 있고, 변형욕구로도 작용하기도 한다. 그러한 욕구는 여러 가지로 충족의 길을 모색하게 하는데, 본고가 살펴 본 '몽유소설'에서의 '환상성'은 이러한 출구로서 작용했던 시대적 산물임을 보여줬다. 즉 당대 작가들이 현실에 대해 인지하는 결핍성인 절박한 사회 및 정치사와 맞물리며 제기된 문학적 재현이었다. 이러한 환상성은 현대 삶에서도 여전히 유효한 문학의 기법이자 예술의 장치이다. 최근 문학계에 일고 있는 '판타지'라 불리는 모든 영역들-이우혁의 『퇴마록』, 이영도의 『드래곤 라자』, 김예리의 『용의 신진』등 한국 판타지문학과 외국문학인 헤리포터, 반지의 제왕-등이 인간의 내면과 긴밀한 정서로 작용하기도 한다. 우리의 고전 역시 이러한 축과 무관하지 않을 뿐더러 오히려 우리 고전문학에서의 판타지에 대한 인식은 오래 전부터 익숙한 문학적 코드로 받아들여졌음이다.

　따라서 환상성으로 구현되는 세계는 인간과 거리를 두고 떨어진 기이하고 신비한 체험의 공간이 아닌 인간 세계와 함께 움직이고, 공존하며 나아가 인간 세계의 한 부분으로 통합된 우주와 같은 정신적 세계이기도 하다. 그러기에 환상성은 사실성에 대조되는 것이 아니고 뒤떨어지는 기법도 아니다. 문학의 본질로서 삶의 결핍을 보충하려는 욕망의 소산이고 따라서 환상성은 그 자체로 주목되어야 할 문학적 가치가 인정된다.

참고문헌

(자료)

高麗史, 金鍾權 (譯), 廣曹出版社, (1975).

國譯 大東野乘, 全18卷, 古典國譯叢書, 民族文化推進會, (1971~1979).

國譯 東文選, 卷101, 古典國譯叢書, 民族文化推進會, (1976).

大觀齋遺稿, 券3, 慶北大學校 所藏本

金鰲新話, 李載浩 (譯), 乙酉文庫 81, 乙支文化社, (1972).

唐代傳奇小說選 丁範鎭 (譯), 凡學圖書, (1975).

國譯 東國李相國集, 25卷, 古典國譯叢書, 民族文化推進會, (1978~1982).

東野彙集, 李源命(編), 韓國文獻說話全集, 四卷, 東國大學附設 韓國文學硏究所
　　　　編 (1981).

三國史記, 李丙燾 (譯註), 乙支文化社, (1977).

三國遺事, 李丙燾 (譯註), 廣曹出版社, (1979).

於于集, 影印本, 景文社, (1979).

剪燈神話, 李慶善 (譯), 乙酉文庫 193, 乙支文化社, (1976)

朝鮮王朝實錄 國史編纂委員會, 深究堂, 影印本, (1980)

太平廣記, 李昉等 (編), 影印本, 啓明文化社, (1982).

韓國漢文小說全集, 1-9卷, 台北, 中國文化院發行, (1986).

活字本 古典小說全集, 1-12卷, 亞細亞文化社, (1976).

필사본 고전소설전집, 1-21卷 亞細亞文化社, (1980).

許蘭雪軒全集, 文暻鉉 (編譯), 寶蓮閣, (1972).

(국내논저)

1. 단행본

고대민족문화연구소(編), 『한국문화사대계』 上, 고대민족문화연구소, (1979).

국어국문학회(編), 『고전소설연』구, 정음사, (1979).

김미란, 『고대소설과 변신』, 정음문화사, (1984).

김수중, 『신화와 문학정신』, 조선대출판국, (1996).

김경수, 『이규보시연구』, 아세아문화사, (1986).

김광순, 『천군소설연구』, 형설출판사, (1986).

______, 『한국고전문학사의 쟁점』, 새문사, (2004)

김기동, 『이조시대소설론』, 이우출판사, (1980)

______, 『한국고전소설연구』, 교학연구사, (1983).

김무조, 『서포소설연구』, 형설출판사, (1979).

김동욱, 『국문학사』, 일신사 (1986).

김열규, 『한국민속과 문학연』구, 일조각, (1982).

______, 『민담학개론』, 일조각, (1982).

김철준, 『이상백박사회갑기념논총』, 1964.

김치수, 『구조주의와 문학비평』, 弘盛社, (1980).

김태준, 『조선소설사』, 학예사, (1939).

김현룡, 『한중소설설화비교연구, 일지사, (1977).

박성이, 『한국문학배경사상연구』, 상 : 하, 이우출판사, (1980).

박일용, 『조선시대이 애정소설』, 집문낭, (1883)

박종철, 『文學과 기호학』, 대방출판사, (1983).

설성경·심치열, 『옥루몽의 작품세계』, 개문사, (1994).

설성경·박태상, 『고소설의 구조와 의미』, 새문사, (1996).

소재영, 『고소설통론』, 이우출판사, (1983).

송진한, 『조선조 연의소설의 세계』, 전남대출판부, (2003).

신해진, 『조선중기 몽유록연구』, 박이정, (1998).

심진경, 『환상문학소론』, 서울 : 예림기획, (2001).

유종국, 『몽유록소설연구』, 아세아문화사, (1987).

이부영, 『분석심리학』, 일조각, (1982).

이상택, 성현경(編), 『한국고전소설연구』, 새문사, (1983).

______, 『한국고전소설의 이론 Ⅰ』, 새문사, (2003).

이이화, 『허균의 생각』, 뿌리 깊은 나무, (1980).

이재수, 『한국소설연구』, 선명문화사, (1969).

장덕순, 『국문학통론』, 신구문화사, (1976).

______, 『한국소설문학연구』, 서울대출판부, (1981).

______, 『한국고수필선』, 삼성미술문화재단, (1980).

장병림, 『정신분석』, 법문사, (1981).

장병림·정한택, 『心理學』, 박영사, (1980).

정규복 외, 『한국고전소설연구』, 이우출판사, (1983).

______, 『구운몽연구』, 고려대출판부, (1974).

정주동, 『고대소설론』, 형설출판사, (1980).

______, 『매월당 김시습연구』, 신아사, (1965).

조동일 외, 『김만중 연구』, 새문사, (1983).

조동일, 『한국문학통사』, 1, 2, 지식산업사, (1983).

______, 『한국소설의 이론』, 지식산업사, (1979).

조희웅, 『설화학 강요』, 새문사, (1993).

장효현, 『한국고전소설사 연구』, 고려대학교 출판부, (2002).

차용주, 『몽유록계구조의 분석적 연구』, 창학사, (1979)

______, 『옥루몽 연구』, 형설출판사, (1982).

채제공, 『삼엄집』, 대양서편, (1982).

최기숙, 『환상』, 연세대출판부, (2003).

______, 『17세기 장편소설연구』, 월인, (1999).

최래옥, 『한국구비전설의 연구, 일조각, (1981).

최삼룡, 『정규복외 공편, 한국고소설연구』, 이우출판사, (1983)

한우근, 『한국통사』, 을유문화사, (1987).

황패강, 『한국서사문학연구』, 단국대학교출판부, (1972).

2. 논문

강경화, 「고소설의 도술소재와 그 의미」, 건국대학교 대학원 박사학위논문, (1996).

강동엽, 「'용문몽유록' 에 대하여」, 『한국문학연구』 14, 동국대학교 한국문학연구소, (1992).

강상순, 「고소설에서의 환상성의 몇 유형과 환몽소설의 환상성」, 『고소설연구』 15, 고소설학회, (2003).

______, 「꿈서사양식의 구조연구」, 동아대학교 대학원 박사학위논문, (1989).

______, 「금오신화의 생성에 관한 시론」, 『국어국문학』 6, 동아대 국문학과, (1985).

______, 「몽환소설의 생성에 관한 구조적 연구」, 청천강용권박사송수기념논총, (1986).

______, 「구운몽의 구조연구」, 동아대학교 대학원 석사학위논문, (1981).

______, 「'꿈' 설화고」, 『어문학교육』 9, 한국어문교육학회, (1986).

______, 「설화와 고대소설의 대비연구」, 『어문학교육』 6, 한국어문교육학회, (1983).

______, 「몽유록계 소설의 심리적 고찰」, 『논문집』, 4, 부산여대, (1983).

김광순, 「한국고소설의 유형적 고찰」, 『인문학총』 12, 경북대 인문대학, (1987).

김경미, 「조선후기 소설론 연구」, 이화여자대학교 대학원 박사학위논문, (1993).

김남기, 「'하생몽유록' 연구」, 『한국고전소설과 서사문학·하』(양포이상택교수 환력기념), 간행위원회, (1998).

김륜수, 「금산사몽유록의 창작우의와 원작자론」, 제1회 동아세아 우언연구 국제 회의 발표논문, (2005).

김무조, 「서포연구, 부산대학교 대학원 박사학위논문, (1959).

김성룡, 「고전소설의 환상성에 관한 연구」, 서울대학교 대학원 박사학위논문, (1989)

______, 「고전서사문학을 중심으로 본 환상의 미학적 특성연구」, 『국어교육』 102, 국어교육연구회, (2000).

______, 「비형이야기에 나타난 귀신이야기의 구성원리」, 『선청어문』 24, (1994).

______, 「고전소설의 환상미학」, 양포이상택교수환력기념논총간행위원회, (1998).

______, 「환상적 텍스트의 미적근거 연구」, 『문학교육학』 2, 한국문학교육학회, (1998).

김수중, 「한국문학에 나타난 재생관 고찰」, 『한국언어문학』 19, 한국언어문학 회, (1980).

______, 「설화와 고소설의 역사적지경에 관한 논의-최치원전을 중심으로」, 『한 국언어문학』 48, 한국언어문학회, (2002).

김수중, 「설화연구의 대중화 가능성」, 『한국언어문학』 51, 한국언어문학회, (2003).

김승호, 「구문몽에 나타난 삼교융합과 이면적 의미」, 『동악어문논집』 38, 동악어문학회, (2001).

김정녀, 「만옹몽유록 연구」, 『고소설연구』 9, 한국고소설학회, (2000).

민긍기, 「몽유성회록에 대하여」, 『열상고전연구』 9, 열상연구학회, (1988).

박성의, 「구운몽의 사상적 배경연구」, 『아세아연구』 12, 고려대 아세아문제연구소, (1968).

박용식, 「한국설화의 영혼불멸 사상고」, 『학술지』 28, 건국대학교, 1984.

박희병, 「한국고전소설의 발생 및 발전단계를 둘러싼 몇몇 문제에 대하여」, 『관악어문연구』 17, 서울대학교 국문학과, (1992).

서대석, 「몽유록의 장르적 성격과 문학사적 의의」, 『한국학논집』 3-5합집, 계명대 한국학연구소, (1975).

설성경, 「구운몽의 구조연구 Ⅳ」, 『원우론집』 2, 연세대학교 대학원, (1974).

성현경, 「이조몽자류소설연구」, 『국어국문학』 54, 국문학연구회, (1971).

소재영, 「신광한의 기재기이」, 『숭실어문』 3, 숭실어문학회, (1986).

______, 「고전에 나타난 꿈의 의미론」, 『국어국문학』 32, 국문학연구회, (1996).

소인호, 「17세기 고전소설의 저작 유통과 『화몽집』의 소설사적 위상」, 『고소설연구』 21, 한국고소설학회, (2006).

송효섭, 「이조소설의 환상성에 대한 장르론적 검토」, 『한국언어문학』 23, 한국언어문학회, (1984).

송진한, 「한글본 연의소설의 문학적 성격」, 『인문학지』 9, 충북대 인문학연구소, (1993).

신해진, 『조선중기 몽유록의 연구』, 박이정, (1998).

심치열, 「구운몽의 현대적 계승과 변용연구」, 『고소설연구』 16, 한국고소설학
　　　회, (2003).

______, 「운영전의 서사체계와 주제의식」, 『어문연구』 24, 한국어문교육연구
　　　회, (1996).

신재홍, 「몽유록의 유형적 고찰」, 서울대학교 석사학위 논문, (1986).

양승민, 「원생몽유록 작자 문제의 허실」, 『어문논집』 38, 안암어문학회, (1998).

이병직, 「왕회전 연구」, 『고소설연구』 14, 한국고소설학회, (2002).

이원주, 「대관재의 몽기·몽사자연지고」, 『한국학논집』 5, 계명대학교 한국학연
　　　구원.

이학주, 「동아시아 전기소설의 예술적 특성 연구」, 서울대학교 대학원 박사논
　　　문, (1990).

이월영, 「꿈소재 서사문학의 사상적 유형연구」, 전북대학교 박사학위 논문,
　　　(1990).

임형택, 「현실주의적 세계관과 금오신화」, 서울대학교 석사학위논문, (1971).

윤경희, 「만복사저포기의 환상성」, 『한국고전문학』 4, 한국고전문학회, (1998).

장덕순, 「몽유록소고」, 동방학지, 4집, 연세대 동방학연구소, (1959).

장효현, 「황릉몽환기에 대하여」, 『국어국문학』, 국문학연구회, (1995).

정학성, 「몽유록의 역사의식과 유형적 특질」, 『관악어문연구』 2, 서울대학 국문
　　　학과, (1977).

정환국, 「고전소설의 환상성, 그 연구사적 전망」, 『민족문학사연구』 37, 민족문
　　　학사회, (2008)

정환국, 「몽유담의 우의적·전통과 개화기몽유록」, 『관악어문연구』 3, 서울대학
　　　교 국문학과, (1978).

조현설, 「조선전기 귀신이야기에 나타난 신이인식의 의미」, 『고전문학연구』 23

집, 한국고전문학회, (2003).

조혜란, 「민중적 환상성의 한 유형」, 『고소설연구』 15, 한국고소설학회, (2003).

차용주, 「몽유록과, 몽자류소설의 동이에 대한 고찰」, 『논문집』 3, 서원대학, (1974).

최종운, 「환몽소설의 유형구조와 창작동인」, 대구대학교 대학원 박사학위논문, (2001).

황패강, 「원생몽유록과 임제문학」, 『한국서사문학연구』, 단국대출판부, (1972).

홍재휴, 「금생이문록일몽유록계 소설의 신자료일」, 『국어교육연구』Ⅱ, 국어교육연구회, (1971).

(외국논저)

魯迅, 中國小說史 略, 鄭範鎭 譯, 學研社(1987).

運秀華, 何奇澎 合譯, 中國文學사, 長安出版社, 中華民國(1968).

Aristoteles, poietir' e [孫明鉉 譯, 詩學, (博英社, 1979)].

Arnlod Hauser, Kunst und, Gesellschaft, [한석종 옮김, 예술과 사회, (홍성사, 1981)].

Eleazar Meletinsky, structural-Typological study of Floktales, in, de. by pierre Maranda, So-viet structural Folkloristics, the Hague, Mouton, 33, (1974).

E. M. Forster, Aspect of the Novel, Penguin Book, Ltd. 87.

Generad genette, Boundaries of Narratives, New Literary History, 81 (1976).

Hume, Kathryn, Fantasy and Mimesis, Metheun. (1984). [한창엽 역, 환상

과 미메시스푸른나무, 2000)].

L. Goldman, Towards a Sciology of the Novel, Tavistock Publication Limited. [조경숙 역, 소설사회학을 위하여, (청하, 1975)]

Pierre Zima, pour Une Soeiologie 여 Taxte lite' raira, [이건우 역 문학텍스트의 사회학을 위하여, (문학과 지성사, 1983)]

Rabkin, E.S, The Fantastic in literature. Prinston, New Jersey: Prinston U.P., 1976

Robert scholes, Structuralism in literature, New Haven and London, yale university press, (1974).

R. barthes, Introduction a la analyse structurale des re' cits, Commanication, No, 8 pares, (1966). [金治洙 譯, 구조주의와 문학비평, (弘盛社, (1980)].

Scholes, R. & Kellog, R. The Nature of Narrative, Oxford University (1979).

Sheldom Norman Grebstein, perspecitve in Contemporary criticism, state university of New york at Binghamton, (1968).

Shlomith Rimon-Kenan, Narrative Fiction, contemporary poetics, New accents, new york Methuen, (1983). [최상규 역, (문학과 지성사, 1985)」.

S. Freud, Die Thaumdeutung. [장병길 역, 꿈의 해석, (을유문화사, 1967)].

Tzvetan Todorov, The Fantastic [이기우 역, 환상문학서설 (한국문화사, 1996)].

V. propp, Morphology of the Folktale, 2ed. University of Texas Press, Austin London, (1971).

몽유 모티프를 중심으로 한 환상성 연구

초판 1쇄 찍은 날 2010년 10월 27일
초판 1쇄 펴낸 날 2010년 10월 30일

지은이 김미령
펴낸이 송광룡
펴낸곳 문학들
주소 501-841 광주광역시 동구 학동 81-29번지 2층
전화 062-651-6968
팩스 062-651-9690
메일 munhakdle@hanmail.net
등록 2005년 8월 24일 제2005 1-2호

값 12,000원
ISBN 978-89-92680-47-9 03800

잘못된 책은 바꿔드립니다.